LA NUIT DES FOUS

De la même auteure

Jeu de peaux, Plon, 2021 ; Pocket, 2022.
Bestial, Plon, 2022 ; Pocket, 2023.

Anouk Shutterberg

LA NUIT DES FOUS

thriller

RÉCAMIER

92, avenue de France
75013 Paris
Tél. : 01 44 16 09 00
Fax : 01 44 16 09 01
www.editions-recamier.fr
www.lisez.com

Mise en pages : PCA
Dépôt légal : novembre 2023
ISBN : 978-2-38577-031-0

À Bernadette, de tout mon cœur…

« Si la vie réelle est un chaos,
en revanche une terrible logique gouverne l'imagination. »

Le Portrait de Dorian Gray, Oscar Wilde

Préambule

Chères lectrices et chers lecteurs, vous trouverez, au fil des chapitres, quelques références musicales en italique.

Je vous invite à lire chacun d'entre eux en écoutant le morceau sélectionné, celui-là même qui m'a accompagnée et inspirée au moment où j'ai posé mes mots. Pour ce faire, il vous suffit de scanner le QR code ci-dessous.
Cela donne une dimension supplémentaire au récit.

Playlist *La Nuit des fous*, Spotify.

« Les Quatre Saisons, L'hiver :
Allegro non molto » – Antonio Vivaldi

La pluie, le vent, le froid…

Elle fuit dans la nuit. Le brouillard est dense. L'horizon est flou. À perte de vue, la plaine déjà ouatée s'étend.

Son arcade sourcilière saigne encore et macule son sweat-shirt. Devant ce champ, loin de la maison, les yeux hagards, elle avance et hurle en tournant sur elle-même.

« À L'AIDE ! »

Dans cette campagne vide, seuls lui répondent les croassements des corbeaux qui s'envolent à tire-d'ailes.

Ses jambes ne la portent presque plus.

Malgré le supplice, elle boite aussi vite que possible. Elle ne pense qu'à une chose : protéger le paquet lové dans son pull et qui pend sur son flanc.

C'est l'heure de sauver sa peau.

Derrière elle, un bruit de moteur. Ils ont démarré leur chasse.

Réfléchir vite.

Son cerveau fait des équations. Elle doit sortir de la route. Devant elle, une masse plus foncée. Des bois.

Pour les atteindre et se cacher, elle doit passer par ce champ gelé inhospitalier. Ses baskets souillées d'un rouge carmin foulent les cailloux et la paille en cutter qui jonche la terre hivernale. Ça sent la terre humide, les feuilles mortes et le végétal en décomposition.

Cet espace de culture en jachère est une torture. Il semble s'allonger à chaque enjambée.

Elle n'est qu'eau. La pluie brouille son regard et ses cheveux ruissellent. Une crevasse. Dans l'obscurité, elle vient de se tordre la cheville. Elle claudique. Enfin, devant elle, l'orée de la forêt se profile. Elle traverse un chemin de terre boueux.

Sur sa droite, des phares oscillent au loin. Deux yeux lumineux s'approchent.

Ils ne lâcheront rien.

Elle est leur proie.

La terreur l'étreint. Son cœur bat trop vite. Elle s'essouffle. Quelques dizaines de mètres après l'orée de la forêt, elle s'adosse à un grand arbre, tente de respirer. Un poing au flanc gauche bloque son oxygène.

Allez, bats-toi…

Elle serre plus fort son pull en bandoulière. Elle reprend sa course.

Partout, des ombres. Sa visibilité est nulle. Elle bute contre une racine, accroche une pierre, tombe, s'écorche les genoux, se relève.

Elle les entend au loin. Ils arrivent. Par-dessus son épaule, elle vérifie leur distance. Comme des ombres chinoises, leurs silhouettes se détachent de la brume. Ils sont à quelques mètres derrière elle.

Ils crient aimablement son prénom comme le fermier appelle l'agneau sorti du troupeau : destination l'abattoir.

Si près, des craquements de bois. Leurs pas lourds crissent sur les tas de feuilles mortes, écrasent les mousses et les lichens. Ils balayent tout sur leur passage. Une fureur explosive les anime. Ils avancent vite, beaucoup trop vite.

Il faut qu'elle trouve une planque et au lever du jour, elle finira bien par croiser une voiture.

Sinon, ils vont la liquider. C'est sûr. Un coup de bêche bien placé sur l'occiput, ou alors ils l'étrangleront, puis l'enterreront au pied de ce grand chêne.

Des scénarios indigestes se bousculent dans sa tête.

Brusquement, la végétation s'éclaircit au profit de roches massives, de plus en plus nombreuses. La pluie tombe dru, mais à travers le bruit de l'averse, elle détecte un bruit violent, sourd.

Quelque part, un torrent gronde.

Dans son dos, les pas puissants s'allongent, s'accélèrent. Un des chasseurs vient de se mettre à courir.

Le large courant rugit de plus en plus fort. Elle jette un coup d'œil.

Il est à sa verticale, en contrebas d'une faille rocheuse qui tombe à pic.

Saisie d'horreur par la course meurtrière qui se rapproche, elle se retourne. Évaluer la distance, s'assurer qu'elle a encore une chance.

Mais ses pieds dérapent. Déséquilibrée par la terre meuble et grasse, elle tombe de toute sa hauteur sur les fesses et glisse violemment sur la pente…

Dans sa chute, elle ne maîtrise plus rien, fouettée par la pluie qui redouble. Elle dévale, son dos déchiré par les pierres à vif.

Peu importe le martyre, il ne faut pas qu'elle lâche son paquet.

Elle resserre son étreinte.

Un dernier caillou aiguisé vient de lui entailler l'arrière du bras droit avant qu'elle ne plonge dans l'eau noire en furie.

1

Saint-Ylie (39)
On appelle le 17
Mai 2022

« The message » – Grandmaster Flash & The Furious Five

« Le Splendor. Bienvenue dans votre résidence nouvelle génération ! »

Le groupe Proximity, promoteur immobilier, en faisait des tonnes. Brochures, flyers, vidéos. Les panneaux publicitaires 4 × 3 disposés stratégiquement dans un rayon de trente kilomètres complétaient la promesse du tableau idyllique.

L'image, rien que l'image, avait fermement exigé le directeur marketing ! Sur ce visuel XXL, les personnages virtuels tout sourire, figés, respiraient un bonheur fictif dans un décor immobilier en 3D. Paradisiaque.

Cette nouvelle construction, c'était le bien-être à portée de budget. Stratégie commerciale post-covid, les familles en mal d'extérieur allaient se projeter illico dans des logements aux espaces à vivre grandes largeurs et leurs terrasses généreuses. Les superlatifs rivalisaient pour décrire un îlot central, un espace convivial, végétalisé et aménagé qui serait le terrain de jeu de leurs enfants.

L'architecture contemporaine et l'emplacement premium finiraient de séduire. Saint-Ylie : un lieu-dit à mi-chemin entre Tavaux et son usine Solvay, un des premiers employeurs de la région Bourgogne-Franche-Comté, et Dole à seulement quelques minutes de cette résidence.

Dole, Jura. La ville de presque 25 000 habitants offrait une proximité urbaine dynamique. Les arguments de vente n'omettaient pas de mentionner toutes les opportunités économiques, les nombreux commerces et les établissements scolaires de la maternelle au lycée : le package parfait. Bref, tout était minutieusement orchestré pour appâter le gogo et se faire une manne de fric.

Le groupe Proximity avait fait l'acquisition d'un lot sur lequel s'érigeait un pavillon modeste d'après-guerre tombé en désuétude. Son trépas avait été rapidement signé à coups de tractopelles. Son seul atout était d'être bâti sur un large terrain de quatre hectares, composé d'un jardin en friche qui n'avait pas connu la débroussailleuse depuis des temps immémoriaux et le potager, en bout de vie, qui ne produisait plus que des orties depuis des lustres.

Le promoteur avait donc mis main basse sur l'intégralité du terrain d'Émile Stanger pour une bouchée de pain.

Le vieux était en Ehpad et ses héritiers attendaient le gros lot avec impatience.

Le P-DG de Proximity se frottait les mains devant le paquet d'oseille qu'il allait se faire avec cette résidence et ses cinquante appartements en R+3.

Le programme serait livré au premier semestre 2024.

Le conducteur de travaux bouillonnait. Lui, bien loin de toutes ces considérations financières, subissait la pression au quotidien du constructeur. Les travaux de terrassement avaient pris du retard et l'échéance de 2024 se rapprochait à grands pas.

À quarante-quatre ans, ce vieux briscard des chantiers est fatigué de gérer au quotidien les absences des ouvriers, les accidents de travail et les nombreux grains de sable qui ne cessent de venir gripper les rouages du programme.

Il est dans son Algeco en réunion avec l'architecte. De mauvaise humeur, penché sur les plans. Il vient d'apprendre qu'il va encore devoir s'ajuster aux derniers caprices budgétaires du promoteur.

Ça toque à la porte.

— Oui ! Entrez, balance-t-il, énervé.

Il lève le nez. Devant lui, son chef de chantier essoufflé et la mine grave.

— Qu'est-ce qui se passe ? Ne me dis pas qu'on a encore une merde ?

— Désolé, chef. J'ai fait arrêter la pelleteuse. On a un problème. Je pense que c'est grave.

Le type souffle comme un bœuf et lève les yeux au ciel. Il voit déjà sur le planning la ligne des retards s'accumuler…

— Grave comment ?

Le chef de chantier ouvre les bras en grand.

— Ben, comme ça. Il faut que vous veniez voir, chef…

Agacé, le gars tempère, les deux mains assemblées en en prière. Il essaie de se calmer.

— OK, OK. Je te suis.

Confiant, il occulte la grise mine de ce professionnel peu expérimenté qui a tendance à faire des psychodrames à répétition depuis le démarrage des travaux.

Lui en a vu d'autres. Depuis le temps, il est rodé alors il va gérer ça en un tour de main.

Le chef de chantier est déjà loin.

Bottes aux pieds, le conducteur de travaux lui emboite le pas, suivi de près par l'architecte responsable du projet, piqué par la curiosité.

Il a plu les jours précédents. La terre est grasse et leurs bottes en caoutchouc sont lourdes de boue. Ils contournent un trou béant pour se rendre sur la nouvelle zone de terrassement. Plus loin, la pelleteuse s'est arrêtée alors qu'elle avait à peine commencé son travail sur ce nouveau périmètre de terrain.

Devant eux, en contrebas, dans la terre remuée, ils distinguent une boîte carrée façonnée en bois. À première vue, un parallélépipède.

Il a glissé sur le bas-côté, malencontreusement éventré par le bulldozer.

Juste à côté, encore partiellement ensevelies, d'autres coffres. Difficile d'en déterminer leur nombre. Trois, quatre, cinq ?

Dans la lumière voilée de cette fin de journée printanière, la caisse de bois, crevée, laisse échapper une découverte macabre. Quelques cheveux recouvrent un os humain.

Le silence s'est abattu sur l'ensemble de l'équipe. Vingt paires d'yeux visent les autres boîtes pour tenter d'y déceler des détails morbides. Mais les coffrages semblent intacts.

Le chef de chantier se penche vers l'oreille de son supérieur.

— Bon, maintenant, qu'est-ce qu'on fait, chef ? demande-t-il à voix basse.

— Et merde ! On appelle le 17 !

2

Besançon (25)
Sans autre formule

« Spaceship : Earth » – Mop Mop & Anthony Joseph

À peine la porte ouverte, elle agrippe l'inconnu au col et le plaque contre le mur. Il esquisse un sourire avant qu'elle ne fonde sur lui et que leurs langues ne se mêlent. Il aime immédiatement cette femme qui le désire avec ardeur. Elle se dévêt en hâte, l'homme l'imite. Les vêtements et les chaussures volent à travers la pièce.

Ils sont nus. Un court répit avant la déferlante. Ils sont là, à s'observer de près. Ils détaillent chaque partie de leur anatomie. Elle a faim. Elle le punaise de nouveau contre le mur, se jette sur ses lèvres tout en caressant son torse velu et soigné. Puis elle s'accroupit sans abandonner sa proie des yeux. Elle attache sa chevelure en queue-de-cheval et elle descend vers son sud. Une zone dressée et déjà en feu. Elle le déguste en profondeur, sans relâche. Avant de jouir, il l'écarte, la soulève et la serre contre lui. Elle l'enserre de ses jambes. Leurs bouches toujours liées, leurs corps scotchés l'un à l'autre.

Une frénésie s'entremêle, désordonnée. L'homme rompt la cadence et marque une pause. Il se contrôle et, plus délicat, la dépose sur le lit. Il sent la fragilité de ce corps. Il est précautionneux, respectueux. Allongée, les jambes écartées, il la lèche jusqu'à ce qu'elle jouisse. Elle est en nage et mouillée. Dressé au-dessus d'elle, il la pénètre d'un coup. Elle gémit de plaisir. Leurs deux corps se vissent et s'accordent dans un tempo sensuel. Elle lui laisse l'initiative des positions et se laisse manipuler. Il la manœuvre, la tourne et retourne au gré de ses envies. Ses gestes sont maîtrisés, à la fois doux et autoritaires. Elle sait pourtant qu'elle doit faire attention à son corps. C'est impérieux. Mais dans l'instant, seule son animalité a pris les commandes. Son cerveau est resté sur le palier.

Après une jouissance ultime, épuisés et en sueur, ils se décollent et roulent chacun de leur côté du lit.

La chambre d'hôtel qu'ils ont louée pour quelques heures est envahie d'une odeur de foutre.

C'est l'hiver, et la chaleur de ces deux corps a fait grimper les Celsius et embué les vitres de leurs halètements.

Des râles puissants.

Ils ont baisé fort, comme des tyrannosaures, deux bêtes affamées de sexe.

Un amour fugace. Un homme parmi d'autres. La quête d'un absolu exalté.

Ces hommes de passage sont souvent surpris quand ils la voient. Sa maladie se devine… Mais la sensualité qui émane d'elle balaye très vite le premier malaise.

Dans cette extase, elle s'évade de cette écorce corporelle qui la tourmente. Cela fait longtemps qu'elle n'a plus de tabous. Certaines dates ne s'oublient pas. Un avant et un après.

Leur rencontre, c'était il y a deux heures. Leurs brefs échanges sur un site de rencontre ont fait tilt. Leurs ébats sont programmés.

L'homme est grand et athlétique. Émane de lui ce côté sauvage qui l'inspire. Elle va droit au but sans s'empêtrer dans des discussions futiles, des paroles qui s'envolent. Elle fuit ces circonvolutions banales et soporifiques.

Se perdre dans un factice d'amour, un moment enfiévré qui, à l'issue du coït, ne laissera pas de vague à l'âme.

Vivre, jouir, fuir.

Oui, fuir la mort qui fait partie de sa vie depuis si longtemps.

À trente-six ans, la faucheuse s'est faufilée dans son sillage. Elle la suit comme une ombre malfaisante. Un quotidien ponctué d'allers et retours à l'hôpital. Sur cette avancée bétonnée, trois lettres tentent de braver le destin : CHU. Une signature macabre.

Dans cet hôtel miteux, les draps froissés et humides lui collent à la peau. Elle déteste ce final, ce terminus bancal. Son esprit et son corps sont déjà loin de cette scène qu'ils ont jouée à la perfection. Le type s'est endormi. Il lui facilite la tâche. Il n'y aura ni confessions ni questionnements maladroits.

Tant de choses plus urgentes à régler. Elle redoute d'être seule, bientôt face à elle-même. D'un coup, un haut-le-cœur la saisit : la réalité vient de la choper à la jugulaire.

Une angoisse violente.

Son portable claironne et la tire de ses pensées douloureuses.

Le gars réveillé se frotte les yeux et attrape son paquet de cigarettes sur la table de chevet. Clope rivée au bec, il se tourne vers elle, posé sur un coude, et l'observe du coin de l'œil.

Elle décroche sans pouvoir maîtriser le tremblement de ses mains. Elle reconnaît le numéro de téléphone. Et si c'était maintenant ?

— Élise ?

— Oui.

— Docteur Jean-Luc Baudry à l'appareil.

— Oui, bonjour.

Le ton du toubib, grave, ne présage rien de bon.

— Écoutez, je viens de recevoir les résultats. Cela empire, je suis désolé. Avez-vous la possibilité de venir dès que possible à l'hôpital ? Il est temps.

— …

— Élise, vous m'entendez ?

— Oui, j'arrive, répond-elle d'une voix fataliste, avant de raccrocher.

L'homme allongé, repu de sexe, sourit. Un sourire béat, faussement amoureux, qui n'a rien saisi du drame qui se noue devant lui.

— On se revoit bientôt, hein ? lui lance-t-il.

Mais Élise est déjà loin. Elle se rhabille et son regard vide glisse sur lui. Le type attend une réponse qui ne viendra pas.

Elle sort sa canne de son sac à main, la déplie et contourne le lit.

Puis claque la porte derrière elle, sans autre formule.

3

Tours (37)
OCRVP
Août 2022

— Votre première erreur, c'est ce gamin de vingt-cinq ans décédé dans ce même CHU l'année dernière. C'est ce décès qui a mis la puce à l'oreille des autorités. Un coma soudain, suivi d'un arrêt du cœur peu après une banale appendicectomie. Un peu tôt pour mourir sans antécédents médicaux ! C'est le point de départ de notre enquête. À l'OCRVP[1], notre job, c'est d'enquêter en partie sur les cas sériels recensés sur le territoire. C'est là qu'on a découvert toutes ces plaintes de familles qui s'interrogent sur le décès brutal de leurs proches.

Le commandant Jourdain, affalé sur le siège du capitaine de la DIPJ[2] de Tours, fait une légère pause et il

1. Office central pour la répression des violences aux personnes. Les policiers de l'OCRVP bénéficient d'une extension de compétences sur l'ensemble du territoire national sous couvert du parquet. En cela, on peut comparer l'OCRVP au FBI américain. L'office est composé de cinq groupes spécialisés amenés à effectuer des enquêtes, seuls ou en co-saisine avec un service territorial de police judiciaire, voire de sécurité publique. Il a été créé en 2006 afin de centraliser et d'analyser ces faits particulièrement graves de violences aux personnes.

2. Direction interrégionale de la police judiciaire.

vérifie que son petit clou au fond de sa poche est bien là. Il gère sa thérapie à sa manière.

— Monsieur Durieux, allons, soyons sérieux. Il est temps de vous mettre à table. « Le tueur à l'insuline ». Vous êtes passé longtemps sous les radars de la police. Je dois reconnaître que votre *modus operandi* était malin. L'insuline, indétectable à l'autopsie. Bon, pas de chance, ce flag au CHU de Tours. Votre collègue de garde en même temps que vous a fait sa déposition. Elle confirme vous avoir surpris en train d'injecter une dose d'insuline à M. Jean Albert. Plusieurs aiguilles à injection unique. Comme vous l'avez appris, le patient ne s'en est pas sorti malgré les tentatives de réanimation. En plus, vous avez agressé l'infirmière avant de vous enfuir. Six jours d'ITT. Votre interpellation d'hier : un coup de chance. Alors, dites-moi, toutes ces victimes, cela ne date pas d'hier, n'est-ce pas ?

Le mis en cause reste mutique.

Jourdain enchaîne :

— Vous avez beaucoup changé de poste à travers la France en tant qu'infirmier. Ça nous a donné du fil à retordre. On a recensé en tout dix décès suspects dans différents hôpitaux français depuis 2012. Et là, bingo, à chaque fois vous êtes de garde ! Mon petit doigt me dit qu'on ne sait pas tout. Pas vrai ? lance-t-il complice, assurant sa stratégie d'un mouvement du buste en direction du prévenu. Je suis certain qu'il y a d'autres cas. C'est le moment de libérer votre conscience.

L'enquête de personnalité de Bertrand Durieux, trente-cinq ans, a levé le voile sur sa vie. Jamais marié, pas d'enfant, pas de compagne. Il vit reclus dans un HLM de la banlieue de Tours, absorbé dans ses jeux vidéo en ligne. Sa solitude lui marque les traits. Devant tous ces éléments, le prévenu se trouble. Son regard capte enfin celui de l'enquêteur. À cet instant, Jourdain sent que son client va craquer.

Bertrand Durieux s'exprime soudain :

— Je suis un professionnel. On m'apprécie. Je suis toujours disponible pour remplacer mes collègues absents ou en congés.

— Évidemment ! Et quand on pense à votre quotidien ! Mon Dieu, je n'ose imaginer combien c'est difficile avec toutes ces coupes budgétaires ! joue-t-il. Ce métier, c'est une tension au quotidien. Alors combien, monsieur Durieux ? Combien de victimes ? relance Jourdain faussement complice.

— Beaucoup.

Un silence s'abat dans la salle d'audition. C'est l'instant que les flics attendent depuis plus de deux heures.

Le prévenu reprend, la tête redressée. Bravache, il annonce :

— À votre liste de onze, vous pouvez en rajouter dix.

Sidération collective.

— Il nous faudra des noms, des dates…

L'homme, entravé par les pinces, se penche et élargit un sourire énigmatique.

Il se tapote la tempe de l'index.

— Tout est là.

Le commandant finalise le P-V puis se lève. Son intervention est terminée.

Il est 16 heures lorsqu'il monte dans sa voiture, direction l'Île-de-France. Ces heures de garde à vue sous tension l'ont éreinté.

Direction Nanterre et sa nouvelle affectation : OCRVP.

4

Secrets de famille

« La chanson d'Hélène » – Romy Schneider
& Michel Piccoli
BO du film Les Choses de la vie*, Claude Sautet*

La mélodie mélancolique envahit l'habitacle de sa voiture. Le froid et la nuit sont tombés. Le brouillard s'épaissit tandis que la lune monte. Ses yeux mouillés brouillent la pluie qui tombe à flots dans la lumière des phares.

« Ce soir nous sommes septembre et j'ai fermé ma chambre, le soleil n'y entrera plus. Là-haut un oiseau passe comme une dédicace, dans le ciel… »

Sur la rocade qui cercle Besançon, les immeubles tristes et gris défilent… La vie filtre timidement à travers ces fenêtres comme des yeux vides, animés d'une lumière froide de plafonniers.

Élise se rapproche de son destin. CHU.

Sur le parking qui borde l'hôpital régional, elle sort de sa voiture et s'appuie de tout son poids sur sa canne.

À trente-six ans, elle a passé plus de temps avec sa maladie que sans. Son avenir s'est scellé quelques jours après ses seize ans. L'été était beau. Elle s'était baignée avec sa bande d'amis au lac de Vouglans. Avec une température ambiante au-delà de 35°C, l'eau fraîche de ce lac d'altitude leur avait fait un bien fou. Ils avaient ri et chahuté. Son dernier souvenir heureux d'adolescente.

Pourquoi, après une angine banale, la maladie s'est-elle déclarée ? Depuis, la souffrance ne l'a pas quittée. La douleur chaque nuit, ne pas pouvoir poser le pied à terre dans la rosée d'un petit matin, ne pas pouvoir respirer profondément… Elle se souvient de la première consultation chez le professeur T. Elle avait dix-sept ans. Jusqu'ici, le diagnostic n'était qu'un « banal » rhumatisme articulaire aigu atypique. Quelques mois plus tard, le corps médical avait revu sa copie. Typage génétique, scintigraphie osseuse. Vint le final explosif : spondylarthrite ankylosante.

Une baffe dans la gueule.

Dans ses escarpins inconfortables, elle claudique sur l'asphalte, giflée par les éléments climatiques indifférents à son désespoir. Sa partie de baise d'il y a quelques heures lui semble à des années-lumière. C'était hier, c'était il y a un siècle. Pour elle, le temps n'a plus de prise.

Changement de mémoire.

L'entrée se dessine à travers la nuit cotonneuse. CHU. Trois lettres lumineuses en majuscule tentent de braver la ouate. Sale présage d'un sombre futur.

Les couloirs, désertés, respirent les espoirs et les fatalités de la journée passée. Même l'odeur puissante des antiseptiques qui enivre les lieux ne l'incommode plus.

Ici, Élise connaît chaque recoin, chaque angle. Depuis des années, elle se rend régulièrement au quatrième étage du bâtiment B. Service d'oncologie. Ces derniers jours, elle est passée au bâtiment A. Sixième étage, Service gériatrique – covid.

Son père.

Y aura-t-il un miracle ? Malgré ses soixante-dix ans, elle veut y croire. Elle s'écorche à cet espoir.

Au sas de sécurité, elle sonne. Un interrupteur rouge aux allures d'urgence donne l'alarme. Nadia, une des infirmières de garde, déclenche l'ouverture de la double porte sécurisée. Une ironie. Comme s'il était possible de verrouiller ce virus qui attaque la planète depuis deux ans.

Derrière leur masque, ils ont peur. Tous. Un SRAS si puissant qu'il pourrait bien être le vainqueur de son père. Depuis des années, lui qui se bat contre un cancer des poumons finira peut-être terrassé par cette saloperie de virus. Ils sont seuls, l'un pour l'autre depuis le départ radical de Brigitte, l'épouse, la mère. Elle qui a fait ses valises quelques mois après l'annonce de la maladie de sa fille. Elle refait sa vie à l'autre bout du monde : l'Australie. Depuis, c'était un coup de fil par an. Elle s'était remariée, avait eu d'autres enfants.

Comme si tout cela n'était pas suffisant, quelques années plus tard, le malheur a de nouveau toqué à leur porte. Un intrus malfaisant. Cancer pour son père.

Des années de bonheur aussi fugaces qu'une portion de Vache qui rit.

Un pied de nez à l'existence.

Élise croise le médecin dans le couloir. Il l'attend dans une pièce dédiée aux familles. Une pièce froide flanquée de néons criards met en scène une table en Formica et des chaises en skaï balafrées. Un mobilier malade, à l'image des patients derrière ces portes fermées.

— Élise, comme je vous l'ai dit, les résultats sont mauvais. Jusqu'à ce matin, les antibiotiques fonctionnaient, mais le dernier scanner a révélé que les deux poumons sont totalement pris. Une toile d'araignée. C'est trop tard, il n'y a plus rien à faire. Je suis désolé.

Élise dégouline des yeux. Le chagrin la ramasse sur sa chaise. C'est l'heure, le moment qu'elle redoute depuis si longtemps. Perdre son père. Lui qui a toujours été présent, lui qui lui a tant donné. Dans quelques heures, elle sera seule face à elle-même. Son absence se profile et lui mord les chairs.

Devant la porte n° 14, une main amicale posée dans le dos, le médecin se confie. Lui aussi a perdu un proche du même virus, il y a quelques mois. Il revit sans doute ces derniers instants et son émotion se dissimule à peine derrière ses lunettes trop grandes.

Dans cette chambre, son père n'est plus que l'ombre d'un corps dans lequel la vie s'enfuit. Sa sonde nasale à oxygène lui délivre un sursis factice. Ils l'ont verrouillé au lit, dans un Sécuridrap. Une contention violente, car le cerveau lui aussi est touché. Il ne cesse d'arracher cette sonde. En finir avec cette mascarade.

Ce guerrier a déjà plié genou. Il entrouvre les yeux à son approche. Elle s'agenouille au bord du lit et pleure tout en lui caressant les cheveux. Les mots ne viennent pas.

Que dire ? Quoi raconter ? Pourtant, tout lui revient en vrac comme un diaporama. Les rires, les pleurs, tous ces moments qu'ils ont partagés.

Élise derrière son masque suffoque. Son souffle s'accorde à celui de son père.

Il bouge légèrement son bras collé au torse, invite sa fille à lui serrer la main. Il entrouvre les yeux. La regarde.

Un instant de lucidité suspendu, comme un miracle. Il s'exprime d'une voix à peine audible.

— Tu es là. Je vais partir et je vais te laisser, toi qui es si fragile. Je n'ai jamais eu la force de te l'avouer, mais il te reste de la famille. Ma sœur, ta tante. Jeanne a coupé les ponts il y a bien longtemps. Elle était fantasque, un peu spéciale. Retrouve-la. J'ai gardé quelques lettres. Tu les trouveras dans la commode du bureau.

Ses yeux rivés aux siens, il serre une dernière fois les mains de sa fille. Ultime résurgence de vie. Élise est déstabilisée. Mais le chagrin domine.

Celui de perdre son père et l'angoisse de l'accompagner dans son dernier voyage. L'homme ferme les yeux et retombe dans le néant.

Un point final entre le vivant et le mort.

Un moment interrompu par un toc à la porte comme pour signaler que la vie poursuit son cours juste derrière.

Une infirmière de garde vient d'entrer. Rompue aux fins de vie, elle annonce, professionnelle :

— Il est temps d'augmenter les sédatifs et de baisser l'oxygène. D'accord ?

Élise acquiesce sans savoir pourquoi elle valide cette mise à mort.

Entre deux sanglots, elle peine à articuler :

— Faites ce que vous avez à faire

— Rassurez-vous, votre père ne souffre pas. Avec cette perfusion, il va être plongé dans un profond sommeil, comme un coma.

Comment en sont-ils arrivés là ? Pourquoi cette descente aux enfers a-t-elle été si fulgurante ?

Il y a quatre jours, il était assis en face d'elle, fatigué, mais l'espoir était encore permis. Le virus n'avait pas délivré sa surpuissance.

Une trêve. Elle avait gardé ses distances au moment de le quitter. Les consignes sanitaires.

Cette nuit, elle se giflerait pour avoir respecté ces interdits drastiques.

« Dignare, o Domine » – Georg Friedrich Haendel
Interprétation Marian Anderson

Il est 2 heures du matin. Le visage de son père a viré entre le gris et le jaune. Une couleur étrange entre deux mondes. Un aller sans retour.

L'infirmière de nuit passe une tête.

— Est-ce que ça va ?

Non, ça ne va pas ! Mon père se meurt ! Élise hurle à l'intérieur. Elle voudrait crever maintenant, ici, à ses côtés. Elle respire un temps sur deux. Son esprit tangue, sa tête tourne. Elle halète, étouffe, suffoque. Elle va crever de cette absence définitive. Crever de cet amour, de tous ces souvenirs heureux qui s'enfuient.

Elle s'est allongée à ses côtés et dans ses bras, arrive le dernier souffle. Elle serre ce corps chaud. Comme si elle voulait retenir cette vie quelques instants. Juste ici. Juste encore un peu. Le temps s'étend. Élise ne lâche pas, elle ne lâche rien, jamais.

Comme un couperet, l'infirmière de garde débarque et assène la sentence finale.

— Je suis désolée. Toutes mes condoléances. Maintenant, je vais m'occuper de votre père. Sa dépouille sera mise dans un sac hermétique. Plus personne ne le touchera ni ne le verra. Je sais, c'est dur, mais ce sont les consignes.

Elle débite de manière mécanique ces phrases qu'elle a répétées à maintes reprises. Elle ne compte plus. Tant de morts.

Élise visualise son père dans ce film transparent. Un sac de congélation.

Une viande malade qu'il faut dégager vite, ne plus voir, ne plus respirer, ne plus toucher. L'infirmière s'affaire déjà pendant qu'Élise rassemble les vêtements de son père. Elle laisse juste un pantalon et ce gilet bleu marine qu'il affectionnait tant. Une dernière tenue décente.

Elle jette un dernier regard sur ce lit de mort et ferme la porte. Derrière elle, toute sa vie s'efface. Son enfance, ses rires, ses joies.

Le couloir froid qu'elle arpente n'en finit pas. Sur ce parking, ses jambes foulent l'asphalte rincé qui réverbère la lune pleine.

Dans cette nuit glacée, elle pense aux échéances qui vont se précipiter dans les jours qui viennent.

S'occuper des funérailles.

Seront-ils nombreux à l'église ?

Elle ne peut s'empêcher d'imaginer son père, ironique, balancer cette formule réaliste : « Seules les bigotes du quartier seront présentes, plus mues par le désœuvrement que par un quelconque lien affectif. »

Après les formalités d'usage, elle se plongera dans cette correspondance qui révèle une partie de l'histoire de sa famille.

Une tante. Jeanne. Une vie cachée de tous.

Pourquoi tant de mystères ?

Elle redoute que son père sur son lit de mort ait mis à jour de terribles secrets de famille.

5

Nanterre
C'est toi qui régales
Août 2022

OCRVP. Nanterre. Ses nouveaux bureaux. Une mutation précipitée pour Jourdain.

« Utilisation d'un accessoire non réglementaire » : telle avait été la conclusion du rapport de l'IGPN.

Le verdict sonnait davantage comme une « bavure », que comme une simple entorse au règlement.

C'était l'année dernière pendant l'assaut du terrier de Miodrag. Un pourri à la tête d'un trafic international de traite d'êtres humains.

La sentence lui était tombée dessus comme une bouse à l'échelle planétaire. Résultat : il avait perdu son poste en tant que commandant de la 1re DPJ.

Avec Lucie, son capitaine de l'époque, ils avaient dérapé. Le duo était souvent borderline mais c'est Lucie qui avait pris plein tarif[1].

Les bœufs-carottes avaient demandé sa radiation immédiate. Une décision validée dans la foulée par la commission de discipline.

---

1. cf. *Bestial* (précédent roman).

Pourtant, Lucie avait été lavée de tout soupçon quant à son implication dans cette histoire de groupe pharmaceutique coupable d'avoir pratiqué des tests médicaux hors normes.

Une histoire bien dégueulasse.

Depuis son départ de la police nationale, elle continuait à se consacrer à sa fondation Time4GetUp dédiée aux orphelins de la police et de la gendarmerie. Elle y mettait autant d'énergie et de ferveur que dans ses enquêtes.

Jourdain s'en réjouissait, mais face à cette sanction sans appel, il ne pouvait s'empêcher de rester amer. Il avait perdu plus qu'une collègue pugnace, une amie.

Le commandant, lui, a bénéficié d'une seconde chance, aussi bien due aux circonstances familiales dramatiques dans lesquelles s'était soldée cette intervention qu'à ses antécédents de policier salués à tous les étages de l'institution.

À l'OCRVP, il a gardé son grade. Il gère une équipe dédiée aux faits sériels commis sur le territoire français. À peine installé dans ses nouvelles fonctions, il a risqué une requête auprès de la direction. Accéder à la demande de Noémie, son capitaine à la 1re DPJ. Elle souhaitait rejoindre son équipe à l'OCRVP. Son intelligence et son expérience de plus de vingt ans sur le terrain avaient validé sa nouvelle affectation.

Arrivés à quelques mois d'intervalle, ils gèrent seuls ou en co-saisine des crimes complexes commis dans l'Hexagone.

Sur ce type d'affaires, l'unité est censée apporter une véritable plus-value aux enquêtes régionales : recoupement des données et identification de crimes aux *modus operandi* similaires qui émergent un peu partout. Une sorte de FBI à la française.

Sur le papier, un poste prestigieux dans une unité d'élite de la police. Mais c'est sans compter les casseroles que Jourdain traîne. Son écart de conduite a laissé une trace sale dans son dossier.

Résultat ? Son groupe se farcit les fonds de tiroirs. Toutes les affaires pourries, compliquées ou bien trop anciennes, c'est pour eux.

Dans la voiture qui le ramène vers Nanterre, son téléphone sonne.

— Salut, No.

— Alors, Durieux, ça a donné quoi ? Il est passé à table ?

— Oui, on a les aveux. Un P-V en or massif.

— C'est bon ça. Ce dossier devrait redorer notre blason ! lance ironiquement Noémie.

— Tu parles ! rétorque-t-il, amer.

— Oh Stéphane, arrête d'être toujours aussi négatif ! Je sais que c'est dur pour toi depuis un an. Tu as vécu un drame atroce, mais il est temps de positiver.

— Mmmm…

— Bon, on vient d'être co-saisis. Un nouveau dossier. Je t'en parle ou tu t'en fous ?

— Allez, vas-y.

— OK. On vient de nous refiler une patate chaude. Région Bourgogne-Franche-Comté. Dole, Jura.

— Encore un dossier poussiéreux, j'imagine ?

— Pas tant que ça. L'ouverture de l'enquête date de mai 2022. Attends d'avoir les détails.

— Vas-y balance.

— On a cinq squelettes dans des caisses découvertes lors d'un chantier. Leur datation au carbone 14 situe leur mort entre 1973 et 1975.

— Super ! Je sens qu'on va s'amuser. C'est le dossier le plus vieux qu'on nous aura refilé !

— On ignore encore le sexe des victimes, mais le doc est formel. Les ossements sont ceux de jeunes adultes. Entre dix-huit et vingt ans. Dans son rapport, il précise : « marques d'objet contondant sur chaque sternum ».

— Un peu violent comme mort. Tu sais qui est en charge de l'instruction ?

— Juge Joël Fayard à Dijon. Tu connais ?

— Non, jamais bossé avec lui.

— Le dossier est à la DIPJ dijonnaise. Les bourguignons ont demandé au juge une co-saisine. Ils sont sous l'eau. Pas le temps de s'occuper de cinq squelettes des années 1970.

— J'arrive dans une heure. Fred et Manu sont là ?

— Oui, on est sur place. On planche sur le dossier des viols à Nantes. Manu et moi on s'arrache les cheveux. Les flics nantais nous mettent des bâtons dans les roues.

— Comme d'hab… réplique-t-il.

— Quand tu rentres, on fête le dossier Durieux.

— Bof. Pas trop envie là. Je suis crevé. Je crois que je vais rentrer prendre mes médocs et finir ma série *Les Papillons noirs*. Tu l'as vue ? C'est top !

— Non, tu ne t'affaleras pas dans ton canapé devant la télé. Ce soir, tu sors de ton trou avec l'équipe, bon Dieu !

— Écoute, on verra quand je serai sur place. Je suis vraiment vanné.

— Stéphane, c'est un ordre ! Quand tu arrives, on va à l'Escale manger et boire un coup.

Jourdain hésite. En chemin, il est encore temps de bifurquer, d'éviter Nanterre et de s'enfermer dans son appartement.

— Bon. On verra.

— Je sais ce que tu as en tête. T'as intérêt à te pointer. Y a pas de « on verra » avec ton air déprimé. Dès que tu arrives, on file au resto. Ah oui, au fait, juste un truc : c'est toi qui régales !

6

Et si une nouvelle vie était en train de s'écrire ?

« Playground Love » – Air

La maison est dans le noir et flotte déjà une odeur de passé. Les moments joyeux qu'ont connus ces murs se sont carapatés derrière le papier peint désuet des années 1980. Un décor au visage épuisé, à l'image de celui d'Élise.

Un temps, le père et la fille, seuls maîtres des lieux, avaient envisagé de changer la décoration, reprendre un nouveau souffle après le départ de l'épouse, la mère, et puis, ils avaient oublié.

Ce soir, seule dans ce foyer, sans son père, l'environnement l'étouffe. Tout respire la fin de vie, comme le propriétaire des lieux.

Dans les murs, les rires et la complicité s'effacent, détrônés par la douleur et l'isolement.

Même le lino de l'entrée transpire la maladie, de celle dont on ne revient pas.

À côté du bureau de son père, plantée au centre de cette commode Empire, même le cœur de la vieille pendule s'est arrêté. Seul son père en connaissait le mécanisme délicat et savait la remonter avec une clé qu'il insérait de manière particulière au cœur même du cadran. Chargée de lourds artifices dorés, elle a toujours trôné ici, d'aussi longtemps qu'elle s'en souvienne. La légende familiale voulait que l'objet eût quelque valeur. Mais Élise en avait toujours douté au regard de ces dorures bien trop clinquantes.

Elle s'attaque au contenu du meuble.

Dès le premier tiroir, la vue de ces dossiers rangés au cordeau la renvoie à la méticulosité de son père. Cette précision qu'il mettait à tout classer confinait presque au TOC.

À cet instant, elle a le sourire triste des souvenirs.

Pardon papa, mais je vais bousculer ton organisation.

Avec des gestes frénétiques, Élise cherche les documents dont lui a parlé son père. Elle empoigne des dossiers : assurance, mutuelle, voiture, habitation, compte en banque. Que de l'administratif.

Elle voudrait tout bazarder, déchirer toute cette paperasse inutile, la piétiner, l'écorcher.

La rage et la douleur mêlées.

Pourtant, elle n'en fait rien et les fichiers s'empilent sur le bureau.

Dernier tiroir. Il ne reste plus devant elle qu'un dossier épais et poussiéreux. Une ancienne étiquette jaunie précise : « contrat de mariage ».

Élise fulmine et, violente, extirpe ce dernier document lorsqu'une enveloppe kraft tombe sur le tapis persan dans un bruit métallique étouffé.

Il semble évident que le pli, soufflé en son milieu, renferme plus que de simples papiers. En son centre est tracé à la plume noire, dans une calligraphie d'un autre temps, un prénom : Jeanne.

Fakir, son petit tigré, intrigué, vient s'inviter sur le canapé. Impatiente, elle ouvre l'enveloppe, curieuse de découvrir la nature de l'objet glissé à l'intérieur.

Une boîte de métal piquée de rouille est grippée, elle résiste. Elle s'acharne de toutes ses forces, tente de décoller les deux parties, quand enfin elle cède, son contenu tombe sur le sol.

Un contenu surprenant, accompagné d'une étiquette jaunie. Une écriture à l'ancienne : « Jeanne, 5 ans ».

Élise poursuit ses recherches et sort quelques papiers. Des cartes postales aux couleurs et aux images démodées et deux lettres datées des années 1974 et 1975. Quelques phrases sibyllines ponctuent ses écrits « Venez me voir », « Je vous attends », « Je vous en prie », des suppliques répétées à de nombreuses reprises.

Puis deux photos. Celle d'une petite fille d'environ deux ans. Des boucles blondes encadrent un visage poupon, une robe bleue de gala assortie à la couleur de ses yeux. L'enfant a sans aucun doute été préparée pour les exigences esthétiques du photographe. Elle sourit et tient une pomme dans sa main. L'autre photo est plus récente. Elle semble bâclée, prise à la va-vite, comme s'il fallait en finir vite. Le cliché présente une adolescente. Au dos, une mention : « Jeanne, 13 ans ». Silhouette frêle dans un manteau trop large, et des chaussettes hautes dans des ballerines serrées. Le sujet se tient debout devant la maison familiale. Elle tente un sourire triste qui transpire le malaise. Un livret de famille précise sa date de naissance.

Une dernière enveloppe postale attire son attention.

Une lettre datée de janvier 1985. Les derniers vœux de bonne année à l'intention de son père. À l'arrière, une adresse : Allée de la Rosière 11, 2000 Neuchâtel.

Ainsi sa tante a vécu en Suisse. Cette domiciliation remonte à de nombreuses années, mais c'est une piste qu'elle doit exploiter. Peut-être le début d'un lien qui se renouera. Un nouveau chapitre dans l'histoire familiale.

Depuis le décès de son père, elle réalise à quel point elle est dépendante de l'autre. C'est une trentenaire d'autant plus handicapée lorsque les crises se manifestent. Dans ces moments-là, elle se déplace difficilement sans sa canne.

Depuis l'annonce de sa maladie, Élise n'a jamais quitté la maison. Elle et son père vivent tous les deux sans véritables liens sociaux. Son père, son seul ami, son seul confident. Elle s'est réfugiée dans le nid familial.

Qu'avait-elle de mieux à faire ? La bonne blague ! Ses amis du même âge, eux, profitaient d'une vie trépidante, rythmée entre virées, fêtes et alcool.

Elle, elle était enfermée dans son quotidien médical. Trop de souffrances. C'est arrivé insidieusement. Les sourires, les rires s'évaporaient. Moins d'envie de sortir, de voir les autres, de s'amuser. Puis, plus d'envie du tout. La distance s'est alors creusée entre elle et sa bande de copains.

Sa maladie avait pris le dessus sur sa vie.

Au fil du temps, elle s'était habituée à cet isolement amical, l'unique présence paternelle à ses côtés.

Elle sait qu'elle ne peut rester solitaire. Sa maladie la rive à l'autre. Elle est dépendante, surtout quand les crises surviennent.

Pourquoi son père n'avait-il jamais parlé de Jeanne ? Cette femme était restée invisible depuis toujours. Que s'était-il passé dans sa famille ? Sa décision est prise. Elle va lui écrire à l'adresse indiquée, pour l'informer du décès de son père et prendre contact.

Une tante. La dernière famille qui lui reste.

Dans un élan d'optimisme, elle rêve…

Et si une nouvelle vie était en train de s'écrire ?

7

Ses plus terribles cauchemars

Septembre 2022

À Nanterre, les premiers jours de septembre rayonnent d'un été presque fané sur l'OCRVP. Ce bâtiment à l'architecture administrative n'a ni de près ni de loin l'allure du Bastion, et encore moins l'âme du 36.

Le décor intérieur, plus efficace qu'esthétique, a été flanqué à la va-vite d'une moquette en dalles sombres et de murs aussi fins que du papier à cigarette.

Comme pour bâcler l'ouvrage, l'architecte n'a pas non plus négligé l'urgence de l'éclairage. Partout, une lumière crue et aveuglante.

Les rayons d'un soleil encore vigoureux traversent les fenêtres et viennent réchauffer le bureau de Jourdain.

Qu'importe. Cette matinée ensoleillée n'est que grisaille pour lui.

Le gris, toujours le gris. Omniprésent.

Une couleur hésitante entre le blanc et le noir, qui oscille entre deux rives. Cette frontière entre le vivant et le mort résiste comme un sparadrap qui refuse de décoller.

La veille, avec son groupe, ils ont fêté le dossier Durieux. Au fil des mois, Jourdain s'est attaché à tous les membres de son groupe. Une famille. Il a la chance d'avoir à ses côtés des collègues compréhensifs. Il manque tellement d'entrain depuis la mort de Clarisse. Il n'arrive pas à s'extirper de toute cette tristesse qui l'englue.

Ce matin, assis dans son fauteuil, les yeux dans le vague, la pointe du clou dissimulée dans sa poche s'enfonce à l'intérieur de la paume. Il pourrait y aller plus fort, mais hier soir ça a saigné.

Dans les bureaux, il serait bien malin, tiens, s'il se mettait à pisser le sang !

Sa psy lui avait suggéré d'acheter une balle de mousse antistress. Ben voyons ! La grosse rigolade. Il a besoin d'un substitut beaucoup plus violent pour calmer sa douleur intérieure. Seule cette pointe aiguë lui rappelle qu'il est encore vivant.

Merde ! Une perle de liquide sirupeux vient de couler le long de sa paume. S'arrêter maintenant. Il sort sa main blessée et s'essuie avec un mouchoir en papier. Artistique, la goutte a dessiné une trace rouge carmin façon Pollock. Il jette le kleenex dans la poubelle et le dissimule sous des boulettes de papier.

Puis, de la même main, il caresse sa barbe touffue. Imposante, elle déborde face aux nouvelles autorisations. Pas réglementaire avait grincé le taulier en visant les poils. Mais il s'en fout. De toute façon, ça ou autre chose, il a toujours été un trublion à tous les étages de l'institution policière.

Malgré la fête d'hier soir, ce matin, retour à la case départ. Tristesse et humeur noire.

C'est que Jourdain est un nostalgique. Il dissimule sa sensibilité derrière un large gabarit et une haute stature. Ses colères légendaires et ses poings sur la table complètent le personnage pour le commun. Un homme bourru et rustre.

Depuis le drame, Stéphane Jourdain s'est fragilisé. Il est passé par tant de montagnes russes après sa dernière grosse et éprouvante enquête. Lucie était encore à ses côtés. Nico, Armelle, Paulo, Alex, aussi. Ils lui manquent. Que dire de Clarisse ? Le dossier est trop lourd, même pour sa large carrure.

Après son faux pas, l'équipe s'est disloquée et tous sont partis vers d'autres horizons, d'autres services. Noémie est la seule encore à ses côtés.

Noémie Sanchez. Son capitaine est une sacrée nana. Elle incarne la rectitude même, à l'opposé du duo Jourdain-Lucie. Deux flics qui s'arrangeaient avec la procédure avec des méthodes peu réglementaires, mais plus efficaces et expéditives pour faire avancer une affaire.

Noémie. Ce petit bout de femme de 1,55 mètre a des principes. Cette mère de famille de quarante-quatre ans a essuyé les violences de son ex-mari pendant dix ans. Ne vous y trompez pas, la niaque coule dans ses veines, aussi intense que ce sang brûlant andalou. Les coups l'ont rendue plus puissante qu'avant. C'est une guerrière qui pratique la boxe thaï depuis son divorce. Elle accepte désormais les poings dans la gueule et sait les rendre à la perfection. Son petit gabarit ne laisse pas deviner un attirail de muscles saillants sous ses vêtements.

Bien au-delà de son physique, le capitaine a un cerveau du même acabit. Sanchez n'est pas une enfant de chœur. Dans cette dernière enquête qui a fait voler leur groupe en éclats, elle savait dès le départ qu'il y avait une embrouille. Jourdain et Lucie avaient franchi la ligne rouge. Il s'est confié à elle. C'était à l'issue de l'enquête de l'IGPN. Il était au fond du trou. Elle l'a écouté pendant des heures, sans jamais un reproche. Il devait sauver sa fille. Point barre. Cette mère poule allait-elle lui jeter la pierre ?

Noémie, son silence est plus précieux que les mots. Derrière, il y a des codes que Jourdain sait décrypter. Ce que Noémie n'exprime pas avec les mots, elle le dit avec les actes. Plus fort.

Dans sa nouvelle affectation, elle alterne son temps entre sa vie de maman avec sa fille de treize ans, un peu bancale et mouvementée, et sa vie professionnelle qu'elle mène tambour battant. Une vie familiale devenue plus harmonieuse depuis l'arrivée dans sa vie d'un nouvel amoureux.

Jérôme. Veuf. Papa de deux garçons de onze et treize ans. Leurs deux aînés ont le même âge. Et voilà une nouvelle famille recomposée, dans laquelle Jérôme s'investit pour pallier les horaires de sa compagne.

Noémie avait digéré ses dix ans de lutte quotidienne pour protéger sa vie et celle de son enfant dans un huis clos infernal. Avec ce nouveau compagnon, elle s'est apaisée. Aujourd'hui, elle et Jérôme ont recréé un vrai clan. Celui des grandes tablées animées et bruyantes. Comme sous une pergola, à l'abri du soleil méditerranéen. Une réminiscence familiale espagnole ? Probable.

Après la mort tragique de la fille de Jourdain, Noémie a entouré et soutenu son supérieur au quotidien. Il est venu souvent le week-end passer du temps à la maison, dîner ou juste parler. Jérôme a été d'une écoute attentive.

Un modèle d'altruisme.

Elle sait que Jourdain ne se remettra jamais de la perte de son enfant dont il se sent responsable.

Seule sa plus jeune fille, Emma, arrive parfois à le faire sourire… mais pas sans ses anxiolytiques. Des prises médicamenteuses nocturnes, quand l'endormissement tarde, violenté par des images terribles qui l'assaillent et viennent percuter sa rétine. À peine le sommeil vient-il le soulager, qu'il se réveille en proie aux plus vifs tourments. Des cauchemars récurrents. Des hurlements et des chutes, hautes, de plus en plus hautes. Une chute sans fin.

Le fait d'être flic complique l'équation. Surtout quand ses crises d'angoisse débarquent sans crier gare, en pleine journée, sans qu'aucun élément extérieur n'interfère. C'est imminent, ça surgit comme une envie de pisser. Son cerveau vrille, l'enserre dans un étau malsain. Et puis, cette balle dans sa gorge qui l'étouffe, aussi grosse qu'une boule de pétanque.

Hanté, voilà ce qu'il est devenu.

Bien sûr, depuis le drame, il est suivi par la psy du SSPO[1] qu'il voit une fois par mois. Mais lors de ces tête-à-tête intimes, hors de question d'ébruiter cette faiblesse qui laisserait présager une potentielle défaillance professionnelle.

Jourdain sort de ses sombres pensées et allume son ordi. Ça toque à l'encadrement.

Un détail. Sa porte de bureau reste toujours grande ouverte. Ça lui permet d'affronter ses fantômes, tapis dans l'ombre, qui surgissent d'un coup. Ces silhouettes errantes le défient. Parfois, c'est Clarisse, sa fille au visage éclaté, ou la venimeuse Asako[2] qui rampe sans bras ni jambes. Elles lui torturent l'âme et lui grignotent le cerveau.

---

1. Service de soutien psychologique opérationnel (service d'aide aux personnels, à visée psychothérapeutique et préventive. Ces spécialistes sont formés à la prise en compte des risques spécifiques liés au métier et ont une bonne connaissance de la réalité policière).

2. cf. *Jeu de peaux* et *Bestial* (précédents romans).

Jourdain se ressaisit.

— Entre ! lance-t-il sur un ton jovial, artificiel.

Noémie s'avance et agite un gros dossier.

— Salut !

— L'affaire des squelettes jurassiens ?

— Bingo !

— Ben dis donc, les Dijonnais n'ont pas tardé à nous envoyer leur patate chaude. Tu as jeté un coup d'œil ?

— Vite fait. Au vu des premiers éléments, on ne sera pas de trop avec Fred et Manu sur le dossier.

Noémie marque un temps d'arrêt. Elle hésite. Elle connaît Jourdain et ses réticences.

— Ce serait bien aussi qu'on demande à Olivia son point de vue.

— Olivia Delormes, la psy ? Pourquoi ? répond-il sur la défensive.

— Elle a fait du très bon boulot avec l'autre groupe sur le dossier Ligier. Et pourtant, c'était du costaud.

— OK, mais pourquoi une psy sur notre affaire ? Des singularités notables ?

— Ben, on est face à un meurtre sériel et un *modus operandi* très particulier. Y a du croustillant dans le rapport du légiste. Ce qui coince, c'est la position des squelettes.

— C'est-à-dire ?

— Sur les photos de l'IJ[1], les corps sont positionnés de façon étrange. Selon le doc, le meurtrier aurait agi avant la rigidité cadavérique pour les façonner avec du fil de fer.

— C'est quoi ce délire ?

1. L'Identité judiciaire est l'une des missions de la police scientifique. Son travail consiste à recueillir, à conserver et à présenter des éléments de preuve, et à coordonner ses compétences avec celles de l'enquêteur chargé de l'affaire et des experts judiciaires.

— Le tueur aurait travaillé les corps pour leur donner la forme souhaitée. Dans son rapport, le légiste précise qu'un cadavre peut bouger pendant presque un an : les gaz, les ligaments qui cèdent… Bref, on sait tout ça. Sauf que là, des fils de fer rouillés entravaient l'intégralité des corps. Comme si le meurtrier voulait les figer de manière définitive

— Tu me parles de bondage extrême, là ? Pas très courant cette pratique à l'époque…

— À ce stade, rien ne nous dit qu'il s'agit de meurtres à caractère sexuel. Mais tout peut être envisagé. En tout cas, d'après les premiers éléments reçus, les flics dijonnais, dès le départ, se sont orientés vers des meurtres sacrificiels. Ils envisagent que la position des corps délivre une sorte de message, un code ésotérique ou religieux.

— Un code ? Ton histoire m'a bien l'air barrée. OK, va pour la psy. Mais laisse-nous du temps. Tu sais à quel point je les affectionne ! lance-t-il, ironique. Je préfère qu'on examine entre nous le dossier dans un premier temps et qu'on la débriefe une fois qu'on aura approfondi les éléments.

Cinq corps figés pour l'éternité, comme un message…

Jourdain, à cet instant, est loin d'imaginer que cette enquête va le mener au bord du gouffre et lui faire revivre ses plus terribles cauchemars.

8

De l'ordre de la réparation

La sentence tombe quelques jours plus tard dans sa boîte aux lettres « Non distribuable » tamponné vite fait, à l'administratif helvétique.

Entre cette dernière lettre datée de janvier 1985 et aujourd'hui, trente-sept ans se sont écoulés. Forcément, il s'était passé mille choses. Que s'était-elle imaginé ?

Retrouver sa tante allait être compliqué.

Son travail à la crèche l'accapare et lui laisse bien peu de temps pour entreprendre ses propres recherches. Elle doit trouver de l'aide auprès d'un professionnel.

Ce samedi matin, elle se rend au 50 de la rue de Vesoul, à Besançon.

Au rez-de-chaussée d'un immeuble défraîchit, une plaque en laiton lustrée. Un nom et un titre : Thierry Fréjean – détective privé.

La matinée est grise et glaciale. Une fine couche de neige revêt d'un manteau blanc les toits bisontins. Les cheminées crachent leurs vapeurs, ajoutant des petits nuages à la grisaille du ciel.

Un vent gelé s'infiltre dans les moindres interstices de sa doudoune. Élise resserre son écharpe autour de son cou. Ses articulations la malmènent.

Au troisième étage, l'homme l'invite à entrer. La décoration intérieure est surannée, mais chic.

Le détective, la soixantaine, est à l'image du décor dans son costume trois-pièces. Ancien flic, cet enquêteur privé depuis plus de trente ans a traité tous les cas possibles et imaginables. Il connaît tous les secrets des notables du coin. Ses nombreux clients l'apprécient pour sa discrétion. Avec lui, rien ne filtre et ce n'est pas le maire de Besançon qui s'en plaindra. Il fait du particulier, du politique, de l'homme d'affaires. Des clients aux profils divers se sont succédé dans son bureau. Filature pour infidélité, enquête demandée par des employeurs sur des salariés pour monter un dossier de licenciement, surveillance économique entre sociétés concurrentes. Aujourd'hui, il n'a plus beaucoup d'espoir sur l'homme. Il en a tant vu. L'historique de ses affaires lui a appris qu'il ne faut jamais surestimer la nature humaine. Proche de la retraite, il aspire à retrouver une vie normale. Partir dans le Sud avec Jacqueline, sa femme. S'acheter un petit mas au soleil pour enfin couler des jours heureux loin de toute cette crasse dont il a été témoin et qu'il a eu à dénouer dans sa longue carrière.

Il est un peu surpris par le profil de cette nouvelle cliente qui s'avance vers lui, en appui sur une canne. La jeune femme lui fait immédiatement bonne impression. Il suppose qu'elle vient d'un milieu assez aisé sans être bourgeois. Elle a le regard franc souligné de profonds cernes. Cette jeune femme l'émeut. Elle doit avoir le même âge que sa fille. Elle leur manque à lui et à sa femme. Cela fait bientôt huit mois qu'ils ne se sont vus.

Son mari et elle sont partis tous les deux à Singapour pour une longue expatriation. Il sera bientôt grand-père. Un petit-fils. Le couple de futurs grands-parents a hâte d'aller les rejoindre pour plusieurs mois. Ils seront aux côtés de leur fille et pourront l'aider dans ses tâches quotidiennes avec le bébé. Jacqueline trépigne d'impatience. Lui aussi.

Ses pensées l'entraînent à des milliers de kilomètres de là et son esprit dérive sur le Cambodge, le Vietnam, la Thaïlande, car le couple prévoit de rester en Asie plusieurs mois.

Un courant d'air froid l'extirpe de ses pensées et le ramène à sa cliente.

Même le plus imperméable à la psychologie comprendrait au premier coup d'œil que cette femme traverse une situation difficile. Mari volage, chantage, intimidations de la part d'un inconnu ? Il extrapole des scénarios. Il lui propose de s'installer dans un fauteuil de style Louis XVI aux accoudoirs en noyer. En face, le bureau Louis-Philippe du détective, aux lignes strictes, sans fioritures. Il l'a choisi pour ses lignes franches et abruptes à l'image de l'efficacité avec laquelle il traite ses dossiers. Carré.

— Que puis-je faire pour vous, madame ?

Elle explique. Elle vient de perdre son père. Les yeux mouillés, les mots s'échappent d'elle. Elle détaille sa mort. Leurs maladies respectives. Les longues années pendant lesquelles son père s'est battu contre le cancer et puis, elle aussi, toujours entre deux portes d'hôpital. Les circonstances de son décès, son handicap, sa détresse, sa solitude. Les mots jaillissent, la tristesse suit, puis les sanglots. Elle s'excuse.

Fréjean, peiné, lui tend la boîte de Kleenex qu'il tient toujours à disposition sur son bureau. L'habitude des situations désespérées, qui font craquer même les plus résistants au moment où ils expliquent la raison de leur venue. Il est un peu comme un psy, au fond… Écouter, soulager, résoudre.

Élise sèche ses larmes. Elle en vient à la confession de son père. Ce qu'elle lui révèle s'avère assez différent des affaires qu'il a l'habitude de traiter.

L'homme hoche la tête. Concentré, il prend des notes.

Elle a une tante. Jeanne. C'est la seule famille qui lui reste. Mais personne ne lui a jamais parlé d'elle. Il semble que cette femme ait coupé les ponts avec sa famille il y a longtemps. Elle est quelque part, mais où ? Elle a besoin de son aide, conclut-elle en lui remettant son dossier.

— D'accord… Laissez-moi quelques minutes pour lire ces feuillets.

Thierry Fréjean, avec délicatesse retourne les cartes postales, lit avec attention chaque ligne manuscrite. Il reconnaît bien là les images de ces cartons illustrés que lui-même envoyait à sa famille alors qu'il était en pensionnat. Des images de fleurs, des photos de villages, tout cela était tellement passé de mode, mais il en éprouve un vif pincement au cœur. Ses propres souvenirs. Dans sa lecture des courriers datés des années 1970, il remarque l'insistance de la jeune fille à rejoindre les siens et ses supplications pour que sa famille vienne la voir. Cette adolescente avait été mise à l'écart. Internat ? Possible.

Pourtant, rien dans sa lecture ne lui donne plus de précision.

Il fait une pause, et fait glisser ses lunettes sur le bout de son nez. Il semble happé par cette histoire peu commune et considérer cette affaire sous un nouveau jour.

Il s'exprime :

— D'après cette dernière carte postale ancienne, je note que votre tante attend que son père vienne la chercher pour passer les grandes vacances d'été en famille.

— Oui, c'est cela. Mais visiblement, personne n'est jamais venu. Est-ce à ce moment-là qu'elle aurait décidé de rompre avec sa famille ?

— À ce stade, il m'est impossible de me prononcer au vu du peu d'informations dont je dispose. Je suis désolé de lire tout cela. Cette enfant, enfin, je veux dire votre tante, a visiblement souffert de cet éloignement. Aussi, je note que, d'après le livret de famille que vous avez retrouvé, votre grand-père s'était remarié. Ce doit être sa belle-mère qu'elle désigne comme « Tata ».

— Oui. Mon père a perdu sa mère alors qu'il avait tout juste sept ans. Je sais qu'il a eu une enfance difficile. Il n'en parlait que très rarement. Quand je l'interrogeais, je voyais bien que ces souvenirs qui remontaient à la surface lui étaient douloureux. J'ai souvent éludé le sujet malgré ma curiosité. De toute façon, notre vie à tous les deux et nos maladies nous obligeaient à nous battre chaque jour.

— Je vois. Oui. Tout cela est bien triste. J'en reviens à Jeanne, permettez-moi. Le livret de famille précise qu'elle est née le 13 juin 1957. Elle aurait donc aujourd'hui soixante-cinq ans. Je ne veux pas vous donner de faux espoirs. Est-elle seulement encore en vie ? Désolé d'être brutal, mais c'est une éventualité.

Élise encaisse le coup. Elle n'a pas envisagé cette possibilité.

— Je dois savoir.

Fréjean retire ses lunettes. Il regarde Élise et prend son temps avant de s'exprimer.

— Madame, je vais être direct. Cette volonté manifeste de couper les ponts avec votre famille sonne comme un point final. Sa dernière prise de contact avec votre père remonte à 1985, si l'on considère que cette lettre est la dernière qu'il a reçue. C'est loin. Ne craignez-vous pas qu'elle ne donne pas suite ?

— Je suis prête à aller jusqu'au bout.

— Avez-vous d'autres informations à me transmettre ?

— Non. J'ai fouillé toute la maison et je n'ai rien retrouvé d'autre. Cette lettre postée en Suisse est la plus récente.

— Très bien. Je vais me déplacer en Suisse et rechercher dans les documents administratifs. Impôts, déclaration d'habitation... il y a forcément une trace quelque part et un suivi d'adresse.

— Je vous laisse l'intégralité du dossier.

Depuis le début de leur entrevue, les yeux du détective n'ont cessé de faire les allers et retours entre les yeux d'Élise et la petite boîte en métal qu'elle tient dans sa main. Ça l'intrigue.

— Cela fait-il partie du dossier ?

— Ah oui, désolée ! s'excuse-t-elle d'emblée.

— Me permettez-vous ? demande-t-il, l'index pointé vers l'objet.

Élise confirme et lui confie l'objet. Fréjean, curieux, chausse de nouveau ses lunettes pour mieux examiner son contenu.

— Est-ce à elle, comme l'indique l'étiquette reliée avec ce ruban ? « Jeanne, 5 ans ».

— Oui.

— Puis-je garder cela aussi ?

— Bien sûr. J'espère de tout cœur que vos investigations seront fructueuses.

Raccompagnée vers la sortie, Élise se sent en confiance avec ce professionnel.

Pour le détective, cela ne fait aucun doute, la démarche d'Élise est clairement de l'ordre de la réparation…

9

Voir tout ça de plus près
Septembre 2022

Dans le TGV, en direction de Dijon, l'équipe parisienne a rendez-vous avec les flics bourguignons. Une rencontre importante pour faire le point sur le dossier. Ils veulent aussi creuser cette intuition que les corps délivrent un message, un code. Il faudra qu'ils en débattent. Se déplacer leur permettra aussi de se rendre sur les lieux de la découverte. Un point fondamental.

À leurs côtés : Olivia Delormes. Cette psycho criminologue fait partie des trois spécialistes de l'OCRVP. Comme ses deux confrères, elle travaille sur divers dossiers : *cold case*, crimes sériels, dérives sectaires, disparitions ou encore pédophilie. Des affaires qui nécessitent un regard de spécialiste rompu à la psychologie des criminels. Souvent, un véritable atout pour résoudre les dossiers.

Jourdain, malgré ses réticences, a bataillé pour l'avoir à ses côtés. Noémie lui a mis la pression. Il a cédé au regard de la complexité des faits qu'ils ont à dénouer.

Mais leur affaire n'est pas prioritaire aux yeux de la direction. Bien d'autres enquêtes plus récentes sont sur le gril. Pourtant, Jourdain a eu gain de cause. Même si l'histoire est ancienne, l'hypothèse qu'il avance n'est pas si folle. Et si le criminel était encore en vie ? Son atout supplémentaire ? La détermination du magistrat instructeur dijonnais, Joël Fayard. Ce dernier veut aller jusqu'au bout pour aboutir à la manifestation de la vérité. Deux pugnacités concordantes qui ont fini par l'emporter.

Pourtant, l'idée de travailler au coude à coude avec une psychologue lui fiche une frousse bleue. Lui qui depuis plus d'un an fait semblant. Semblant d'être celui que tous connaissent, ce grizzly mal dégrossi qui pique des colères légendaires. Il est passé maître dans l'art de dissimuler son état intérieur.

Cette experte du cerveau humain pourrait bien le démasquer.

Après le drame, il en a bouffé des séances de divan dans le cabinet de consultation du SSPO.

Il a tenté d'esquiver, mais le taulier l'a rattrapé par le col. Inflexible. C'était à prendre ou à laisser. Sous-entendu : il refusait et s'ouvrait devant lui une autoroute aux allures de voie de garage. Pour Jourdain, avant tout homme de terrain, la perspective de terminer sa carrière dans un placard à balais est inenvisageable.

Avoir une psy sur l'enquête le terrifie. Il redoute un faux pas fatidique. Il lui faudra plus de béquilles. Juste un peu plus de lexo par jour pour passer sous les radars d'Olivia Delormes. Et puis, il a son clou…

À quarante-quatre ans, la psychologue avait décidé de quitter son cabinet de consultation privé dans le 8e arrondissement pour rejoindre à temps plein l'OCRVP. C'était il y a deux ans.

Un recrutement nécessaire devant les dossiers complexes venus de toute la France et qui s'accumulaient sur les bureaux.

Son parcours en milieu carcéral auprès de détenus multirécidivistes et sa connaissance des dérives du cerveau humain, avait convaincu l'administration et scellé son nouveau destin professionnel au sein de cette unité policière.

L'implication requise sur des dossiers complexes a vite rempli son esprit et son emploi du temps. Les horaires à rallonge et les nombreux déplacements partout en France ont suivi le même tempo. Un rythme compliqué pour trouver un équilibre entre une vie personnelle et professionnelle.

D'autant qu'il y a Bastien, son fils unique.

C'était fin juin, il y a deux ans. Il faisait beau et les cours étaient finis. Bastien, comme tous les collégiens libérés de leurs obligations, surfait sur l'été. Flottait sur la capitale un vent de liberté irrépressible. L'urgence de profiter des terrasses ensoleillées, de la chaleur et des nuits enfiévrées. La musique et l'alcool coulaient à flots. Bastien n'était jamais en reste lorsqu'il s'agissait de faire la fête. En cela, il ressemblait à son père. Olivia, elle, avait toujours été plus réservée, dans la retenue, moins explosive.

C'est justement une explosion dramatique qui s'est passée cet été-là dans leur vie. Un scooter face à un camion de livraison. Un accident en plein cœur de la capitale.

Pompiers, hôpital Georges-Pompidou, une opération, un traumatisme crânien.

Six semaines après, Olivia a récupéré son adolescent en fauteuil roulant. Handicapé jusqu'à la fin de ses jours.

Un refus de priorité qui lui a coûté ses deux jambes.

Ensuite, comme une descente aux enfers, un divorce a suivi quelques mois plus tard. Le père est parti vivre en Espagne, loin de ce fils devenu une charge définitive.

Depuis le drame, Olivia alterne ses journées entre réunions et rendez-vous de kinésithérapie pour son fils. Des séances qui ne donnent jusqu'à présent aucune réelle amélioration. Heureusement, Valérie est là. Sa sœur. Au chômage depuis six mois, cette dernière, devant cette situation et ses revenus en berne, s'est installée chez elle. Logée dans des conditions confortables, Valérie prend le relais et s'occupe de son neveu.

Dans la rame du TGV, le portable d'Olivia ne cesse de vibrer. À peine assise pour prendre quelques minutes de repos qu'un 06 la dérange de nouveau. Elle passe la plupart de son temps entre les deux wagons pour prendre les appels.

— Un problème ? demande Jourdain lorsqu'elle se pose enfin.

— Oui, mon fils est tombé de son fauteuil roulant au lycée. Il est paraplégique.

— Ah, merde ! répondent d'une seule voix Noémie et Jourdain qui ignoraient sa situation.

Ils attendent des explications qui ne viendront pas.

Ici, on enferme ses plaies dans l'intimité.

En faisant abstraction de son domaine d'expertise sur le cerveau humain, Jourdain doit bien se l'avouer, Olivia lui plaît bien. Son fichu caractère lui rappelle celui de Lucie. Cette femme le désarçonne. Elle alterne entre des manières rudes à la voix autoritaire lorsqu'elle s'exprime sur une affaire et une voix douce et posée, en dehors.

Sa peau caramel sent bon les îles lointaines. Ses cheveux longs et ondulés encadrent un sourire franc et sincère dans une bouche mutine. Olivia Delormes ressemble aux vierges de Tiepolo.

Ses yeux en amande, grands et ourlés de longs cils, soulignent un regard perçant. Cette fille a un visage peu commun.

Après de multiples appels, Olivia peut enfin se reposer. Sa sœur est intervenue. Rien de grave, juste une belle frayeur.

La tête de Jourdain dodeline. La fatigue l'emporte. Il s'assoupit, aussitôt réveillé par ses propres ronflements. Gêné, il se redresse.

Olivia, face à lui, l'observe. Jourdain, électrisé, sort de sa torpeur et dans un mouvement brusque du bras, fait chuter les fiches de la psychologue. Il râle tout en se penchant pour ramasser les feuillets qui ont volé dans l'allée. Elle rit. Confus, il s'excuse de sa maladresse.

Intérieurement, il fulmine : *Bordel, fais gaffe ! Putain tout ça commence bien.*

Dijon. Leur point de chute. Ils vont rester quelque temps sur place pour se faire leur propre idée sur le dossier, et pousser jusqu'à Dole pour un repérage sur le site de la découverte des corps.

Laurence Tomasin, brigadier-chef à la DIPJ dans le groupe du commandant Pierre Lasserre les accueille devant le parvis de la gare.

Dans l'équipe, elle s'est tout de suite impliquée dans cette enquête. C'est bien la seule.

Jurassienne et originaire de Dole, cette découverte macabre en périphérie directe de sa ville natale a déclenché un intérêt immédiat. Ravi, son chef lui a confié le dossier. Son groupe a bien d'autres chats à fouetter que ces cinq squelettes des années 1970.

Laurence Tomasin, trente-cinq ans, respire le bonheur. Ça fait du bien. Cette petite brunette dynamique, pleine d'entrain, arbore une chevelure abondante. Ses cheveux noirs, longs et bouclés encadrent un visage encore hâlé par le soleil estival. Sa silhouette est aussi frêle que son sourire est large.

C'est sa première enquête compliquée. Et c'est avec appréhension qu'elle attend les flics parisiens.

Serrages de main et présentations. Laurence est impressionnée de travailler aux côtés de ces policiers rompus à des affaires complexes. Leurs états de service les ont précédés. Stressée, le ton de sa voix est légèrement au-dessus.

— Ravie de faire votre connaissance. Le commandant Lasserre m'a chargée d'organiser votre venue. Je vous propose qu'on se dirige vers nos locaux. Ensuite, on se rendra sur place. C'est à une heure d'autoroute.

Le groupe parisien la remercie de son accueil et s'engouffre dans la voiture banalisée, direction la DIPJ de la région Bourgogne-Franche-Comté.

Entre ruelles, rues pavées et charmantes placettes, Dijon impose sa stature historique. Pendant le trajet, Laurence leur fait un petit cours d'histoire sur la ville.

À travers la vitre, des immeubles aux façades élégantes et des hôtels particuliers en pierre de taille claire défilent. La bourgeoisie d'aujourd'hui a remplacé la noblesse d'antan.

La voiture se gare place Suquet, à quelques encablures du centre-ville. Encadré de petits immeubles anciens et élégants, le bâtiment de la police judiciaire fait tache. Une architecture aux lignes brutales des années 1970, dépourvue de toute âme qui n'a rien à envier à celle de l'OCRVP.

Café et croissants les attendent en salle de réunion. Les Dijonnais savent recevoir. Chacun se pose autour de la grande table de réunion, ordinateur ouvert. Olivia préfère le papier et pose son carnet devant elle, stylo en main. Le commandant Pierre Lasserre entre. Chaleureux et jovial, il salue les flics parisiens, heureux que cette nouvelle unité puisse apporter de l'aide à sa jeune recrue encore peu expérimentée sur ce type d'affaires. Il s'excuse. Il a conscience de ne pas être très utile. Tellement de dossiers s'accumulent. Des urgences et des équipes qui ne peuvent se dispatcher. Jourdain hoche de la tête, il comprend. Le manque d'effectifs.

Pour Lasserre, cette réunion est l'occasion de se replonger dans le dossier.

— Laurence, commence-t-il, as-tu de nouvelles pistes par rapport aux informations que tu as déjà envoyées ?

— Pas vraiment. Les grandes vacances sont passées par là. Mais il y a quelques jours, le proc a demandé une expertise plus poussée au plateau technique de Lyon. Au labo, ils bossent sur les moelles osseuses pour déterminer le sexe des victimes et récolter un ADN.

Jourdain intervient :

— OK. Concernant les traces sur les sternums, on a une indication sur le type d'arme ?

— Des impacts rectilignes d'une longueur d'une dizaine de centimètres. Le doc opte pour une petite hache ou une pioche. Un seul coup par victime suffisamment violent pour fendre en deux le sternum, atteindre le cœur et entraîner une mort immédiate. Le tueur a été précis.

— Bon sang ! Le type devait avoir une sacrée puissance. D'autres éléments depuis ?

— Deux choses. D'une part, d'infimes résidus de chaux. On comprend mieux pourquoi les caisses sont restées intactes : pas de charognards et pas de mauvaises odeurs. Une décomposition ralentie. En plus, vous constaterez par vous-même sur le site : les cadavres ont été enfouis profondément, près de 2 mètres sous terre. Le climat jurassien, assez rude en hiver, a joué en notre faveur sur la conservation des ossements. Les différents cheveux relevés sur les crânes sont aussi partis au labo. Même sans bulbe, on peut espérer obtenir un ADN mitochondrial[1]...

— ... qui nous permettrait de connecter avec une lignée maternelle, complète Jourdain.

— Exactement. Encore faut-il que les victimes aient encore une mère en vie. Ça remonte, cette histoire.

— Des empreintes ? relance Jourdain.

— Pour l'instant, le labo n'a rien trouvé.

— Dites-moi qu'on a quand même quelque chose !

— J'allais y venir. On a retrouvé un minuscule morceau de tissu taché de sang accroché à une anfractuosité sur l'une des caisses. Un rhésus O+. Mais l'échantillon est trop petit et trop ancien pour établir un ADN.

— OK. J'imagine que si le rhésus correspondait à celui d'Émile Stanger, l'ex-proprio du terrain, vous l'auriez déjà mentionné.

— Le vieux est A+. Il est veuf et a quatre-vingts ans. Le type est en Ehpad depuis trois ans. Son acte de propriété date de 1956. Il était donc bien propriétaire au

1. L'ADN mitochondrial est un matériel génétique transmis exclusivement par la mère.

moment des faits. L'endroit où on a découvert les boîtes se situe à l'extrémité de sa parcelle, en limite de propriété, bien au-delà de son verger. Je suis allée l'interroger. Il est devenu dingue quand je lui ai annoncé ce qu'on avait déterré sur son terrain ! Le vieux a pété un plomb. Il s'est mis à gueuler : « Quoi ? Dans mon verger ? » Il n'a cessé de hurler. Ça l'a remué cette histoire de squelettes sur sa terre. Il n'y a rien à en tirer. Il est dans un sale état.

Elle fait une pause et reprend :

— J'ai bien sûr vérifié ses antécédents judiciaires. Rien. Et pourtant, je suis remontée loin…

Laurence semble tout à coup abattue devant ce dossier poussiéreux qu'elle gère seule.

Jourdain intervient :

— Dans le rapport, je ne retrouve pas de précision sur les caisses en bois.

Laurence reprend ses fiches. Elle sait que c'est quelque part.

— Ah, voilà. Les boîtes sont des parallélépipèdes parfaits. 1 mètre de chaque côté et une hauteur de 45 centimètres. Toutes les cinq exactement de la même dimension.

— Bizarre cette forme. On a un retour sur le mode de fabrication, sur l'origine du bois ?

— Le labo précise : chêne. Ce n'est pas ce qui manque dans le coin ! Une essence réputée quasi imputrescible. Un bois lourd. Avec les cinq caissons à façonner, celui qui les a fabriqués a dû charrier un sacré poids. L'homme devait être costaud. Autre fait notable, ils ont été confectionnés de manière minutieuse. Un menuisier professionnel n'aurait pas fait mieux. Pas banal…

Olivia prend la parole.

— J'aimerais que nous abordions un point fondamental. Celui qui justifie en partie ma présence ici. La position des cadavres.

— Bien sûr. J'allais y venir. Vous avez vu les photos de l'autopsie et celles prises par l'IJ sur place. Les corps sont disposés de manière insolite. Ils ont été contraints par du fil de fer très résistant. Diamètre : 4 millimètres, précise le rapport. Avec cette solidité, le tueur s'est assuré que les corps garderaient la position souhaitée.

— Depuis le départ, vous vous êtes orientés vers des crimes sacrificiels. Pourquoi ?

— Eh bien, les corps semblent délivrer un message.

Laurence hésite, peu sûre d'elle.

— Nous pensons à une date. J'ai fait un croquis à partir des photos. Je vous le montre. Désolée, je ne suis pas très douée en dessin... Enfin, ça donne à peu près ça, dit-elle en projetant son esquisse sur écran.

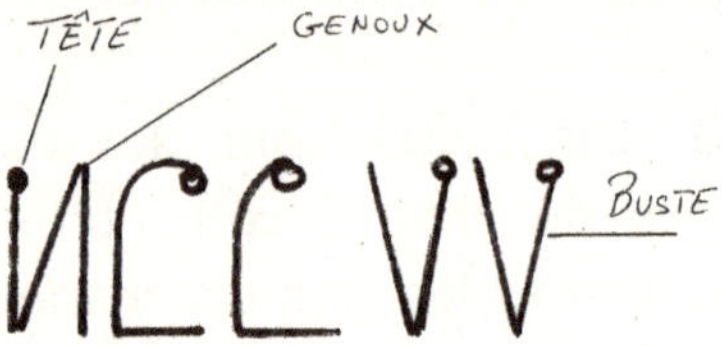

— Cela correspondrait au nombre « MCCVV » en chiffres romains, c'est-à-dire 1210.

— Attendez ! la coupe Olivia. Je reconnais en effet deux chiffres 100 et deux chiffres 5. Mais, c'est quand même un peu tiré par les cheveux votre histoire. Déjà, le dix s'écrit X mais bon, on peut imaginer que le tueur qui dispose de deux corps ait doublé le cinq. Ou alors, il souffre d'un trouble de dyscalculie. Passe encore. Mais ce « N » écrit à l'envers ne correspond à rien. Quelle est votre théorie ?

— On pense que cela pourrait être le début de la lettre « M » pour signifier mille. Le meurtrier n'a peut-être pas eu le temps de découper une partie du corps pour former un « M ». Avec un corps entier, c'est compliqué.

— Mmmm, j'ai des doutes. Le type a pris le temps de creuser profond. Je rappelle : 2 mètres de profondeur. Il confectionne des caisses en bois massif, met de la chaux, ligote les victimes pour leur donner la forme qu'il souhaite. Bref, il est précis, méticuleux jusqu'au bout pour laisser ce soi-disant message qu'il finirait par bâcler. Désolée, je n'y crois pas. Le type est méthodique.

— C'est pour cela que nous avons besoin de votre analyse psychologique sur le tueur, avoue Laurence.

— OK. Suivons quand même l'hypothèse que 1210 représente une date. Cela correspond-il à quelque chose qui vous aurait orienté vers des crimes sacrificiels ou religieux ? interroge Jourdain.

Laurence se penche sur ses notes pour leur faire la lecture.

— Voilà ce que j'ai trouvé sur l'année 1210. On est en plein Moyen Âge et la chasse aux hérétiques. En juin 1210, Simon de Montfort se présente devant le château de Minerve dans l'actuel Hérault et entame un siège. Le 22 juillet 1210, Arnaud Amaury, le légat pontifical, promet la vie aux cent cinquante hérétiques présents dans la forteresse, à condition qu'ils se réconcilient avec le catholicisme et qu'ils obéissent à l'Église. Seules trois femmes accepteront de revenir dans le giron catholique, les autres hérétiques seront brûlés sur ordre de Montfort.

— Je ne vois pas le rapport, désolé. Si on avait retrouvé des corps calcinés, je ne dis pas, mais là, on est assez éloigné de notre *modus operandi*, non ?

Laurence hésite. Le cœur battant, elle reprend son souffle et se lance :

— En fait, j'ai une autre théorie qui renforcerait la thèse d'un meurtre religieux, voire satanique. C'est dans la Bible. Apocalypse, 12.10. Le verset commence ainsi : *« Et il fut précipité, le grand dragon, le serpent ancien, appelé le diable et Satan, celui qui séduit toute la terre, il fut précipité sur la terre, et ses anges furent précipités avec lui. Et j'entendis dans le ciel une voix forte qui disait : maintenant le salut est arrivé, et la puissance et le règne de notre Dieu, et l'autorité de son Christ, car il a été précipité, l'accusateur de nos frères, celui qui les accusait devant notre Dieu jour et nuit. »*

— D'accord… je sens que cette affaire va être encore simple, lance Jourdain en se pinçant l'arête du nez.

— Ce chapitre 12, verset 10 de l'Apocalypse pourrait nous mettre sur la piste d'un théologien, d'un historien ou encore d'un fanatique de Dieu.

— Les corps étaient-ils disposés dans la même direction ? interrompt Olivia.

Amusée par la question, Laurence se dit que cette psy est en train de tout décortiquer et elle se félicite d'avoir anticipé. Elle enchaîne.

— Oui, les crânes faisaient face au nord-ouest. Enfin, pour les quatre caisses qui sont restées intactes. Quant à la cinquième boîte éventrée et qui a glissé, on ne peut en être certain. Sur mon dessin, je suis partie du principe que ce corps était orienté de la même façon.

— OK. Quelque chose de particulier dans cette direction nord-ouest ? relance Olivia.

— Pas grand-chose à part l'hôpital psychiatrique régional de Saint-Ylie, mais il est tout de même assez éloigné.

— Un HP ? Ça pourrait être une piste, non ? interroge Olivia en se tournant vers Jourdain et Noémie. L'établissement existe depuis quand ?

— 1836.

D'un mouvement, tous se sont tournés vers elle les yeux écarquillés et les sourcils levés devant cette date aussi précise. Laurence émet un petit rire gêné.

— En fait, je dois vous avouer que depuis mon enfance, l'architecture de ce bâtiment m'a toujours intriguée. Une curiosité assouvie lors de ma première année de fac en histoire régionale. Si vous voulez tout savoir, c'est un ancien couvent des Carmes. Il a été affecté aux aliénés par décision du conseil général du Jura. À l'époque, une loi obligeait chaque département à ouvrir un asile psychiatrique. Asile, c'était le terme utilisé dans ce temps-là.

— Merci de cette précision, répond Noémie, parce qu'en une fraction de seconde vous nous avez filé la chair de poule.

Jourdain se recentre sur les informations et relance la réunion :

— Olivia, tu as raison, c'est peut-être une piste. Il faut creuser sur cet hôpital. Il faut demander au juge l'autorisation de consulter les dossiers médicaux des patients internés dans les années 1970. Qu'il demande une CR[1] auprès de l'Ordre des médecins. Il faut vérifier si à cette époque, il y avait des cas lourds, potentiellement dangereux.

1. Commission rogatoire.

— OK, je m'en occupe. Je vais également appeler Fayard après la réunion pour avoir la possibilité d'accéder aux archives des dossiers RH du personnel soignant de l'époque. S'il est réactif, on pourra même les récupérer sur place tout à l'heure.

Jourdain se tourne vers le brigadier.

— En tout cas, merci, Laurence, pour votre travail très poussé. Toutes ces informations vont nous être précieuses !

Jourdain se lève.

— Et si on allait voir tout ça de plus près ?

10

Demain sera un autre jour

Élise est fatiguée depuis plusieurs jours. Sûrement un virus grippal. À la tête de BabyDoubs, la crèche qu'elle dirige, elle travaille dans un environnement à haut potentiel viral.

Ce job, c'est une bénédiction. Une réparation.

Au printemps de ses trente ans, la sentence est tombée comme un couperet : elle n'aura jamais d'enfants. Son infection aux trompes, c'était d'une « incompatibilité totale avec une grossesse », avait conclu son gynécologue. Élise a fait ce deuil douloureux. Une couche de malheur supplémentaire à sa spondylarthrite ankylosante, elle qui a toujours souhaité fonder une famille.

Après ses études d'éducation des jeunes enfants et de puériculture, une aubaine se présente : un poste de directrice de crèche se libère. Elle le décroche. Être aux côtés des tout-petits compense ce vide intérieur.

Cette matrice qui restera toujours infertile.

Ce soir, au retour de son travail, elle est dans sa voiture quand son portable sonne. Fréjean.

— Bonsoir, j'espère ne pas vous déranger.

— Non, pas du tout.

Le cœur d'Élise bat à tout rompre. Elle angoisse. Le détective abrège son inquiétude.

— J'ai un retour !

— Vraiment ?

Elle sourit à s'en décrocher la mâchoire.

— Oui. Je vous annonce que votre tante est bien vivante, ce qui est déjà une bonne nouvelle. Comme je le présumais, la recherche n'a pas pris beaucoup de temps, mais s'est finalement révélée plus délicate que prévu. J'ai eu accès à son dossier administratif en Suisse. Jeanne a changé de prénom en décembre 1985. Elle s'appelle désormais Françoise.

— Pourquoi ça ?

— Je ne suis pas psy, mais peut-être que son prénom lui rappelait une adolescence douloureuse. Les démarches sont assez simples, en fait. Vous n'imaginez pas le nombre de personnes qui changent de nom ou de prénom.

Il reprend :

— Jeanne est donc devenue Françoise, puis, quelques mois après, Françoise Duval, suite à son mariage en Suisse en janvier 1986 avec un certain Roger Duval. Votre tante et son époux ont déménagé. Ils habitent à présent en France.

— Vraiment ? Depuis quand ? Que fait-elle ? A-t-elle des enfants ?

Fréjean émet un petit rire sec.

— J'ai rempli mon contrat. Mais comme votre histoire m'a particulièrement intrigué, j'ai creusé. Je n'ai pas trouvé de trace d'enfant dans les dossiers. Ce que je peux vous dire, c'est qu'elle est sage-femme. Votre tante a changé plusieurs fois d'employeur. Des postes dans différents établissements hospitaliers. Son dernier emploi était à l'hôpital de la Providence de Neuchâtel. Son mari, Roger Duval, avait une entreprise paysagère. J'ai aussi interrogé leurs anciens voisins. Selon leurs dires, en janvier 2018, le couple a quitté le domicile du jour au lendemain. D'après mes vérifications, ils habitent à Gaujac, dans les Cévennes. Mon rapport écrit est parti par courrier aujourd'hui, vous devriez le recevoir demain.

— Merci pour toutes ces informations ! Envoyez-moi l'adresse par SMS, s'il vous plaît !

— Bien entendu. La balle est désormais dans votre camp. Je vous souhaite tous mes vœux de réussite. Tenez-moi au courant. Ah oui, j'oubliais ! Venez récupérer votre dossier rapidement. Je pars dans quelques semaines à l'étranger pour plusieurs mois. J'imagine que vous aurez envie de vous y replonger. J'attends aussi le solde de mes honoraires sous huitaine et vous en remercie par avance, conclut-il.

Élise le rassure. Les formalités seront réglées dans la foulée.

Elle raccroche tout en ouvrant la porte d'entrée de la maison familiale.

Fakir surgit. Il ondule entre ses jambes et sa canne. Queue dressée, il miaule d'impatience. Élise se penche pour le caresser. Même ces petits gestes anodins lui sont douloureux, surtout en fin de journée. Dès qu'elle aura donné à manger à sa boule de poils, elle prendra son cachet.

Dans la cuisine, elle observe son petit tigré, seul semblant de vie dans cette maison vide.

La gorge d'Élise se serre. Elle pense à son père. Elle sait qu'il serait rassuré quant à l'issue de cette recherche.

La perspective que sa fille ne soit pas seule. Une larme pointe.

Google Maps : 3, route du col des Mourèzes, Gaujac, dans les Cévennes. En vue satellite, on dirait une ferme. L'environnement est encadré de terres agricoles. Plus loin, des bois. La maison, isolée, très en retrait du village, est installée au cœur de la nature.

Fakir s'impose sur ses genoux, il ronronne.

Elle démarre sa lettre.

Les mots se posent fébrilement. L'annonce du décès de son père, sa situation physique.

Vient cette dernière phrase, comme on lance une bouteille à la mer : « J'espère de tout cœur que nous pourrons correspondre et renouer le lien familial qui s'est délié depuis trop longtemps. »

Dans un état d'extrême excitation, à minuit passé, Élise se décide enfin à fermer son ordinateur et à se coucher. Son cerveau ne cesse de cogiter. Et si sa tante ne répondait pas, et si elle refusait de la voir, et si, et si…

Côté droit, côté gauche, elle fait la crêpe dans son lit.

L'aube pointe à travers les persiennes lorsque le sommeil finit par avoir raison de son épuisement.

Demain sera un autre jour.

11

Le temps d'un week-end

Quelques jours plus tard, une enveloppe dans sa boîte aux lettres. Au dos, l'adresse de sa tante. Jeanne lui a répondu ! Tremblante, elle déchire l'enveloppe. La lettre est courte. Seraient-ce quelques lignes lapidaires pour une fin de non-recevoir ?

Après tout, cette femme avait coupé les ponts de longue date. Le fait d'avoir une nièce ne changeait sans doute rien.

Son cœur s'emballe aux premières lignes.

Ma chère Élise,

Quel bonheur et quelle tristesse de recevoir ta lettre ! Mon pauvre frère, mon Loulou… Et toi qui as cette maladie. Mon Dieu, comme cela doit être douloureux ! Mon cœur se réjouit que tu aies pris contact avec moi. J'avoue, j'ai honte de ne pas avoir continué ma correspondance avec mon frère. Louis m'avait pourtant annoncé ta naissance. La vie file si vite. C'est bête. Moi qui n'ai jamais pu avoir d'enfant, j'aurais aimé te serrer dans mes bras. Es-tu mariée, as-tu des enfants ? Ce serait magnifique ! Tu ne m'as pas beaucoup raconté ta vie dans ta lettre. Il faudra remédier à tout cela.

Mon mari Roger et moi vivons à Gaujac. Je suis infirmière libérale. Mais à soixante-cinq ans, je suis bien fatiguée. Nous allons enfin être retraités et bientôt propriétaires ! Une petite maison avec trois chambres. Tu vois, tu auras même la tienne rien qu'à toi si tu viens nous voir.

Peut-être pourrions-nous nous rencontrer un prochain week-end ? Je ne veux rien précipiter, mais sache que Roger et moi serions très heureux de faire ta connaissance.

Nous n'avons pas de portable, mais tu peux nous joindre à ce numéro.

Roger et moi t'embrassons. Nous avons hâte de recevoir ton appel.

Tendrement, Jeanne.

Élise relit à maintes reprises la lettre de sa tante. C'est décidé, elle ne perdra pas une seconde de plus.

Bien trop d'années se sont écoulées comme ça.

Elle appellera sa tante aujourd'hui.

Elle envisage même de les rencontrer le temps d'un week-end.

12

Dole, Saint-Ylie
Marguerite Estrée
Septembre 2022

« Les dingues et les paumés » – Hubert-Félix Thiéfaine
Version remasterisée 2018

— 16 heures. OK, c'est parfait. Docteur Hinderze ? Très bien, c'est noté.

Laurence vient de raccrocher. L'équipe a rendez-vous dans l'après-midi avec une psychiatre de l'hôpital.

Le SUV banalisé file sur l'autoroute, direction Dole.

À l'arrière du véhicule, le ventre de Noémie vient d'émettre un grognement.

— C'est bon ça ! En attendant notre rendez-vous, si on allait manger un morceau ? Mon estomac crie famine.

— Moi aussi, j'ai faim, renchérit Olivia à l'avant du véhicule.

— Stéphane ? interroge Noémie.

— Pas vraiment, mais je vous suis, répond-il désabusé.

Discrète, elle lui pince le bras. C'est tout elle, Noémie. Pas de mot, mais des gestes. Il comprend d'emblée qu'il doit se reprendre. Il a un statut de flic à défendre. Ce n'est pas le moment de jouer les dépressifs au dernier degré. Montrer que l'on est fort. C'est l'exemple hiérarchique. Il est impératif de garder la face devant cette jeune fliquette dijonnaise. Laurence attend de ce supérieur une posture qu'elle rêve un jour d'incarner.

Noémie le bouscule. Elle refuse qu'il plonge. Elle veut qu'il se raccroche à la vie. Elle le connaît depuis si longtemps. Le fait qu'il n'ait pas ouvert la bouche depuis le départ en dit long sur son état. Il ressasse, souffre, navigue encore dans des eaux noires entre deux continents : Eros, Thanatos. La vie, la mort.

— Stéphane, cette affaire qui date de plus de quarante ans peut bien attendre une heure de plus, non ?

— Oui, tu as raison, lance-t-il dans un rire forcé.

— Laurence, vous qui êtes originaire de Dole, vous allez bien nous dégoter un resto sympa ?

— J'ai ma petite idée, répond-elle avec un sourire assorti d'un clin d'œil dans le rétroviseur. Je vais vous faire découvrir quelques plats typiques de la région, annonce-t-elle tout en cherchant un numéro sur son portable pour réserver.

À la sortie de l'autoroute, Laurence bifurque sur la droite pour longer le Doubs. L'équipe parisienne découvre de belles habitations anciennes. Une pierre claire façonne des maisons cossues du XVIe siècle aux façades inspirées de l'architecture italienne, exhibant de foisonnants décors en pierres polychromes. Un cachet indéniable. Magnifique, la ville rayonne sous un soleil encore vif pour la saison. Plus loin, une collégiale renaissance et son clocher emblématique se dressent sous un ciel bleu azur.

Le SUV grimpe dans les hauteurs. La route étroite monte, longée par des bois denses. Sur le parking du restaurant, Dole se laisse admirer depuis une vue imprenable. Ils débarquent au Chalet du Mont-Roland. Un restaurant dédié à la cuisine du terroir.

Une ambiance chaleureuse. L'odeur de grillades sur le feu de bois qui crépite emplit la salle. La pièce est déjà animée pour le déjeuner. Laurence propose de choisir les plats. Elle souhaite leur faire découvrir le terroir gastronomique de sa région.

Au moment où l'entrée arrive sur la table, le téléphone de Laurence bipe. Un mail du juge Fayard. Le brigadier-chef leur annonce qu'ils ont leur CR pour récupérer les anciens dossiers du personnel. Les documents sont à leur disposition aux archives des ressources humaines.

Leur venue ne sera pas inutile. Ça avance.

Tous se félicitent de la réactivité du magistrat.

Les plats se succèdent : feuilleté forestier, poulet de Bresse sauce au vin jaune, plateau de fromages avec comté, mont d'or et cancoillotte, le tout arrosé d'un savagnin. Le cépage sauvage jurassien leur délivre des goûts de silex et de noix d'une grande complexité aromatique. Jourdain qui n'avait pas faim mange pourtant avec appétit. Il semble se détendre dans l'ambiance conviviale entre les filles. Laurence se confie. Enfance doloise jusqu'au lycée Mont-Roland, dans lequel elle a passé son bac pour rejoindre la fac de Dijon. Une première année en histoire régionale ne l'a pas convaincue. Elle bifurque alors sur des études de droit. Elle est la petite dernière d'une fratrie de cinq enfants. Avec des parents agriculteurs et un budget familial serré, elle s'est faite toute seule. Dès leur rencontre, Noémie et Laurence se sont bien accordées. Le tutoiement s'est vite imposé. Sauf Laurence qui n'arrive pas à passer le cap pour Jourdain. Ce flic massif et expérimenté l'impressionne.

Jourdain a un bon feeling. Il baisse la garde et se laisse porter par ces bonnes ondes. Des atouts précieux pour la résolution de l'enquête. Ce n'est pas toujours le cas lorsqu'ils débarquent sur une affaire déjà engagée par les flics locaux. L'OCRVP centralisée sur la capitale n'a pas bonne presse auprès des flics de province.

En fin de repas, Jourdain se lève pour s'acquitter de la note, mais Laurence annonce, amusée :

— Déjà réglé. C'est pour la DIPJ de Dijon. Un ordre de mon chef ! lance-t-elle avec humour. Il est déjà 14 h 30. Je vous propose qu'on se déplace sur le site.

Tous décollent de leurs chaises, un peu grisés.

Direction Saint-Ylie et la zone de la découverte des corps. La voiture traverse plus un lieu-dit qu'un village. Une bande de bitume souligne des habitations d'après-guerre qui s'alignent tristement.

Passé le grand portail d'entrée, l'hôpital délivre toute l'élégance d'un bâtiment à la manière de l'architecte Vauban, fait de pierres claires et de hautes fenêtres. Une place tout en rondeur sert de parking au personnel. En son centre, à l'esthétique douteuse, inspirée du mobilier de grotte, une vieille fontaine est tarie. Dans les bruits de gravillons, la voiture se gare et l'équipe se met en mouvement pour traverser à pied la départementale très empruntée qui passe devant l'hôpital.

Face à eux, un chantier en pleine activité.

— Ce bâtiment était celui réservé aux femmes, précise Laurence. Comme vous le voyez, cela va devenir un Ehpad. L'hôpital se réduit désormais au seul bâtiment principal.

Pelleteuses et ouvriers s'affairent. Le bâtiment encore debout pour quelques jours leur délivre d'emblée un sentiment de malaise. Vitres crevées, façade sombre et portes éventrées. Le lugubre s'étend sur des centaines de mètres. Sans l'énoncer, tous ont la même idée en tête : un décor idéal pour un film d'horreur.

Ils contournent le chantier pour rejoindre la parcelle d'Émile Stanger. Ici, les travaux n'ont pas recommencé. Esseulés, les bulldozers attendent le *go* pour se remettre en action.

Arrivés devant l'excavation, photos de l'IJ en main, ils font un repérage entre les clichés et les lieux qu'ils ont sous les yeux. Olivia dessine et prend des notes sur son calepin.

Index pointé, le chef de brigade leur indique l'emplacement des parallélépipèdes et l'orientation des corps. La disposition des crânes face à l'hôpital est un détail supplémentaire qui rend cette affaire encore plus nébuleuse.

Les flics dijonnais parlent d'un message. Sans négliger leur vision de l'affaire, Jourdain et son équipe doivent rester prudents, éviter toute analyse trop rapide.

La topographie leur a permis d'avoir une vue globale de l'environnement. Instructif.

Laurence regarde sa montre. Elle alerte le groupe. Il est temps de rejoindre l'établissement pour leur entrevue.

En queue de peloton, Jourdain est pris à la gorge. Une crise d'angoisse qu'il n'a pas sentie venir. Ce chantier en cours, toute cette terre remuée et ces bâtiments agonisants qui attendent d'être mis à terre pour être soulagés, et puis cette maladie mentale qui transpire dans chaque recoin de l'édifice. Sans compter ce rendez-vous dans quelques minutes. Encore un psychiatre. Jourdain réalise que la folie tourne autour de lui. Elle rampe, tapie dans l'ombre. Elle le guette. Les poils se hérissent sur ses bras.

Discrètement, il se détourne et gobe son cachet qui va le calmer. Vite, il l'espère.

À l'accueil, la secrétaire s'excuse. Le médecin a du retard. Elle invite les flics à patienter.

Laurence en profite pour s'absenter et se rendre au service de l'administration. Elle revient de longues minutes plus tard, les bras chargés d'une dizaine de dossiers jaunis.

— Voilà. Ce sont toutes les personnes qui travaillaient ici entre 1970 et 1975. Il va nous falloir décortiquer tout ça. Y a du boulot ! Notre tueur est peut-être dans ces fiches.

La porte de la psy s'ouvre avec fracas sur un patient d'une cinquantaine d'années. L'homme, agité, se contorsionne, tente de s'échapper, aussitôt serré par deux infirmiers. Ses yeux écarquillés balayent le couloir avant de cibler le commandant. Le malade stoppe net. La prunelle de ses yeux noirs luit alors d'un éclat démentiel lorsque, d'un mouvement du buste, il se rapproche du visage de Jourdain et se met à hurler.

— Tu te rends compte, mec ? Cette pute m'a changé mon traitement ! Lui fais pas confiance. Tire-toi pendant qu'il est encore temps !

Il est dégagé en arrière par les deux soignants.

Dans le couloir, le médecin s'excuse de ce mauvais accueil. Jourdain se lève comme un automate. Ses jambes le portent, mais son esprit est ailleurs. Visage tourné, il ne peut s'empêcher de suivre des yeux cette silhouette malade qui s'éloigne sans cesser de vociférer.

Pourquoi cet homme l'a-t-il visé, lui ? A-t-il détecté sa fragilité ? Serait-ce une prémonition ? L'aurait-il averti tel un oracle ? *Mec, c'est toi dans cinq ans, si tu ne te sors pas de cette dépression.*

Un frisson glacé lui parcourt l'échine.

La psychiatre reprend. Ils ont quelques patients avec de grosses pathologies. Ceux qui ne sortiront jamais. Elle les invite à entrer dans son bureau.

L'entrevue est assez rapide.

— Désolée, concernant vos demandes sur les années 1970 et 1975, je ne peux vous aider, leur annonce la quinquagénaire. Mais j'imagine que vous aurez bientôt un accès aux dossiers médicaux des patients de l'époque. Moi, je n'ai pris mes fonctions qu'en 1998. C'est ma cousine germaine, Marguerite Estrée, infirmière dans ce même hôpital, qui m'a informée qu'un poste se libérait. Elle était proche de la retraite. De mémoire, elle a commencé à travailler ici dans les années 1970. Elle y a fait toute sa carrière.

— Est-elle toujours en vie ? demande Laurence.

— Bien sûr ! Elle est âgée de soixante-quinze ans. Vous devriez la rencontrer, c'est une mine d'informations. Une mémoire d'éléphant ! Elle se fera une joie de vous recevoir. Depuis son veuvage, elle est bien seule. Souhaitez-vous que je la contacte ?

— Oui, avec plaisir, remercie Jourdain. Tous les détails peuvent être importants.

Les flics prennent congé avec une adresse : 67, av. Georges-Pompidou, à Dole.

Une piste se profile peut-être et elle pourrait bien s'appeler Marguerite Estrée.

13

Il est temps de se rencontrer

Au premier appel, Élise tremble. Elle pose immédiatement la question qui la dérange : doit-elle l'appeler Françoise ou Jeanne ?

Sa tante annonce dans un rire cristallin :

— Pour toi, ce sera toujours Jeanne.

Au fil de leurs appels journaliers, Élise découvre peu à peu la jeunesse et l'adolescence de sa tante. Et de son père par la même occasion. Pas joyeux. Le décès de leur mère alors que Louis n'avait que sept ans et Jeanne deux ans. Une fratrie bouleversée par cette perte. Un vide abyssal.

— Rapidement, une autre femme est arrivée dans notre vie. Notre père s'était marié en catimini. Louis et moi, on a eu connaissance de cette union bien plus tard. C'était une belle-mère aride. J'ai vite compris qu'elle ne s'encombrerait pas des gosses d'une autre. Dès que père avait le dos tourné, elle ne manquait aucune occasion de nous rabrouer et de nous coller aux tâches domestiques, malgré nos jeunes âges. Au fil des mois, elle avait réussi à mettre le ver dans le fruit. Louis, âgé de dix ans, devait s'aguerrir. Il fallait faire de lui un homme, un vrai. Je me souviens des discussions entre eux que j'écoutais derrière la porte. Père, au départ, n'était pas d'accord. Mais au fil des jours, des mois, devant son insistance, il a fini par capituler. Elle avait démontré par $a + b$ à son nouveau mari que l'internat s'imposait. Elle ne pouvait prendre en charge seule son éducation. Loulou a donc quitté la maison familiale pour rejoindre une pension au Russey, dans le Haut-Doubs. Là-haut, le climat était aussi rude que la discipline. Les prêtres étaient féroces avec ce lot de gosses, en majorité issus d'un milieu familial rural, mais relativement aisé. Une éducation à la dure et à moindres frais. En sourdine, pour les parents confiants, l'espérance d'études supérieures avec, à la clé, des postes enviables. Les coups de trique faisaient partie du quotidien. En hiver, il fallait casser la glace dans les lavabos pour se débarbouiller avant les laudes. Mon frère rentrait peu. Tout juste assez pour maintenir le lien familial. Uniquement pendant les vacances scolaires. Une contrainte à laquelle notre belle-mère se pliait. Lorsqu'il revenait, Loulou était toujours sombre et silencieux. Mais lorsqu'on se retrouvait tous les deux, il se livrait. J'étais si triste pour lui. Au départ de Loulou, les choses se sont envenimées pour moi. J'étais trop jeune pour qu'elle m'évince, mon père s'y serait opposé. À peine rentrée de l'école, elle me collait le balai et la serpillière dans les mains. J'avoue, j'étais moins docile que mon frère. Un peu fantasque et turbulente. Elle voulait me faire du mal. Me plier. Elle n'a jamais digéré que mon père accède à ma demande et m'inscrive au conservatoire. J'ai commencé le piano. J'adorais jouer ! J'étais plutôt douée, comme me le disait mon père. Ces notes de musiques qui résonnaient dans la maison le rendaient nostalgique. Elles lui rappelaient ma mère.

Une musicienne accomplie, d'après ce que j'ai toujours entendu dire d'elle. Comme prévu, ma belle-mère s'est vengée de cet affront quelques mois plus tard. Un après-midi, je m'appliquais au piano. Je révisais une partition difficile, un morceau de Bach. Concentrée sur mes touches, j'ai perçu un tempo extérieur. Des pas en foulées furieuses dévalaient l'escalier. D'un seul coup, le piano s'est refermé sur mes mains. « Tata » avait mis un point final à mes exercices. Au retour de mon père, elle a évoqué un accident malheureux. Je n'ai pas osé la contredire. J'ai porté un bandage et, depuis cet incident, je n'ai plus jamais repris mon instrument. L'ambiance délétère m'a affectée physiquement. Je tombais tout le temps malade. Puis la dépression est arrivée, le manque d'appétit aussi. Je maigrissais à vue d'œil. À l'école, mes notes ont chuté de manière drastique. De très bonne élève, j'ai terminé l'année scolaire en queue de peloton. Je perdais pied, m'enfonçais un peu plus jour après jour. Mon père voulait avoir la paix. Sa nouvelle femme régnait.

— Que s'est-il passé ensuite ? Pourquoi as-tu coupé les ponts ?

— Parfois, devant des circonstances dramatiques, il faut savoir tourner la page. Toi, tu n'y es pour rien. Pour l'instant, je n'ai pas le cœur d'en parler, mais je te promets, le temps venu, je te raconterai tout.

Suite à leurs nombreux échanges, les deux femmes décident d'un commun accord qu'il est temps de se rencontrer.

14

Elle reviendra

Ce matin, Élise a pris la route pour rencontrer sa tante et son mari, Roger.

La distance est longue et son esprit vagabonde au fil des kilomètres. Elle se remémore leur premier appel. La peur au ventre à chaque bout de la ligne et tous les détails que Jeanne a ensuite livrés lors de leurs échanges téléphoniques.

Le temps était venu de se voir, enfin.

Après quatre heures d'autoroute, Élise s'engage sur une départementale. La campagne est superbe. Elle ouvre la fenêtre pour goûter aux délices des effluves de terre. Dans sa cage, à ses côtés, Fakir frissonne. Ici, l'air est chargé d'odeurs. L'animal tend le cou, tente de visualiser ce nouvel environnement. Il semble inquiet et déstabilisé devant tant de verdure. Chat urbain depuis sa naissance.

Elle n'est plus qu'à trois kilomètres de son point de chute et son cœur bat la chamade alors qu'elle entre dans le village.

Entre chien et loup, sa voiture traverse un village fantôme. Une impression de solitude l'enserre. Un lieu vide d'âme.

Elle dépasse une vieille fontaine-lavoir qui semble marquer le centre du village. Encore en vie, elle délivre un mince filet d'eau.

Les maisons collées les unes aux autres rivalisent de désuétude dans leur crépi fissuré et leurs volets en berne. Des habitations d'après-guerre qui s'illustrent par leur architecture ordinaire sans qu'aucun détail ne vienne souligner une quelconque personnalité. Mornes et délaissées, elles s'alignent en groupe le long de la route. Seule preuve d'une présence humaine, les rideaux tombent, lascifs dans les encadrements des fenêtres.

Élise a vérifié : le village ne compte que deux cents habitants.

Visiblement, les commerces ont déserté les lieux. Partis pour d'autres aventures, là où la vie est encore présente. Élise dépasse deux magasins qui se disputent le panel asséché de consommateurs.

Un premier lieu aux allures de rade. Un bar-tabac fait également office d'épicerie, et plus loin, une boulangerie fermée alors qu'il n'est même pas 18 heures. Ça sent le désert médical, alimentaire, humain.

Élise vérifie les indications, les yeux rivés sur Waze. Le point rouge reste fixe, encore 2 kilomètres. La maison de sa tante est très en retrait. Jeanne a précisé en riant qu'ils vivaient dans un « lieu reculé ». Le mot isolé aurait été plus adéquat.

Après la sortie du village, Élise s'engage sur un chemin vicinal, bordé de talus, de haies et de fossés. La route est cahoteuse, jonchée de trous et de bosses. Sur sa gauche se profile une forêt aux épineux serrés.

Elle n'est plus qu'à 300 mètres lorsqu'elle remarque une maison perdue au milieu des champs.

C'est là.

L'estomac à l'envers, Élise passe un portail en métal de guingois qui réclame un coup de peinture et d'antirouille.

Ses roues s'avancent sur les gravillons, un bruit rassurant, comme lorsqu'elle arrive dans la cour de sa maison, à Besançon. Elle se gare derrière un 4×4 Toyota cabossé à l'arrière. Loin d'être le dernier modèle.

À peine pose-t-elle un pied à l'extérieur de son véhicule que sa tante la serre fort contre elle. Élise grimace discrètement. L'habitude de la douleur.

Jeanne est très tactile et exaltée.

Bras tendus, l'empoignant par le haut des biceps, sa tante recule d'un pas pour l'observer.

Elle rit devant leur ressemblance. Un rire communicatif qui saisit Élise. Même chevelure, mêmes yeux bleus en amande.

Roger, lui, attend, figé devant la porte d'entrée. Il paraît gauche, empêtré dans des bras trop longs et un ventre épais. Son visage marqué par l'âge transpire l'anxiété ou la retenue. Élise ne connaît pas son curseur.

Sous un ciel gris et bas, Jeanne l'entraîne, bras dessus, bras dessous, faire le tour du jardin. Élise resserre son manteau autour d'elle.

Ça caille.

Leur terrain est immense et arboré. Les feuilles ont déserté, mais le printemps pointe déjà son nez : quelques bourgeons percent aux extrémités des branchages. Roger s'enhardit à lui présenter son potager. Ici, les commerces sont assez loin, ils mangent ce qu'ils cultivent l'été. Conserves et congélation. Élise sourit devant la mine fière de son oncle par alliance. Il doit y mettre tout son cœur, y passer toutes ses journées.

La maison est une vieille ferme restaurée. La toiture immense qui plonge bas sur les murs extérieurs lui rappelle l'architecture des fermes de Franche-Comté.

La maison n'est pas grande, mais accueillante dès la porte d'entrée passée.

Un grand salon ouvert sur la cuisine présente une large cheminée en pierre massive, devant laquelle s'impose un canapé d'angle de tons vert canard qui délivre une sensation de moelleux.

Plus loin, la cuisine moderne et son îlot central tranchent avec la rusticité extérieure du bâtiment. Jeanne annonce fièrement : c'est elle qui l'a choisie et dessinée.

Un escalier raide mène à l'étage. Deux grandes chambres viennent d'être refaites, mais les matériaux contemporains sont gâchés par des meubles anciens massifs en bois sombre. Au fond du couloir, une petite pièce vide donne sur le jardin, à l'arrière. À l'étage, il y a aussi une salle de bains avec un petit bac de douche et des toilettes. Élise se fait la remarque : la salle d'eau aurait bien besoin d'un rafraîchissement.

Comme s'il avait entendu, Roger s'excuse. C'est la pièce qu'il leur reste à changer, afin d'être mise au goût du jour.

À l'aise, Élise réalise pourtant qu'elle va passer deux jours avec de parfaits inconnus. Au moment de s'attabler pour dîner, la jeune femme prend conscience de l'étrangeté de la situation sans pour autant se sentir déstabilisée.

Lors du week-end, chacun s'apprivoise. Roger n'est pas volubile, mais Jeanne l'est pour deux. Élise découvre un couple âgé et soudé. Dans la maison, chacun son territoire. Jeanne, la cuisine ; Roger, le jardin. À soixante-quinze ans, l'homme grisonnant a une stature d'athlète. Une forme physique entretenue par ses nombreuses activités extérieures, entre le potager, le verger et la taille des arbres. Roger est un terrien pur souche. Toujours ses bottes de caoutchouc aux pieds. Il ramène toujours de la terre dans la maison. Jeanne râle.

Dans la cuisine, les deux femmes se découvrent peu à peu. Elles rient, papotent. Sa tante est une très bonne cuisinière. Avec une dizaine de poules et le clapier au fond du verger, les cocottes chauffent. Jeanne a le coup de main pour tuer les volatiles et les lapins d'un coup sec derrière la tête. Elle les dépèce d'une main experte. La vie à la campagne revêt d'autres coutumes. Sur la cuisinière, les plats mijotent. La maison est remplie d'une délicieuse odeur de cuisine. Réconfortant.

Après le dîner, ils passent la soirée devant l'âtre qui crépite. Dans ce moment privilégié et intime, Élise retrouve cet esprit familial. Son père aurait aimé cet endroit. Il lui manque tant.

La veille de son départ, devant la cheminée, Élise se risque à interroger sa tante : pourquoi s'était-elle éloignée de la famille ?

Jeanne balaye la question d'un revers de main comme on chasse une mouche. Non. Elle veut oublier. Mais elle promet qu'elle lui racontera son histoire. Bientôt.

Dimanche après-midi, Élise s'apprête à rentrer à Besançon.

Sur la vitre baissée, Jeanne s'accoude.

— Quel merveilleux week-end !

— Oui, merci encore à tous les deux.

— Alors, reviens vite nous voir. Peut-être pourrions-nous passer quelques jours chez toi, à Besançon. Il me tarde de revoir la maison de mon enfance !

Élise promet, elle reviendra.

15

Dole, Saint-Ylie
Autant de questions sans réponses
Septembre 2022

Un petit immeuble social des années 1960. Quatrième étage, sans ascenseur. Dans ce deux-pièces exigu, les napperons brodés rivalisent avec les figurines de danseuses espagnoles en vitrines.

La femme a déjà tout préparé. Petits gâteaux et thé fumant. L'appartement respire les vestiges d'une vie passée. Dans la cuisine, un vieux transistor grésillant crache une sonate de Chopin.

L'équipe s'installe en rang d'oignon sur un canapé de style Empire. Les ressorts grincent.

— Sophie m'a dit que vous recherchiez des informations sur l'hôpital dans les années 1970 ? Cela est-il lié à la découverte des squelettes ? interroge-t-elle curieuse.

— Désolée, madame, on ne peut rien dire. Mais nous souhaitons vous entendre sur les personnes qui travaillaient à l'hôpital à cette époque, répond Jourdain.

— Je comprends, acquiesce-t-elle. J'ai commencé ma carrière à Saint-Ylie comme aide-soignante, c'était en 1970. J'avais vingt-trois ans à l'époque. J'ai terminé comme infirmière en chef. J'ai assisté à l'évolution de la médecine. Et, croyez-moi, dans les années 1970, on était loin de la psychiatrie moderne ! On internait encore facilement et sur de longs mois. Les psys n'y allaient pas de main morte ! Ces internements étaient aussi un excellent moyen pour les familles de se délester d'enfants ingérables. Malgré l'arrivée des psychotropes dans les années 1950, on pratiquait encore les électrochocs à Saint-Ylie. Nous étions quatre aides-soignantes pour une vingtaine de gamines. Si mes souvenirs sont bons, le docteur en chef, Charles Debert, est arrivé en 1971 ou 1972. J'ai toujours pensé que c'était un bien jeune docteur pour gérer l'établissement des femmes. Mes collègues et moi ne l'apprécions pas beaucoup. Il avait tendance à prolonger les internements sans réelle justification médicale. On le trouvait aussi un peu trop proche de nos jeunes patientes. D'ailleurs, il refusait systématiquement que nous assistions aux auscultations. Même à l'époque, cela n'était pas très réglementaire. Il fallait qu'une femme soit présente. J'espère au moins que votre dossier ne concerne pas des attouchements sexuels sur nos petites ? interroge-t-elle anxieuse.

— Nous ne pouvons rien dire, madame, mais poursuivez, je vous prie, lui intime Laurence.

— Il y avait aussi la sœur en chef Marie-Florence. J'ai toujours pensé qu'il y avait un fond sadique en elle. Elle faisait régner l'ordre à la baguette. À l'époque, entre les malades adultes et les mineures, nous étions une vingtaine sous ses ordres. Ça ne rigolait pas. Elle veillait à ce que les filles internées se rendent tous les jours à l'église, enfin, plutôt la petite chapelle au bout du parc de l'établissement. Pour les gamines, c'était quasiment leur seule sortie. La plupart étaient très pieuses.

J'imagine que la religion leur permettait de mieux accepter leur placement.

— Savez-vous si cette sœur est toujours en vie ? Et le docteur Debert ? Exerce-t-il toujours ?

— Cela fait longtemps que je suis partie. Je n'en ai aucune idée.

— OK, on creusera. Sinon, avez-vous le souvenir de cas internés, potentiellement dangereux ?

— J'étais affectée dans le bâtiment des femmes, celui qui est en travaux, de l'autre côté de la route. On avait un peu de tout : quelques psychopathologies, principalement chez les adultes femmes. Mes collègues et moi nous avions la charge exclusive de jeunes filles anorexiques, dépressives, ou tout simplement un peu fantasques. Bref, à l'époque on parlait encore beaucoup d'hystérie. On mettait sous ce terme tout et n'importe quoi : nymphomanie, comportements addictifs, et puis toutes celles qui ne rentraient pas dans le moule. Je n'avais accès ni aux dossiers des femmes majeures ni à ceux des patients masculins. Mais, oui, je sais qu'il y avait des cas dangereux dans l'établissement.

Essoufflée, elle s'excuse et se lève. Elle doit prendre ses médicaments. Quelques minutes plus tard, elle revient et reprend.

— Désolée pour l'attente. Ma tension… J'en étais où ? Ah oui ! Les dossiers médicaux. En tout cas, les jeunes filles dont j'avais la charge n'avaient pas de psychopathologies sévères, enfin, d'après les comptes rendus médicaux du docteur Debert.

Elle se tait, rassemblant ses souvenirs.

— Ah, j'y pense ! C'était le père Vouvray qui officiait. Celui-là, c'était un sacré phénomène ! C'est lui qui confessait et donnait les messes. Un jeune prêtre très réformiste. Je m'en méfiais. Se dégageait de lui une impression désagréable.

— C'est-à-dire ?

— Eh bien, quand je vois toutes les affaires de pédophilie qui sortent depuis plusieurs années dans l'institution catholique, je ne serais pas étonnée d'apprendre qu'il avait jeté son dévolu sur certaines. Ses yeux étaient lubriques. Il était malsain. Un sentiment que nous partagions avec mes collègues. On ne se sentait pas à l'aise avec lui. Il manifestait un peu trop d'enthousiasme à retrouver les filles pendant la messe et avait parfois des gestes que je considérais, comment dire… comme légèrement déplacés. Il n'est pas resté longtemps. Si je me souviens bien, il a quitté l'Église peu de temps après la fugue des filles.

— Comment ça, la fugue des filles ? interroge Noémie, soudain sur le fil.

Idem pour le reste de l'équipe qui flaire une info. D'un mouvement, ils se penchent vers l'ancienne infirmière, coudes posés sur les genoux.

Les ressorts grincent. Agaçant.

— Je pensais que vous étiez au courant de cette histoire. C'était dans la nuit du 5 juillet 1975. Six de nos patientes ont fugué. Heureusement, je n'étais pas de garde cette nuit-là et donc pas responsable. Toutes avaient posté la veille une lettre pour annoncer à leurs familles respectives leur décision collective. Logiquement, tous les courriers étaient lus avant envoi. Je ne m'explique pas comment elles ont fait. En plus, le lendemain, leurs papiers d'identité, gardés à l'administration, avaient disparu. Mon avis est qu'elles avaient organisé ce départ depuis longtemps. J'ai toujours pensé qu'elles avaient bénéficié d'une aide extérieure, un complice dans l'établissement ou en dehors. En tout cas, c'était de chouettes gamines. Inséparables comme les doigts de la main. Le plus souvent, elles étaient tristes, mais parfois, leurs rires résonnaient dans les couloirs. Cela faisait du bien de se dire qu'elles allaient s'en sortir. Dans la bande, elles étaient huit ou neuf, je ne me souviens plus bien. Deux d'entre elles sont restées internées quelques mois supplémentaires après la fuite.

— Une fugue ? Comment cela est-il possible ? rebondit Jourdain.

— Cher commandant, nous sommes en 1975. Pas de caméra, et une sécurité aléatoire ! ironise la vieille dame.

— OK. Y a-t-il eu des recherches ? Une enquête ?

— Oui, bien sûr ! Les gendarmes de Dole les ont recherchées, puis se sont vite désintéressés de l'affaire. Les filles étaient majeures, un dossier médical clôturé. Elles devaient de toute façon quitter l'établissement quelques semaines plus tard. Elles ont pris la poudre d'escampette avant leur libération, si j'ose dire.

Elle complète avec un sourire malicieux.

— Vous voulez voir les journaux régionaux de l'époque ?

D'un bloc, les flics se lèvent et libèrent les ressorts à bout de souffle.

Pendant de longues minutes, ils se passent les coupures de l'*Est Républicain*. Un fait divers relaté qui n'aura tenu dans les colonnes de l'actualité que quelques jours. Le journaliste dans son article citait les noms des six fugueuses : Pavis, Dormont, Lebond, Bertrand, Courtois, Lafond.

Ne pas tirer de conclusions hâtives. Pourtant Noémie et Jourdain se regardent.

Sacrée coïncidence tout de même.

À ce stade des investigations, les analyses avaient conclu : « jeunes adultes » de moins de vingt ans, sans préciser s'il s'agissait d'hommes ou de femmes.

Jourdain garde les chiffres en tête. En France, cinquante mille à soixante-dix mille personnes disparaissent chaque année, avec comme priorité de refaire leur vie ailleurs. Et si on remonte dans les années 1970 ? Un vrai casse-tête.

Et si cette échappée belle avait fini dans une caisse en bois enfouie sous 2 mètres de terre ?

Et si oui, pourquoi pas de sixième corps ?

Autant de questions sans réponse.

16

Mettre des noms sur ces corps

Septembre 2022

« Beethoven's silence » – Ernest Cortazar

Un week-end sur deux.

C'est le mode de garde sur lequel Jourdain et son ex-femme Juliette ont fini par se mettre d'accord. Une validation obtenue à l'arraché, suite à des mois de négociations houleuses. Les relations de l'ex-couple sont passées par toutes les phases : d'exécrables à distantes, voire inexistantes. Aujourd'hui, les rapports entre eux se sont détendus. Juliette a un nouvel homme dans sa vie et Emma, sa fille de douze ans, semble équilibrée au sein dc ce duo. Il ne peut s'empêcher d'avoir un petit pincement au cœur en faisant le constat de sa vie amoureuse.

Calme plat, plus plat qu'une limande.

Quand il est allé chercher sa fille chez sa mère, il est resté mutique, se contentant de quelques mots polis et convenus. Maintenant, Emma fait la gueule. Comment la blâmer ? Elle se plie à la décision de ses parents, et la perspective de passer un week-end avec un père anxieux et dépressif la rebute.

Dans le trajet en voiture, sa fille, de toutes ses forces, tente de détendre l'atmosphère. Souriante et faussement enjouée, elle l'interroge. Est-ce qu'il va bien ? Qu'a-t-il fait ces dernières semaines ? Stéphane sort des mots, des phrases, sur un ton mécanique. Sujet, verbe, complément se succèdent. Son esprit est ailleurs. Tic, tac… Dans sa tête, il ne cesse de compter ces minutes de trop. Ces minutes fatales. Sa fille lui parle, mais il n'entend pas.

Vendredi soir, sous la lumière blafarde et froide de son plafonnier, Jourdain, silencieux, chipote devant son plat de pâtes.

Emma, muette, l'observe et soudain explose. Elle jette ses couverts, sort de table et de ses gonds.

— Tu sais quoi, je rentre chez maman ! J'en ai marre que tu fasses toujours la gueule ! Tu crois que tu es le seul à être triste ? Seul à souffrir ? Tu crois que je ne pleure pas tous les soirs en pensant à Clarisse ? crie-t-elle.

Les yeux de Stéphane se voilent. Il bredouille, désemparé face à la violence et la douleur de sa fille.

— Je vis moi ! Je suis là ! Ne me vois-tu pas ?

— Je suis désolé, ma puce. Tu sais que je t'aime, c'est juste…

— … que tu n'y arrives pas. Oui, je sais. Ça fait plus d'un an que j'entends cette rengaine.

Les mains devant les yeux, comme s'il voulait cacher l'explosion de son chagrin, l'homme s'effondre sur sa chaise. Emma est désarçonnée. Voir son père pleurer lui retourne les tripes. Elle s'agenouille et le serre dans ses bras. Les sanglots jaillissent de plus belle.

Ils pleurent l'un sur l'autre longtemps, sans savoir comment se déroulera cette fin de soirée.

C'est Emma qui reprend, les joues ruisselantes. Figée à ses genoux, elle lui broie les mains. Supplie.

— Papa, s'il te plaît, reste avec moi, reste avec nous. J'ai besoin de toi ! J'aimerais tant que nous retrouvions notre complicité d'avant. On rigolait bien, hein ? Tes blagues toutes pourries me manquent.

Jourdain étouffe un gloussement âcre avant une nouvelle salve. Il resserre son étreinte autour de sa fille.

— Promets-moi, papa, s'il te plaît. Jure-moi que tu vas aller mieux ! Je suis tellement inquiète.

— Tout ça, c'est ma faute. Je n'ai pas réussi à sauver ta sœur. Je suis arrivé trop tard.

— Papa, arrête de culpabiliser. S'il te plaît ! Tu as tout fait.

— Mais ces fichues minutes de trop. Si j'étais arrivé juste un peu plus tôt. Si seulement…

— Bon, je me casse. Ça suffit comme ça.

Jourdain la rattrape.

— Non, Emma, ne pars pas ! Je te promets, je vais me reprendre. OK. On va commander. De toute façon, mes pâtes sont dégueulasses. Tu confirmes ? lance-t-il en essuyant ses larmes d'un revers de main.

— Oui, trop cuites. Et ta sauce, on en parle ? rétorque-t-elle souriante.

Un sourire contagieux.

— Vaut mieux pas non !

Rires ténus et gênés d'une émotion puissante qui les a débordés.

— Et si on allait dîner japonais en bas ? On pourrait préparer notre week-end en tête à tête ? Quartier libre. Je me plie à toutes tes envies. D'accord ?

Emma lui saute au cou.

— Merci papa chéri. Prépare-toi, j'ai pas mal d'idées ! On va commencer par redécorer ton appart, parce que franchement, ben ici, c'est vide et moche. Et je ne te parle même pas de cet éclairage froid aux allures de néons d'hôpital qui me colle un bourdon d'enfer !

Mardi matin. Jourdain rejoint ses bureaux, sourire aux lèvres. Il garde un souvenir ému de ces deux jours, qu'il a partagés avec sa fille. Il s'est laissé entraîner dans des activités intenses : shopping, ciné, resto... Une effervescence dont il n'a plus l'habitude. Les médocs l'assomment. Ce week-end l'a laissé KO, mais ces virées avec Emma et ce moment intime après les pleurs l'ont un peu remis sur pied.

Il y a urgence. Il doit se ressaisir ! Pour Emma, pour lui, pour son groupe d'enquêteurs qui se défonce sur ce dossier.

Dimanche soir, épuisé, il s'est affalé sur son canapé et a sombré dans les bras de Morphée tout habillé.

Ces derniers jours lui redonnent l'envie de vivre. Il est temps de reprendre une vie sociale et de sortir de son canapé. Il repense à Scolidrine, son pote légiste. Il s'en veut. Il n'a pas pris la peine de prendre de ses nouvelles depuis un an. *Quel con !* Dans sa voiture, il décide de remédier à ça et compose son numéro. Scolidrine répond à la première sonnerie.

— Tiens, tiens, un revenant ! ironise son interlocuteur. Comment vas-tu, mon vieux ? Ça fait une éternité ! La dernière fois c'était...

Il suspend sa phrase.

— Aux obsèques de Clarisse, oui, complète Jourdain.

Après quelques secondes d'un silence embarrassé, le doc l'informe qu'il a repris son travail à l'IML[1] de

1. Institut médico-légal.

Paris. Il est encore en mi-temps thérapeutique. Il finit sa chimio. Les derniers résultats sont plus qu'encourageants. Jourdain se réjouit. Le commandant se livre un peu. Il n'est pas encore sorti de sa grisaille. Il ne digère toujours pas l'absence de Clarisse. Puis, mettant de côté leurs épreuves respectives, ils en viennent aux affaires sur lesquelles ils travaillent. La discussion prend fin sur une proposition.

— Et si on finissait cette conversation autour d'un bon repas ? Es-tu dispo pour dîner ce soir ? interroge Jourdain.

— Et comment ! Au Bouillon Chartier, comme au bon vieux temps ! conclut Scolidrine.

À l'issue du repas, les deux hommes se promettent de s'organiser un dîner par mois dans un bon restaurant.

La clé dans la serrure de son appartement, Jourdain repense aux blagues de son ami, celui qui fait parler les corps, et se surprend à sourire. Serait-ce le bout du tunnel de cette dépression qui l'encombre encore ?

À l'horizon, une aube nouvelle, encore timide, s'éveille.

En arrivant au bureau, il se rend compte qu'il a changé de veste et qu'il a oublié de transférer son petit clou. C'est peut-être bon signe.

Dans l'ascenseur, il croise Noémie.

— Waouh, un sourire ! Incroyable. On dirait que tu as changé de tête. C'est ton week-end avec Emma ?

— Oui, je te raconterai.

— OK. On vient de recevoir le rapport du labo. Merci, Laurence. Pugnace, la fille !

— Elle me plaît bien cette jeune fliquette. Alors ?

— Les cinq corps retrouvés sont des femmes majeures. Âgées de dix-huit ans environ. Le labo confirme.

— Merde ! Nos fugueuses !

— Y a des chances, oui... En tout cas, ils ont un ADN mitochondrial pour quatre d'entre elles.

— Et le cinquième ?

— Tu ne devineras jamais. Un ADN complet !

— C'est bon, ça. Pour les quatre ADN mitochondriaux, faut qu'on retrouve les mères des gamines pour faire un prélèvement et des comparaisons.

— C'est en cours ! Laurence a bougé à la première heure ce matin, dès la réception des résultats. Coup de bol ! Figure-toi qu'on a quatre mères encore vivantes, qui oscillent entre quatre-vingt-huit et quatre-vingt-dix ans pour les familles Pavis, Dormont, Bertrand, Lebon. Les femmes sont convoquées aujourd'hui pour les prélèvements. Pour les deux autres fugitives, Courtois et Lafond, Laurence poursuit ses recherches. Plus de deux cents patronymes identiques dans la région. Bref, il y a du boulot. Le chef de brigade a eu une bonne idée. À partir de demain, elle fait passer une alerte police sur plusieurs semaines dans l'*Est Républicain* pour rechercher un lien familial sur ces deux noms restants. On ne sait jamais, un neveu, une cousine, un oncle ou une tante pour un ADN de parentèle[1].

— Bon sang ! Et dire qu'aucune de ces familles n'a jamais reçu de nouvelles de leurs filles après leur fugue et n'a réussi à faire rouvrir le dossier par le juge. Incroyable !

---

1. Méthode qui permet de remonter, à partir d'une empreinte génétique, vers des membres d'une même famille en cas d'absence ou de décès d'un parent de ligne directe, indépendamment du sexe.

— Bah, on est dans les années 1970 ! Le juge de l'époque, responsable du dossier, n'a pas été très coriace.

— Mouais, on dirait bien. Je vais appeler Fayard. J'aimerais me plonger dans les archives de la gendarmerie. Il y a quand même eu une enquête. Il reste sans doute quelques traces… à voir. Sinon, une piste sur les empreintes dentaires ?

— Oui, c'est en cours.

— Parfait. Reste à attendre les résultats du labo. Ça va traîner, on n'est pas prioritaires.

— Pas si sûre. Le juge Fayard s'intéresse de près à l'enquête. Il a demandé un retour urgent. Il met la pression. Avec les nouvelles techniques scientifiques, ce sera beaucoup plus rapide. Laurence m'a confirmé qu'elle envoyait les prélèvements des vieilles dames dès ce soir pour analyse. On devrait savoir dans quelques jours si ces femmes sont bien les mères des squelettes, et on pourra peut-être enfin mettre des noms sur ces corps.

17

Écrabouillée…

« FX of love extended » – Rodolphe Burger & Avital Ronell

Élise est arrivée jeudi soir chez sa tante. Elle a posé un jour de congé pour passer du temps avec eux.

La nausée matinale la cueille à son réveil. Cela fait déjà deux semaines que cela dure.

Elle s'inquiète. Pas de règles le mois dernier.

— Tu es enceinte, ma chérie, c'est sûr ! lance Jeanne tout sourire.

— Non, c'est impossible. J'ai eu une infection des trompes il y a six ans. Le diagnostic de mon gynécologue a été sans appel. Je ne peux pas avoir d'enfants.

— Oh, tu sais, les médecins et leurs bilans ! s'exclame-t-elle. Une fois sur deux, ils te racontent n'importe quoi. Et je sais de quoi je parle. Moi je te dis que tu l'es ! Il n'y a qu'à te regarder. Tu as pris de la poitrine et ton ventre s'est déjà arrondi. Tu as eu un rapport récemment ?

Élise panique.

— Oui, c'était en janvier. Bon sang ! Il faut que je fasse un test au plus vite.

— Je dois aller en ville. Je m'en charge.

— Merci ! Je t'avoue que je ne me sens pas en forme. J'ai besoin d'avoir une réponse rapide. Au fait, reprend-elle, Fakir n'est pas venu se coucher dans mon lit cette nuit. Est-ce que tu l'as vu ?

— Il doit être en train de chasser les oiseaux dans le jardin. Ne t'inquiète pas. Allez, je file.

Élise est soucieuse. Son chat n'est toujours pas revenu. Ce n'est pas dans ses habitudes.

Roger rentre du jardin.

— Tout va bien ? Ta tante vient de me dire qu'elle partait en ville, qu'il fallait qu'elle fasse vite.

— Je ne sais pas. J'en saurais plus tout à l'heure. Au fait, Fakir est absent depuis hier soir. Tu l'as vu ?

— Non. Il doit être en chasse de quelques souris.

Roger la rassure et tourne les talons.

Une nouvelle nausée la submerge.

Elle a la tête dans la cuvette des W-C, en train de vomir, quand sa tante lui met le test de grossesse sous le nez.

Quelques minutes suffisent pour confirmer son état. Elle attend un bébé. Ses sentiments sont mitigés. À la fois heureuse, elle qui désire depuis toujours être maman, et anxieuse quant à l'évolution de sa maladie durant sa grossesse.

Roger et Jeanne, fébriles, collés l'un à l'autre, attendent le verdict en bas de l'escalier.

À l'annonce des résultats, Jeanne explose de joie. Elle sautille et applaudit comme une petite fille.

Puis elle serre sa nièce dans ses bras avant de se tourner vers son mari.

— Roger, tu te rends compte ! On va avoir un bébé à la maison !

Roger ne manifeste aucune émotion, il reste de marbre.

Élise sourit et pense à son père. Elle leur annonce : si c'est un garçon, elle l'appellera Louis, en hommage.

— En attendant, du repos, mademoiselle. Et c'est un ordre ! lance Jeanne en riant. Que je suis heureuse ! complète-t-elle en la serrant de nouveau dans ses bras.

— Au fait, reprend-elle, soudain tendue. Sur le trajet du retour, j'ai vu un chat écrasé sur la route à quelques centaines de mètres de la maison. J'espère que ce n'est pas Fakir ! L'animal était en tellement mauvais état que je ne peux dire si c'est lui. J'ai fait une photo.

Élise s'écroule en larmes en regardant le portable de sa tante.

Son chat est mort, la tête écrabouillée.

18

Négligente ?

En ce week-end de mai, Élise est revenue chez son oncle et sa tante. Ce sera sa dernière visite avant l'accouchement.

Elle sort de la douche. Elle se regarde de profil dans la glace de la salle de bains, sourit. Son ventre est déjà bien arrondi à quatre mois de grossesse. Elle caresse tendrement ce petit être qui pousse. Elle n'en revient toujours pas de ce miracle. L'accouchement est prévu pour mi-octobre. Elle a hâte. La première échographie l'a rassurée. Tout va bien, aucune malformation.

Elle profite enfin de sa grossesse depuis qu'elle n'a plus de nausées. Un vrai répit !

Ses affaires sont prêtes pour le retour. Elle va leur annoncer ce midi. La route est trop longue, il faut qu'elle se repose et pense à l'enfant. Elle reviendra pour Noël avec le bébé.

Élise est impatiente de rentrer chez elle. Elle va bientôt adopter un chaton. La chatte d'une collègue de la crèche vient d'avoir une portée. Cette semaine, elle ira choisir son nouveau félin. Elle a déjà vu quelques photos et elle a craqué pour un petit noir avec une tache blanche entre les deux yeux. C'est décidé, elle l'appellera Ganesh. Pour l'instant, l'animal n'est pas sevré. Elle pourra aller le chercher dans un mois.

Jeanne, au rez-de-chaussée, la tire de ses pensées.

— Élise, le déjeuner est prêt !

— OK. J'arrive !

Dans la cuisine, ça mijote. Un fumet délicieux se répand dans le salon et lui titille les papilles.

— Que ça sent bon ! J'ai faim !

Jeanne rit.

— C'est normal, tu manges pour deux maintenant.

— Au fait, il faut que je vous dise que c'est mon dernier week-end ici. Trop de voiture ce n'est pas bon dans mon état.

À leurs commissures des lèvres, les sourires viennent de se figer.

Jeanne réagit la première.

— Pourquoi ? Tu pourrais rester à la maison.

Roger renchérit :

— Oui, on s'occuperait bien de toi. En plus, toute cette campagne… Il y a du bon air chez nous, sans compter que tu as une cuisinière et une professionnelle de santé sous le même toit !

— Je sais, mais je dois me reposer. En plus, j'ai ma vie là-bas. Il me reste encore quelques mois à travailler avant mon congé maternité. Vous allez me manquer.

L'ambiance s'est tendue d'un seul coup. Le couple est extrêmement contrarié.

Jeanne reprend :

— Avec ta pathologie, tu sais très bien que tu pourrais déjà être arrêtée. Non, c'est que tu veux nous fuir, c'est tout.

Élise perçoit l'animosité dans le ton de sa tante.

Jeanne fronce le nez, mécontente, elle enchaîne :

— Je pensais que tu reviendrais ici pour finir ta grossesse avec nous… j'ai été sage-femme pendant presque quarante ans ! Je suis vexée. Quand je pense qu'on t'a accueillie les bras ouverts…

Élise est déstabilisée par cette réaction disproportionnée, mais elle ne veut pas chiffonner sa tante.

— Oui, et je vous en remercie du fond du cœur. C'est tellement bon d'être avec vous.

— Eh bien, on ne dirait pas ! lance-t-elle.

Élise décide de désamorcer cette mauvaise humeur.

— C'est promis, je reviendrai après l'accouchement. Peut-être pour Noël ? Bon, je remonte, je vais charger mes bagages. Je partirai en début d'après-midi.

— Fais donc ça ! rétorque sa tante, amère.

En haut des escaliers, Élise jette un coup d'œil vers le rez-de-chaussée. Devant la cuisinière, Jeanne et Roger chuchotent.

— Va dans le jardin me ramener du thym, enchaîne-t-elle tout haut.

Le déjeuner se passe en silence. L'ambiance est toujours à couteaux tirés. Élise se sent mal à l'aise. Sa tante a d'étranges réactions.

À l'issue du repas, Roger rompt le silence et détend l'atmosphère. Il insiste pour lui montrer ses dernières plantations. Jeanne lève les yeux au ciel et soupire. Élise acquiesce sans enthousiasme. Elle ne veut pas tarder à prendre la route, la distance est longue.

Au fond du verger, sous un soleil déjà chaud, ça s'est passé entre le pommier et le cerisier.

Un trou dans la terre. Une pioche abandonnée, face tranchante pointée vers le ciel.

Là, tout bascule.

Élise trébuche, vacille et chute, trajectoire du tibia parfaitement orienté. Direction le tranchant de l'outil, en plein dans le mille.

Elle s'affale. La lame est enfoncée. Élise hurle, se tient la jambe des deux mains. Le sang gicle.

L'entaille est profonde, la plaie, sérieuse.

Roger et Jeanne, affolés, s'empressent à ses côtés. Vite, les pompiers !

Quelques minutes plus tard, une sirène retentit.

Les professionnels s'affairent. Il faut faire vite. Compression et direction l'hôpital. L'entaille de plusieurs centimètres laisse entrevoir un bout d'os. Élise pleure, elle craint pour elle, les cicatrices, mais surtout pour son bébé. Elle prie pour que cette chute n'ait pas de répercussions fâcheuses. Elle panique.

La tante et l'oncle s'enfournent dans leur voiture et démarrent en trombe pour suivre le camion. Sirène tonitruante.

Admise aux urgences, la future maman sous antalgiques essaie de se reposer, mais ne peut arrêter de s'interroger.

Elle est pourtant certaine d'avoir été précautionneuse, d'avoir vérifié là où elle mettait les pieds.

Elle se remémore que Roger, juste avant qu'elle ne trébuche, a pointé du doigt le haut du cerisier pour annoncer fièrement que l'arbre donnerait des fruits pour cet été.

Une seconde d'inattention fatidique.

Elle se mord l'intérieur de la joue. *Quelle conne !* Elle se questionne quand même. *Roger range tout le temps ses outils dans sa cabane après utilisation, alors que faisait cette putain de pioche dans ce trou, côté tranchant en l'air ?*

L'interne arrive. Son visage est grave. Elle redoute une mauvaise nouvelle concernant l'enfant.

Le jeune docteur assène la sentence.

— Bon, soyez rassurée. L'échographie montre qu'il n'y a pas eu d'incidence sur votre bébé. Tout va bien. En revanche pour votre jambe, c'est autre chose. OK, l'os n'est pas cassé, mais il y a une fêlure très nette sur les radios, lui annonce-t-il tout en lui montrant les clichés. Une plaie sur un os est toujours délicate à soigner. L'entaille sur les tissus mous n'est pas belle non plus. Elle n'est pas nette et elle est profonde. Je vais vous anesthésier, nettoyer et je vous recouds. Au moins quarante points seront nécessaires. Vous aurez besoin de soins infirmiers quotidiens.

Dans la chambre, pendant que le médecin s'active sur la jambe droite d'Élise, Jeanne ne cesse de vociférer contre Roger. Elle est furieuse. Ne peut-il pas ranger ses outils ? Il fait preuve d'une négligence inacceptable. Roger baisse la tête, piteux, il multiplie les excuses.

La cicatrice s'étend tout le long du tibia. Trente centimètres au moins. C'est moche. Élise est catastrophée, elle espère que les marques s'estomperont avec le temps.

Décidément, tout va de travers.

L'anesthésique n'est pas totalement efficace. La jeune femme déguste. Elle interroge l'interne en grimaçant :

— Quand puis-je être rapatriée chez moi, à Besançon ?

— Vous vivez avec votre compagnon, le futur papa ?

— Non.

— Alors, il vous faudra trouver une infirmière et une aide-ménagère pendant vos quatre mois d'immobilisation.

— QUATRE MOIS ? Mais j'ai un travail ! Je suis directrice de crèche.

— Je vais être clair. Avec votre spondylarthrite : immobilisation totale et hors de question de poser le pied par terre avant fin août. Je vous mets en arrêt maladie pour quatre mois, ça nous amène à fin septembre. Le temps nécessaire pour que l'os et la plaie cicatrisent.

— J'aimerais quand même être chez moi.

Jeanne interloquée, réagit :

— Es-tu sérieuse ?

— Quoi ?

— Élise, tu vas te retrouver toute seule et dans l'impossibilité de te déplacer ! Je suis infirmière, tu as oublié ? Tu as entendu le médecin : il va te falloir des soins quotidiens. Comment vas-tu faire ?

L'interne, en train de rédiger son ordonnance, lève le nez de sa feuille et se risque à intervenir.

— Si vous avez la chance d'avoir une infirmière à domicile, surtout un membre de votre famille d'après ce que je comprends, je vous conseille vivement de prendre cette option. Votre plaie nécessite des soins journaliers. Vous ne pourrez pas vous déplacer. Comment ferez-vous pour les courses, votre douche ? Ça risque d'être compliqué.

— Élise, franchement, sois raisonnable. Je vais m'occuper de toi à la maison, insiste Jeanne.

Il est 23 heures quand Élise sort de l'hôpital.

L'interne a raison, elle doit se rendre à l'évidence. Comment va-t-elle faire, seule et livrée à elle-même à Besançon, avec tous ces escaliers ?

Dans la voiture qui la ramène chez son oncle et sa tante, elle enrage.

Comment a-t-elle pu être à ce point négligente ?

19

Décalage de ressenti

Élise fulmine. Au retour de l'hôpital elle cherche son portable. Où est-il bon sang ?

Introuvable.

Avec ses béquilles, elle a arpenté la maison dans tous les sens, soulevé tous les coussins du canapé, regardé sous son lit, dans la voiture. Roger et Jeanne ont eux-mêmes vérifié dans chaque pièce.

Peine perdue, son téléphone a disparu.

Élise a appelé l'hôpital. Dans l'affolement, elle l'a peut-être oublié là-bas. À l'autre bout du fil, l'infirmière est formelle. Après vérification, elle confirme qu'aucun portable n'a été retrouvé, ni dans la chambre qu'elle occupait ni ailleurs.

Avec le fixe, elle a appelé à maintes reprises son 06, mais elle tombe systématiquement sur sa messagerie.

Pourtant, elle est sûre d'elle. Son portable était chargé à bloc et n'était pas sur vibreur.

— Essaie de te souvenir où tu l'as laissé, l'encourage Roger.

— J'en suis certaine, maintenant ! Je l'ai ramené de l'hôpital ! ENFIN, C'EST DINGUE ! explose Élise.

Jeanne tente de calmer la situation.

— Calme-toi, chérie. Ce n'est pas bon…

— POUR LE BÉBÉ, OUI, JE SAIS ! ! répond-elle furieuse.

— Si tu veux appeler, tu peux toujours utiliser le fixe du salon, propose Roger.

— Oui, bien sûr, avec mes bandages et ma blessure. Descendre les escaliers c'est comme de l'escalade, alors ça risque d'être compliqué ! rétorque Élise sur un ton acide.

Cette histoire de disparition de portable la taraude. Elle en arrive à soupçonner sa tante de le lui avoir confisqué. Il y a peu, elle lui a fait tout un laïus sur les ondes. Des ondes wifi, soi-disant mauvaises pour le fœtus. Elle l'a lu dans un article.

Décidément, entre cette blessure et cette grossesse, sa vie est en train de virer au cauchemar.

Elle qui se sentait si bien dans cette maison commence à ressentir un malaise. Est-ce son état qui bouleverse sa perception des choses ? Elle est à fleur de peau.

Jeanne lui prodigue des soins au quotidien. Elle refait ses bandages et lui fait ses piqûres d'anticoagulants tous les jours pour éviter la phlébite et la thrombose.

Clouée au lit la plupart du temps, c'est le repos forcé.

Et dire que ce n'est que le début !

Elle ne pourra pas poser le pied par terre avant la fin septembre. Élise s'emmerde. Si elle avait au moins pris son ordinateur portable ! Elle aurait pu passer le temps à regarder des séries sur Netflix. Oubli fatal. L'appareil est resté sur sa table de chevet à des centaines de kilomètres de là.

Le peu de fois où elle sort de sa chambre, c'est avec l'aide de ses béquilles.

Sa tante commence à lui porter sur les nerfs. Jeanne la tance dès qu'elle se lève pour sortir quelques minutes prendre l'air. Avec sa blessure et dans son état, elle doit être raisonnable.

Élise bout.

Un mois après l'accident, l'ambiance pendant le dîner est détendue, jusqu'à ce que Élise, enceinte de cinq mois, insiste sur son suivi médical.

Une altercation éclate.

Jeanne s'échauffe, devient colère.

— Un gynécologue ? N'importe quoi !

— Tatie, j'ai besoin d'avoir une échographie et de consulter. Savoir si le bébé va bien !

— Ton bébé va très bien ! Ne fais pas comme si je n'avais pas été sage-femme. Alors, crois-moi, les accouchements, ça me connaît.

— Mais enfin, s'insurge Élise, avec ma spondylarthrite, j'ai besoin d'un suivi médical !

— Ta grossesse n'est pas une maladie ! Tu auras tous les antalgiques nécessaires pour soulager tes douleurs. Enfin, le moins possible pour ne pas empoisonner le bébé. Tu sais qu'ici c'est un désert médical ! Pas un toubib à moins de 30 kilomètres. Tu accoucheras à la maison, comme la plupart des femmes le font aux alentours. Toi, tu as la chance d'avoir une sage-femme à domicile, ce qui n'est pas le cas des autres.

— ACCOUCHER ICI ? C'EST HORS DE QUESTION ! Fin septembre, dès que je peux marcher et conduire, je rentre en voiture à Besançon pour consulter mon gynéco et j'accoucherai là-bas.

Jeanne grimace.

— Après tout, c'est ta décision. En attendant, je vais m'occuper de toi. À partir de demain, je prendrai les mesures de ton ventre pour vérifier que le bébé grandit correctement. Et ta tension. Et je te jure que si je détecte la moindre anomalie, on filera à l'hôpital.

La réponse de sa tante l'ulcère.

Élise excédée, jette sa serviette, se saisit de ses béquilles et quitte la table avec fracas.

Elle fulmine encore. *Bon sang, si je n'avais pas cette fichue blessure je partirais sur le champ*.

Elle tombe d'épuisement avant 22 heures.

Il est minuit lorsqu'elle est réveillée en sursaut par les cris de sa tante. Elle sort de sa chambre, boitille dans le couloir de l'étage. Jeanne est au rez-de-chaussée. Hystérique, elle hurle devant une fenêtre du séjour. En haut des escaliers, Élise assiste à la scène.

— Mais enfin, que se passe-t-il ? s'alarme-t-elle.

— On nous a cambriolés ! Une fenêtre est fracturée et cent euros en liquide manquent. Ils étaient sur le buffet du salon. Regarde-moi ces dégâts ! Et Roger qui est parti boire un verre. Celui-là, il va m'entendre quand il va rentrer !

La future maman, anxieuse, retourne dans sa chambre, ouvre les volets et jette un œil par la fenêtre qui donne sur la cour. Elle se fait discrète. Les voleurs sont peut-être encore dans les parages.

Plus personne, mais un détail l'électrise soudain.

— TATIE, OÙ EST MA VOITURE ? hurle-t-elle.

— Quoi ?

— OÙ EST MA VOITURE ? ELLE N'EST PLUS LÀ ! Roger l'a prise ce soir ?

— Non, pas du tout, il est parti avec notre voiture. Regarde, elle n'est pas là non plus.

— Mais ce n'est pas vrai ! C'est un CAUCHEMAR !

— J'appelle Roger. Toi, reste à l'étage, chérie. Trop d'émotions, ce n'est pas bon pour le bébé. Je viendrai chercher ta carte grise, les flics en auront besoin.

— Il faut appeler les gendarmes maintenant ! exige Élise.

— Il est trop tard ! Rassure-toi, on ira à la première heure demain.

Roger arrive en trombe dix minutes plus tard. Il transpire à grosses gouttes. Sur le palier de l'étage, Élise, dans l'obscurité du couloir, assiste à leur dispute.

— Pfff, on ne peut pas compter sur toi. Tu n'es jamais là au bon moment. Merde, quoi ! Tu es censé nous protéger.

Roger bafouille, s'excuse platement.

Pourquoi Élise surprend-elle alors un sourire furtif au coin des lèvres de sa tante ? Un sourire qui la met mal à l'aise. Elle a la désagréable impression d'assister à une pièce de théâtre mal jouée.

Dans son lit, Élise se ramasse sur elle-même. Elle pleure.

Non ! Pas sa voiture ! Comment va-t-elle faire pour repartir chez elle ? Sans voiture, il faudra qu'elle demande un rapatriement à son assurance et une indemnisation pour le vol. Elle devra s'en racheter une. *Merde ! Pourquoi tout est si compliqué ?*

Que se passe-t-il ici ? Elle se sent prise au piège. Elle fait les comptes. Fakir écrabouillé, son accident, son portable volatilisé, et maintenant sa voiture volée. Elle passe la nuit à ressasser ces derniers événements. Quelque chose ne tourne pas rond.

L'épuisement finit par avoir raison de son anxiété.

Engluée dans des cauchemars nocturnes, elle émerge tardivement. Les rayons du soleil sont déjà hauts.

Élise, en vrac, descend l'une après l'autre les marches de l'escalier. Dans la cuisine, Roger et Jeanne semblent joyeux. Ils préparent le déjeuner. Ils paraissent détendus en dépit du cambriolage de la veille.

— As-tu bien dormi, petite marmotte ? Il est 11 heures ! plaisante Jeanne en la voyant débarquer les cheveux en bataille.

La bouche encore pâteuse, Élise questionne.

Oui, ils confirment. Ils sont allés à la gendarmerie à la première heure ce matin et les gendarmes viennent de finir leurs constatations sur place. Ils sont partis il y a à peine cinq minutes.

Élise les écoute sans dire un mot. Des cernes ont creusé ses yeux. L'inquiétude revient au galop.

C'est étrange, les événements de la veille n'ont pas eu de prise sur eux.

Sa tante est guillerette, volubile. Roger, lui aussi, paraît moins maussade.

Décalage de ressenti.

20

Dole
Une mauvaise plaie vient lézarder son visage
4-5 octobre 2022

OCRVP, 4 octobre, 9 h 30.

— Stéphane ? Y a du nouveau. Le proc insiste pour qu'on bouge dans l'Est !

— Qu'est-ce qui se passe ?

— Tu te souviens de notre conversation avec l'ex-infirmière ? Elle a évoqué la présence d'un prêtre qui officiait dans les années 1970 à l'hôpital de Saint-Ylie ?

— Voufray ?

— Vouvray. Tu captes, là ? J'ai l'impression que tu es hors zone.

— Non, mais le réveil est difficile ce matin. Et parle moins fort bordel ! J'ai la gueule de bois.

— Putain, Stéphane, tu déconnes à plein tube ! En plus avec tes médocs, ça ne fait pas l'affaire ! balance-t-elle en sourdine une fois la porte claquée derrière elle.

Noémie est furieuse. Jourdain grimace. Piteux, comme un gamin pris sur le fait, il sourit bêtement et s'enfonce un peu plus dans son fauteuil, les bras croisés sur les épaules.

— Il va falloir qu'on en parle ! Tu fais chier, là !

Puis elle continue, plus calme :

— Bon, l'ex-père Vouvray est actuellement au commissariat de Dole. Il vient de se rendre. Il avoue, tiens-toi bien, l'exorcisme de sa mère et aurait des choses à révéler sur les squelettes de Saint-Ylie.

— Un exorcisme ? C'est quoi, ce délire ?

— Oui, l'histoire a l'air bien barrée !

— De quoi veut-il parler ?

— Laurence n'en sait pas plus. Apparemment, le mec est mutique. Il ne veut se confier qu'aux responsables de l'enquête des squelettes.

— Bon, on va peut-être boucler le dossier plus facilement que prévu. Sa GAV[1] date de quand ?

— Ce matin. Les flics dijonnais nous attendent.

— Que dit le juge ?

— GAV prolongée. Il nous donne vingt-quatre heures supplémentaires. Le temps de cuisiner l'ex-curé. Tout ça, c'est peut-être du mytho.

Noémie reprend son souffle. L'art de faire durer le suspense.

— Toi, tu as autre chose… Je n'aime pas quand tu as ce sourire en coin. Balance !

— Laurence a décortiqué les dossiers des ressources humaines de l'hôpital. Le doc Charles Debert, médecin-chef au service des femmes. Figure-toi que le mec a été radié par le conseil de l'Ordre. Plus de droit d'exercer. Il a « déplaqué » il y a quinze ans. Il s'était installé sur Nice.

— Les faits ?

— Intéressants. Plainte de trois de ses patientes pour abus sexuels.

1. Garde à vue.

— Il a fait du ballon ?

— Même pas. Manque de preuve. Les femmes ont porté plainte trop longtemps après. Mais c'est le conseil de l'Ordre qui a asséné la sentence devant la gravité des faits, sans compter une fraude à la sécu.

— D'accord... Du coup, on a peut-être un nouveau client sur le dossier ?

— J'ai eu Fayard. On a le *go* pour interroger l'ex-doc. On va même pouvoir faire d'une pierre deux coups. Entendre Vouvray et l'ancien médecin, car il est revenu dans le Jura. Il s'est installé à Lons-le-Saunier. Un autre personnage me fait tilter. La frangine sœur Marie-Florence Daubrac. Marguerite Estrée l'a mentionnée. Le dragon de l'hôpital. Pour moi, on a trois clients potentiels dans le viseur, même si ma préférence va à Vouvray.

— On peut peut-être attraper ce soir le TGV direct pour Dijon. On passe la nuit sur place et on décolle à la première heure pour Dole. Olivia est dispo ?

— J'espère. Elle n'est pas encore arrivée. Je sais qu'hier elle était en galère avec son fils. Je viens de lui laisser un message.

— Ça marche. Et toi, ça va aller avec les enfants ?

— T'inquiète, Jérôme est en télétravail à partir de demain pour deux jours. Il gère.

Au moment où elle répond, Noémie réalise qu'elle a une chance inouïe de pouvoir compter sur son compagnon. Toujours présent, il prend la relève et compense les aléas liés à son métier de flic. Pourtant, les choses ne sont pas toujours si simples à la maison. Adrien, le fils de Jérôme, et sa fille, Agathe, tous deux âgés de treize ans, s'entendent très bien, surtout quand il s'agit de faire des conneries. Leurs notes sont en baisse. Le couple a serré les vis depuis peu devant ce laisser-aller et se bat pour imposer des règles strictes.

Heureusement, Jérôme et elle partagent la même vision sur l'éducation de leurs enfants. Ce couple solide ne tanguera pas.

Jourdain, Noémie, Olivia ont débarqué dans la soirée à Dijon. Laurence, enjouée, fidèle à elle-même, les accueille. Jourdain, qui s'est échoué sur ce continent perdu entre douleur et tristesse, est aux antipodes de la joie de vivre de cette fille. Il s'interroge. Comment fait-elle ? Une soif de vivre communicative. Décidément, Tomasin est solaire. Jourdain apprécie autant sa convivialité que son professionnalisme. Ce flic a du potentiel. Cette jeune femme lui fait du bien. Son sourire et son optimisme sont contagieux.

Cette fois-ci encore, le brigadier-chef les a emmenés dîner à une bonne adresse.

Commissariat de Dole, 5 octobre, 6 h 30.

La nuit a été courte, tous sont silencieux à 6 heures du matin, dans le SUV, tandis qu'ils roulent vers le commissariat dolois.

Après trente minutes d'autoroute, le véhicule se gare devant le bâtiment. Le commissaire Ausseur est déjà dehors avec son équipe. Ils les attendent. À ses côtés, trois autres flics. Tous ont la tête des nuits courtes. Présentations, serrages de mains.

Ausseur les invite à entrer et démarre le débrief dans un silence de plomb.

— Tout d'abord, pour info, Vouvray a refusé l'assistance d'un avocat. Le P-V d'hier est peu fourni, à part le topo habituel. Pierre Vouvray, soixante-quatorze ans.

Il vit à Falletans, à quelques kilomètres d'ici. Il précise qu'il a été ordonné prêtre à vingt-cinq ans. Il était, à l'époque, selon ses dires, le plus jeune séminariste de la région Franche-Comté. Il a officié à la chapelle de Saint-Ylie entre janvier 1973 et septembre 1975. Après cette date, il a quitté sa soutane et ses fonctions. Il a trouvé un job comme manœuvre à la scierie de Falletans. Il a d'ailleurs fini sa carrière dans cette même entreprise. D'après les informations que nous ont données les voisins, il a toujours vécu célibataire avec sa mère. Le voisinage n'est pas tendre sur la femme. Bref, l'homme affirme l'avoir exorcisée. Elle avait quatre-vingt-douze ans. D'après lui, l'acte religieux aurait mal tourné. C'était dans la nuit d'avant-hier. Il n'a pas souhaité s'exprimer ni sur son mode opératoire ni sur les circonstances du décès. Après les faits, il s'est rendu au commissariat au petit matin pour avouer son acte.

Café fumant, les flics, fesses posées, chacun sur un coin de bureau, écoutent le commissaire. P-V sous les yeux, il en vient à un passage on ne peut plus étrange.

— Lors de sa confession, si j'ose dire, il a dit, je cite : « Nous savons que nous sommes de Dieu, et que le monde entier est sous la puissance du Malin. » On a vérifié. C'est dans la Bible, Jean 1, chapitre 5, verset 19. Puis, l'homme a ajouté en se signant : « Vous ne comprendrez pas, car vous êtes de misérables pécheurs, mais maintenant, Dieu et ses Archanges sont enfin libérés du Mal. » Vouvray s'est mis ensuite à soliloquer. Était-il dans ses prières ? Impossible de comprendre un traître mot.

Les équipes se regardent. En effet, il y a du lourd…

Ausseur reprend les dernières déclarations de l'accusé :

— Après quelques minutes, il est revenu à lui, si je puis dire. Il précise que sa mère est dans la forêt de Chaux. Mais il a refusé de nous donner l'emplacement du corps. Il ne souhaite donner cette information qu'en présence de l'équipe responsable de l'enquête des squelettes. Il confirme qu'il sait à qui appartiennent les ossements et que le corps de sa mère pourrait vous donner un indice supplémentaire.

Jourdain remercie et questionne :

— C'est où la forêt de Chaux ?

— À seulement quelques kilomètres, à l'est de Dole. Une des plus grandes forêts domaniales de France. Plus de 20 000 hectares d'un seul tenant.

— OK. Et si on entendait ce monsieur ?

Seules les équipes dijonnaises et parisiennes connaissent les singularités de l'affaire. Depuis la découverte des corps, rien n'a fuité dans les médias sur la mystérieuse position des cadavres. Un détail important qui leur permettra de vérifier si Vouvray est un affabulateur, ou s'il a vraiment des éléments importants à leur révéler.

Avant qu'ils ne sortent Vouvray de cellule, Olivia intervient. À travers ses actes, la personnalité de l'ancien religieux commence à se dessiner dans l'esprit de la psychologue.

— Stéphane, je préconise que Laurence, Noémie et moi nous nous placions au fond de la pièce. Ce matricide est très probablement une résurgence de violences passées et de la haine qu'il voue aux femmes. Je m'avance peut-être, mais dans le doute, je pense qu'un homme tirera plus d'informations qu'une femme qu'il perçoit sans doute comme un danger potentiel.

Tous acquiescent.

D'un commun accord, les filles se mettent en retrait.

7 heures.

L'homme grisonnant, dégarni, arrive menotté. Il arbore une solide stature. Une belle constitution physique pour son âge. Il sourit. À travers ses lunettes aux verres épais et grossissants, ses yeux disproportionnés fixent chaque policier. Il paraît détendu et serein.

Il se signe puis lève ses bras entravés, les mains devant lui l'une sur l'autre pour bénir l'assemblée.

— Que l'Éternel vous bénisse et vous garde ! Qu'il fasse luire sa face sur vous, vous accorde sa grâce et vous donne la paix !

— Bonjour, monsieur Vouvray. Asseyez-vous, s'il vous plaît. Je suis le commandant Jourdain. Je travaille au sein de L'OCRVP à Nanterre. J'ai fait beaucoup de route pour vous rencontrer, lance-t-il un sourire aux lèvres pour mettre le détenu en confiance.

L'homme semble d'un coup hagard, perdu dans ses pensées. Il repart dans son délire religieux.

— « Béni soit l'homme qui se confie dans l'Éternel, Et dont l'Éternel est l'espérance ! Il est comme un arbre planté près des eaux, et qui étend ses racines vers le courant. Il n'aperçoit point la chaleur quand elle vient. Et son feuillage reste vert. Dans l'année de la sécheresse, il n'a point de crainte, et il ne cesse de porter du fruit. »

Jourdain attend patiemment que son client revienne à lui.

Vouvray reprend :

— Je vais tout vous dire, mais ne m'interrompez pas, s'il vous plaît.

Jourdain hoche de la tête.

— Nous sommes là pour vous écouter attentivement.

— Alors voilà. J'ai donné naissance à un nouveau chêne à vierges. Vous trouverez l'exorcisée, tout au bout de la route du Grand Contour. À la sixième colonne-guidon en direction d'Étrepigney. Un chêne centenaire dans la droite ligne de l'église de Chisey-sur-Loue, de l'autre côté. Un lieu de culte qui renferme bien des secrets, comme vous le découvrirez… Je suis sûr que vous savez où se trouve l'arbre, lance-t-il en direction des flics dolois. Ma mère fait partie de l'arbre sacré à présent, dans la miséricorde de Dieu. Amen.

Jourdain ne comprend strictement rien à ces chênes à vierges et à ces colonnes-guidons. Encore moins l'énigme de cette église qu'il a évoquée.

Les Jurassiens n'ont pas l'air d'être déstabilisés et les doigts du brigadier n'ont pas cessé une seule seconde de taper le P-V avec effervescence sur le clavier. Dans la pièce, aucun ne cille. Jourdain en déduit qu'il faut être du coin pour avoir la traduction.

Vouvray se terre ensuite dans le silence.

Jourdain en profite. Interrogatif, il se tourne vers le commissaire dolois pour demander :

— Vous voyez où se trouve l'emplacement ?

— Oui, répond Ausseur.

L'équipe régionale opine d'un même mouvement de tête.

— Monsieur Vouvray, êtes-vous l'auteur des cinq meurtres ? Ces corps retrouvés ?

— Ça vous arrangerait bien, hein, commandant ?

Jourdain pense à ce rhésus O+ retrouvé sur ce petit morceau de tissu accroché à une des caisses.

— On va prélever votre ADN.

Vouvray reprend dans un petit rire sec :

— Oh, mais pas de problème, je suis à votre disposition. Je puis vous affirmer que je sais à qui appartiennent les ossements. J'ai la clé du message. Votre petite balade dans les bois vous donnera un indice.

Il fait une pause. Visiblement, il aime distiller les informations. Il semble s'amuser.

L'équipe des flics s'est tendue au mot « message ».

Chaud patate.

— À votre tête, je parie que vous n'avez pas encore élucidé le rébus des squelettes ! Pas vrai ? assène-t-il, avant de s'esclaffer.

Avant que Jourdain ne rebondisse, il enchaîne.

— Vous croyez en Dieu, commandant ?

— Mmmm, rétorque Jourdain, dubitatif.

— Alors, c'est que vous ne croyez pas au diable. Moi, je l'ai déjà vu deux fois.

Un rictus, comme une mauvaise plaie, vient lézarder son visage.

21

Pierre Vouvray

— Tu n'es qu'un incapable, mon pauvre garçon !

Incapable, idiot, laid, ce ne sont pas les adjectifs qui manquent à sa mère pour le rabaisser à chaque instant.

Maman le bat aussi. Parfois, c'est un torchon, un rouleau à pâtisserie. La dernière fois, c'était une poêle à l'arrière du crâne.

Et puis, il y a eu autre chose. Ça a commencé quand il avait cinq ans. Le jour même où son père a filé aussi vite que la bise pour fuir le despote. Tourner les talons, ne plus jamais revenir.

Pierre, enfant martyr, est resté avec sa mère.

Dans ses moments les plus doux, elle le touche à l'entrejambe. « Ce sont des câlins », dit-elle.

Elle exige. Il doit l'appeler « ma petite femme ».

Le petit garçon grandit. La mère arrête les attouchements à l'adolescence. Mais elle continue à l'aguicher, se promène nue dans la maison.

Il n'aime pas quand maman dévoile son corps comme ça. C'est impudique et puis sa silhouette boursouflée n'est pas belle à voir.

Alors, il baisse les yeux, fuit ce regard qui n'a de cesse de le chercher.

Lui n'ose rien dire.

Est-ce que les autres mères font pareil ? Est-ce qu'elles couchent aussi avec leurs fils ?

Tout cela, au fond, c'est peut-être normal. Mais il ne s'est jamais risqué à en parler au collège.

De toute façon, il n'a pas d'amis.

Toujours seul sur le banc de la cour dans le meilleur des cas. Trop timide, trop chétif.

Là-bas, il est vite devenu le souffre-douleur n° 1 des autres garçons, plus costauds, plus affirmés. On le bouscule, on l'insulte, on lui met des savates, des coups de poing.

Quand il rentre à la maison avec des bleus, sa mère en rajoute une couche. Toujours un aller et retour sur ses joues déjà en feu.

Chaque fois, c'est la même rengaine.

— Et moi qui pensais avoir un homme à la maison ! Tu n'es qu'une lavette. Un lâche.

Après chaque volée, il part se réfugier dans sa chambre. Cacher ses pleurs.

Le séminaire est vite devenu son objectif. Prendre la soutane. Une urgence.

Son statut de futur prêtre lui redonnera peut-être un peu d'éclat aux yeux de sa mère, fervente pratiquante.

C'était sans compter sur la perversion de cette femme.

Fier d'être le plus jeune séminariste de la région Bourgogne-Franche-Comté, à vingt-cinq ans, il vient d'être ordonné prêtre.

Une opportunité se présente. La chapelle de l'hôpital de Saint-Ylie.

Nourri, logé : c'est une aubaine.

Un premier poste, certes peu prestigieux, mais Pierre, mû par une ambition soudaine, vise déjà les échelons supérieurs de l'Église.

22

La folie est à ses trousses
5 octobre 2022
7 h 30

« The Shinning » – Rachel Elkind & Wendy Carlos

Vouvray avait dit : Route du Grand Contour, sixième colonne-guidon, direction du village d'Étrepigney.

Trente kilomètres d'un ruban d'asphalte rectiligne. Ce tracé au cordeau fend en deux une forêt épaisse. La route semble s'étendre au-delà de l'horizon dans un but incertain.

Le brouillard matinal tenace présente les lieux sous un jour hostile. Au bout de l'horizon, même le soleil blanc hésite à se montrer.

Une semi-obscurité.

Dans cette ouate glacée, seule la masse sombre des chênes se profile. À perte de vue, des arbres en rangs serrés, immenses.

L'abandon et quelque chose d'ésotérique règnent dans ces lieux.

Le SUV dijonnais, plein phare, suit la voiture des flics dolois. La route s'étend sans fin. Aucune échappatoire, à part ces quelques chemins forestiers aux lignes abruptes qui cisaillent de part et d'autre cette route bitumée. Ils s'enfoncent loin, profondément vers un nulle part fantomatique.

Vue du ciel, la forêt de Chaux ressemble à un dessin géométrique formé d'une large ligne droite et de fines perpendiculaires qui la cassent dans des angles droits parfaits.

Aux intersections principales, des piliers en pierre s'imposent. Ils ont l'air de défier la flore environnante. Ils s'élèvent telles des colonnes doriques au centre des carrefours. Comme des tours de contrôle, façonnées de la main de l'homme.

Ces yeux surveillent la forêt.

Laurence est au volant. Jourdain à ses côtés est sourd-muet. Depuis qu'il est monté en voiture, il s'est évadé, rattrapé par ses démons. Son clou s'enfonce un peu plus dans la chair de sa paume. Les bois sombres s'étendent à perte de vue et cette ambiance lui file la chair de poule.

Depuis le décès tragique de sa fille aînée, il évite les zones forestières.

Une crise d'angoisse est en train de monter. Ça faisait longtemps. *Et merde !*

Il tousse, puis étouffe, peine à respirer. Son cœur s'accélère. Arrivent cette envie de vomir, puis les étourdissements. Il va perdre pied, s'évanouir, là, et s'affaler sur le tableau de bord.

Non, pas maintenant. Pas là ! Olivia est à l'arrière avec Noémie.

Discrètement, il réussit à attraper un lexomil dans sa poche. Il fait semblant de se racler la gorge et met le cachet sous la langue. Il espère que sa petite manœuvre aura échappé à la psy.

— Ça va Stéphane ? lui demande Olivia, inquiète, en se penchant légèrement vers son siège.

Merde, merde et remerde, débite-t-il pour lui-même. Est-ce que la psy l'a vu prendre son médoc ?

Il déglutit, l'avale et réussit à sortir piteusement un :

— Désolé. J'étais perdu dans mes pensées. Vous en étiez où ?

Laurence intervient :

— Je donnais une explication sur les colonnes que vous apercevez. Les fameuses colonnes-guidons dont parlait Vouvray. Elles donnent la direction des trente-six villages qui se sont installés tout autour. Elles datent du XIXe siècle, commandées par les Eaux et Forêts. Il en reste sept. Du haut de leurs 5 mètres, elles sont implantées aux principaux carrefours de la route du Grand Contour pour donner l'orientation. Vous remarquerez que les chapiteaux sont gravés des noms des villages situés à l'extrémité des routes. Sur les deux autres faces sont inscrites les lettres « E. » (est) et « O. » (ouest). Ces colonnes indiquent les points cardinaux. À l'époque, elles permettaient aux ouvriers de s'orienter vers leur lieu de travail. Pour info, Vouvray nous emmène vers la partie la plus reculée, située à l'extrême est. Fait notable, la route du Grand Contour que nous empruntons est interdite d'accès entre 22 heures et 6 heures du matin. J'ai cherché dans les arrêtés préfectoraux sans avoir une réelle explication. Un mystère.

Jourdain tente l'humour.

— Et sinon ? Vous nous feriez un cours d'histoire sur les chênes à vierges ?

Laurence, déstabilisée, a saisi l'ironie de Jourdain.

— Désolée, je suis trop bavarde. Déformation d'étudiante d'une première année d'histoire régionale.

— Ne l'écoute pas, Laurence ! Continue, s'il te plaît, c'est très intéressant.

Olivia, en pétard, vient mettre un coup de poing dans le siège de Jourdain pour le remettre à sa place.

Bien compris. Ce dernier s'excuse platement.

Laurence, encouragée, reprend :

— Vous savez, cette forêt est considérée comme sacrée. Pour les Celtes, ces chênes étaient comme les piliers d'un temple. Ils y invoquaient leur déesse mère. Ensuite, les chrétiens ont investi les lieux et les ont sanctuarisés en plaçant des statuettes de la Vierge dans les plus vieux chênes. Ils créaient une niche dans le tronc en hauteur, qu'ils protégeaient ensuite par des grilles pour éviter tout vandalisme. Aujourd'hui, seuls cinq chênes sacrés sont encore visibles. Le plus vieux date de cinq cents ans. Tout le monde sait que c'est exagéré, mais cela fait partie du folklore local, s'en amuse-t-elle. On l'appelle « le chêne Notre-Dame ». Il est situé près de Falletans. Vouvray nous emmène beaucoup plus loin dans la forêt à l'extrémité est, sixième colonne en direction du village d'Étrepigney. On pense qu'il a choisi le chêne Notre-Dame des Potiers pour liquider sa mère. L'arbre a la particularité d'avoir déjà avalé plusieurs vierges. Vous remarquerez ses nombreuses boursouflures sur son tronc. En fait, avec leur croissance, on dit qu'ils « avalent » les statues religieuses. Vous seriez étonnés de voir le nombre de personnes qui viennent des quatre coins du monde pour déposer des offrandes aux pieds de ces chênes. Notamment celui qu'on appelle « le chêne mystérieux ». Depuis des centaines d'années, aucun autre arbre ne pousse à côté. On trouve dans les interstices de son écorce nervurée, des centaines de petits papiers pliés en quatre. Ce sont des vœux formulés dans toutes les langues pour demander une guérison ou la réalisation d'un souhait.

— On dirait que Vouvray a choisi le lieu idéal pour un exorcisme, fait remarquer Olivia.

— C'est vrai, mais ce n'est pas tout. L'emplacement choisi par Vouvray est assez énigmatique. À vol d'oiseau, il est situé dans la droite ligne de l'église de Chissey-sur-Loue. Souvenez-vous, Vouvray l'a évoqué pendant son audition.

Laurence, encore une fois, hésite.

Olivia rebondit :

— Soit tu en as trop dit, soit pas assez. Complète !

— En fait, l'église de Chissey-sur-Loue est réputée pour ses « babouins » sculptés. Ils dateraient du Moyen Âge, mais habituellement ce type de sculptures aux traits grossiers et effrayants se trouvent à l'extérieur des églises. Là, ils ont été sculptés à l'intérieur du lieu de culte. Une particularité très étrange. En fait, le village de Chissey était connu pour accueillir le pèlerinage des fous. On conduisait les personnes malades mentales ou atteintes de tares physiques avant la Saint-Christophe, patron de l'édifice. Les malheureux étaient enfermés pendant neuf jours dans une pièce du clocher qu'on appelle toujours la chambre des fous. Pendant ce pèlerinage avaient lieu des exorcismes qui ont perduré jusqu'à la Révolution française. Saint Christophe était invoqué pour aider ces aliénés. Ces sculptures représentent clairement des visages difformes et malades. Les habitants de ce village sont nommés « les Babouins ». Une légende raconte que Dieu se serait mis en colère contre ces paroissiens qui, au lieu de regarder pieusement le chœur, avaient toujours le nez en l'air à regarder ces figures. Son châtiment fut que les habitants donneraient naissance à des enfants aussi grotesques que les figures présentes dans leur église.

— OK. Sympa ! ironise Noémie, les poils des bras dressés, mal à l'aise. En tout cas, cette précision peut être un élément important sur la personnalité de Vouvray. Qu'en penses-tu, Olivia ?

— Tout à fait. Aucun détail ici n'est le fruit du hasard.

— Bon, ben moi, vous savez quoi ? Ça me fiche la chair de poule toutes ces histoires ! embraye Jourdain.

— On arrive, annonce Laurence. Il va falloir nous habiller. Les flics dolois m'ont filé des tenues de camouflages.

— Comment ça ? Pour quelles raisons ? interroge Noémie encore sur le vif.

Ils se garent et descendent du véhicule. Tous se figent, pétrifiés. Autour d'eux, des sons lugubres.

— Chut ! leur intime Laurence, l'index sur la bouche.

La forêt résonne, elle grogne. Derrière chaque arbre, des animaux camouflés, dans ce coton brumeux et épais, hurlent. Leurs cris rauques, puissants, envahissent l'espace. La forêt brame.

— Les cerfs, chuchote Laurence. C'est la saison des amours entre mi-septembre et mi-octobre. Restez vigilants. Ils peuvent être agressifs si on s'approche de leur territoire. Nous sommes dans la forêt française qui compte le plus grand nombre de cervidés. C'est l'emblème des lieux. Le doyen du massif s'appelle le cerf Vincent. Il a au minimum dix-sept ans. Il a compté jusqu'à vingt-quatre cors, mais il décline. Les dernières images que l'on a de lui ne laissent apercevoir que six bois et cinq cors pour chacun. C'était cet été.

— On risque quoi ? interroge Noémie.

— Se faire charger et encorner par un cervidé en rut, complète Laurence, nullement impressionnée.

Les flics s'habillent pour s'infiltrer incognito. Treillis et veste de camouflage. Les policiers dolois ont insisté. Pas un bruit. Il faudra avancer en silence. Bottes aux pieds, l'équipe quitte le chemin pour s'enfoncer dans la végétation sombre.

Les locaux connaissent les lieux. Muets, ils tracent, sûrs d'eux. Fébriles, Jourdain et son équipe avancent, tentent de réduire la distance. Ils marchent dans les pas de leurs collègues jurassiens. La forêt est serrée, envahie de fougères et de broussailles aux épines acérées.

Ça sent l'humus, le champignon et la décomposition végétale.

Un sentiment de détresse étreint Jourdain. Ces lieux ne sont qu'esseulement, éloignés de toute civilisation humaine.

Le végétal et la faune ont pris possession des lieux. Ils règnent ici en maîtres.

L'homme n'est pas le bienvenu.

Partout, les chênes massifs imposent leur surpuissance. En file indienne, l'équipe se fraie un passage dans la flore compacte. Leurs mains s'égratignent aux buissons en aiguilles. Leurs bottes font craquer des branchages secs et les feuilles mortes qui tapissent le sol.

Soudain, à l'avant, l'équipe doloise se fige comme un seul homme. Ils s'accroupissent, le poing levé. Bien reçu. Ne plus bouger d'un centimètre. Les flics parisiens obtempèrent.

C'est alors que du brouillard épais, à quelques dizaines de mètres, surgit un géant.

Le roi des lieux. Majestueux et gracieux, un cerf s'avance. Quatorze cors. Un mâle adulte. Masqués par le vent contraire, les flics, tapis, sont à couvert.

L'animal s'est approché d'un petit cours d'eau, duquel s'échappent des volutes de vapeurs. Courbé, il lape puis se redresse. Le cou dressé, il brait. Il appelle les femelles, mais aussi ses rivaux, prêt à se battre avec ses concurrents pour asseoir son territoire.

Les flics l'observent longuement. L'animal est magnifique. Une image puissante, féérique.

Un vent contraire vient soudain balayer cet instant magique. Instinctivement, museau levé, l'animal s'est figé. L'odeur de l'homme. En alerte, il tourne la tête lentement, scrute son périmètre. Il lance un dernier cri puis se détourne et s'enfonce au fond de la forêt.

Les minutes passent. Personne ne bouge. Un silence suspendu.

Jourdain a les larmes aux yeux.

Cet événement lui serre le cœur. Il a vu dans cet animal splendide une âme merveilleuse.

Et si c'était Clarisse ? Une âme pour une autre. Pourquoi pas ?

Ausseur se lève doucement, son équipe le suit.

Derrière, le reste de la troupe les imite. Jourdain est bloqué, encore sous l'emprise de cette vision.

Noémie le secoue et le sort de ses pensées.

— T'es avec nous, là ? le bouscule-t-elle.

L'homme s'ébroue, se remet les idées en place.

— Désolé. C'est bon ! Ça va aller.

Tous reprennent leur route à travers bois. Ils marchent de longues minutes.

D'un coup, la forêt se fait moins dense. À une centaine de mètres à travers le brouillard, un arbre se détache des autres. À vue d'œil, le tronc fait plus de 3 mètres de circonférence. Un géant. Tous sont stupéfaits par la masse qui se profile au loin.

Chacun s'active et met ses surchaussures. Méticuleux, ils s'approchent. Ne pas souiller la scène.

Ils contournent le tronc les uns derrière les autres.

Devant eux, l'IJ en première ligne a déjà déclenché les flashs.

Ça mitraille sans relâche.

Marchant en arc de cercle à bonne distance, la face cachée se dévoile peu à peu sous leurs yeux.

Une scène morbide et malsaine.

Devant eux, un tronc puissant, accidenté de multiples excroissances. Autant d'anciennes vierges avalées par l'arbre au fil des ans. Mais ce ne sont pas ces détails qui les glacent.

Non.

Comme fondues, prêtes à être digérées, des chairs flasques font désormais partie du végétal. L'arbre semble avoir déjà commencé à aspirer la putréfaction.

Le corps est dénudé, la poitrine et le ventre devenus informes par la vieillesse sont à l'image du végétal. Flétri, le cadavre se tient pourtant parfaitement droit, enlacé par une corde épaisse qui remonte des chevilles aux épaules.

Comme si le meurtrier avait voulu figer sa victime pour l'éternité.

Qu'elle reste debout face à la sentence du Créateur.

Dernier détail morbide : la tête manque.

Les yeux hésitent à se lever.

Deux mètres au-dessus, à la verticale, dans la cavité chrétienne, la statuette de la Vierge a disparu. Le crâne ensanglanté d'une femme âgée l'a remplacée. Des filets sanguinolents ont dégouliné le long des rides. Les lèvres, souillées de sang, sont saisies dans une expression de dégoût et les yeux écarquillés laissent supposer l'horreur des derniers instants.

Ce qu'ils ont devant eux est bien loin d'une scène d'exorcisme, enfin, pour ce qu'ils en ont vu dans les films d'horreur.

La base de la tête suinte d'un sang glacé et, sur la partie haute, le crâne est défoncé.

Ce qui déplaît immédiatement à Jourdain et à Noémie, c'est toute cette hémoglobine qui a fuité de la bouche, mais aussi de la base du crâne coupé.

Cela laisse supposer un meurtre particulièrement sadique. Vouvray aurait-il sectionné la tête alors que sa mère était encore vivante ? Le légiste apportera toute la lumière sur ce point.

Ça sentait la mort lente. Le cauchemar.

Les policiers restent sans voix, médusés devant ce spectacle dantesque.

Sans crier gare, un jeune flic de l'équipe doloise vient de rompre le cercle. Pris par des haut-le-cœur, il file vomir ses tripes plus loin.

La sidération passée, Jourdain crie à l'intention des techniciens :

— Des traces d'une hache ou d'un autre objet tranchant ?

Pour toute réponse, un des types de la scientifique pointe alors du doigt quelque chose à la base de l'arbre qui leur est invisible depuis leur position. De ses mains gantées, il brandit alors haut la statue d'une vierge ensanglantée.

— Comme s'il avait voulu lui marteler perle après perle suivant son chapelet des *Je vous salue Marie* dans le crâne, conclut Olivia sur le vif.

Jourdain et Noémie se tournent d'un seul mouvement en direction de la psychologue. Ils n'ont pas besoin d'échanger pour partager le même sentiment. Ils ont à leurs côtés une pièce maîtresse pour la résolution de ce casse-tête.

Noémie et Jourdain ont hâte d'avoir son analyse.

Commissariat de Dole, 5 octobre, 11 h 30.

— Vouvray, votre mise en scène est plutôt élaborée. Quel est le rapport avec nos squelettes de Saint-Ylie ?

Vous souhaitiez nous aider dans la résolution de cette affaire. C'est le moment de parler.

— Eh bien, vous avez vu commandant, non ? réplique-t-il.

— Oui. Nous avons tous vu un corps fixé dans une verticale parfaite. Cela nous évoque une barre. Un morceau manquant ou un 1 en chiffre romain.

Vouvray sourit et reprend :

— Nooon. Tss-tss, assène-t-il d'un mouvement négatif de la tête, comme un professeur qui se moquerait d'un cancre. Cherchez mieux, commandant. Vous n'avez pas compris, hein ? Ni vous ni la psy planquée derrière moi depuis le début de mon interrogatoire, dit-il en lançant un regard mauvais vers le fond de la pièce. Vous croyez que je ne l'avais pas remarquée ?

— L'affaire est complexe. Nous avons besoin…

— … de décortiquer mon cerveau, c'est cela ? enchaîne-t-il, soudain nerveux. Vous pensez que je suis fou, n'est-ce pas ? Avouez-le !

— Non, ment-il. J'allais dire que nous avons besoin d'avoir une analyse sur le fonctionnement de notre tueur.

— Mais moi, je n'ai pas tué ma mère ! s'insurge-t-il dans un revirement de situation. Je n'ai été que la main de Dieu dans l'accomplissement de ses vœux.

— Écoutez, nous sommes venus vous voir, car vous aviez des informations à révéler sur les corps découverts à Saint-Ylie. Vous prétendez avoir la clé. Alors quel est le lien entre votre « exorcisme » et notre affaire ?

Vouvray se marre. Un petit rire, aigu, agaçant.

— Je crois que vous êtes loin d'avoir résolu l'énigme, cher commandant ! Rébus-rebut. Jeu de mots, maître Capello.

— Qu'entendez-vous par là ?

— Vous êtes intelligent. Vous et votre équipe de femmes damnées, vous allez bien finir par trouver.

Le commandant, malgré son insistance, ne tire plus rien de l'homme.

Ce dernier se mure dans le silence. Jourdain, dépité, finalise le P-V.

Vouvray sera déféré auprès du juge Fayard dans la matinée, puis écroué ou placé en HP selon les diagnostiques des experts psychiatres.

Mais Jourdain n'a pas dit son dernier mot. Il reviendra lui parler une fois qu'il sera enfermé. Ses prochaines conditions de vie, moins confortables, lui délieront peut-être la langue.

Il ne peut cependant s'empêcher de voir un lien entre le positionnement de la suppliciée, présentée droite comme un 1 en chiffre romain, et la barre manquante du « M » de l'énigme des squelettes. « MCCVV ».

Et si cette mise en scène était le chaînon manquant de leur rébus ?

Reste à aller interroger le bon docteur Debert à propos de ses abus sexuels sur ses patientes.

Complice de Vouvray ? Instigateur de l'assassinat des filles ?

Un frisson le parcourt alors qu'il repense à cette scène d'exorcisme.

Jourdain enrage. À ce stade de l'enquête, aucune confirmation.

Une seule certitude, la folie est à ses trousses.

23

Des éclaircissements

Juillet

— À tout à l'heure, on sera là dans une heure, crie Jeanne d'en bas.

— OK. Je vais prendre ma douche et lire un peu.

— Consulte les magazines que je t'ai achetés, c'est une mine d'informations pour les futures mamans.

À l'étage, Élise rétorque sans grande conviction.

— Oui, oui, rassure-t-elle agacée, les yeux au ciel.

Élise est à son sixième mois de grossesse et sa tante ne cesse de lui acheter des magazines spécialisés autour de la femme enceinte et du futur nourrisson. Toutes ces lectures qu'elle l'oblige à lire la barbent. Elle préfère se replonger dans ce vieux classique qu'elle a trouvé, abandonné sur le buffet du salon. *Le Portrait de Dorian Gray* d'Oscar Wilde, un écrivain qu'elle aime par-dessus tout. Une aubaine pour redécouvrir ce style littéraire magnifique.

Enfin seule dans la maison pour une petite heure, elle respire. Avec toutes ces marches et ses béquilles, se déplacer relève du parcours du combattant. Alors, elle passe le plus clair de son temps dans sa chambre.

Elle étouffe entre les recommandations incessantes de sa tante concernant sa grossesse et ce couple fusionnel, qui alterne entre chamailleries, grosses colères et réconciliations. Fatigant.

Sa blessure commence à prendre meilleure figure. Elle est en bonne voie de guérison. Elle gardera sans aucun doute une cicatrice, mais peut-être pas aussi inesthétique que ce qu'elle redoutait au départ.

Élise se déshabille pour prendre sa douche, mais s'aperçoit qu'elle n'a plus de serviette de toilette propre.

La jeune femme claudique et entre dans la chambre de sa tante. Elle sait où se trouvent les éponges. La porte de la vieille armoire grince sur ses gonds.

Élise en saisit une en haut de la pile, mais en la tirant fait tout tomber.

— Flûte ! râle-t-elle, la jambe malade allongée sur le côté pour se pencher et ramasser.

Son œil est alors attiré par quelque chose dissimulé au fond de l'armoire, caché derrière le paquet de linge.

Un carnet.

Piquée par la curiosité, elle lâche le tout et s'en saisit.

Un calepin d'écolier relié, à petits carreaux. Écorné, griffé, il ne date pas d'hier.

Sur la couverture, plusieurs prénoms féminins ont été gravés. La pointe du stylo a été si puissante qu'elle a agi comme un cutter.

Élise découvre alors plus de deux cents pages manuscrites. L'écriture est minuscule, les mots sont serrés, comme s'ils voulaient se grimper les uns sur les autres. Ni ponctuation ni espace entre les lignes.

Une écriture hors normes, anxiogène.

Elle feuillette ces pages remplies de la première à la dernière ligne, sans ratures.

Un récit aussi compact qu'un parpaing.

Qu'est-ce que tout cela voulait dire ?

Elle démarre la lecture. Pour chaque ligne, des propos obsessionnels et virulents. Amour-haine. Il est question de moqueries, de harcèlement. « Elle me fascine autant qu'elle me dégoûte », « sale peau de vache », « j'ai des idées étranges cela me grignote le cerveau », « ma tête va exploser », « pourquoi est-elle aussi douée et pas moi », « injustice », « je rumine ». Parfois, l'écriture est si serrée qu'Élise ne peut déchiffrer. Le rédacteur ne semble pas avoir toute sa tête. Elle note aussi des particularités dans l'orthographe.

Certaines pages sont réservées à un dessin ou un collage. Un trait artistique morbide, malsain.

Du noir, toujours du noir. Parfois des rayures dans tous les sens comme si on avait voulu, dans une fureur absolue, déchiqueter le papier avec la pointe du stylo. Les dessins présentent des corps décharnés, malades, des têtes énormes prêtes à éclater. Des bouches grandes ouvertes, terrifiées, hurlent. Certains sont en rouge pâle. Élise ne veut pas penser avec quoi ils ont été réalisés.

La voiture vient de faire rouler les gravillons dans l'allée. Il est temps de replacer le carnet et les serviettes.

Perturbée, sous le jet d'eau tiède – ici il n'y a pas mieux – Élise rumine.

Doit-elle leur dire ?

Exiger des explications au risque de mettre sa tante en colère ?

Tant pis, elle va oser. Il faut qu'elle sache.

Pendant le déjeuner, elle réclamera des éclaircissements.

24

Lons-le-Saunier – Dole
On procèdera aux prélèvements
6 octobre 2022

Dans le SUV, Laurence, au volant, n'épargne pas la boîte de vitesse. Ça pulse.

Ils ont décollé de Dole il y a quarante minutes pour rejoindre le domicile de Charles Debert, l'ex-docteur de l'hôpital de Saint-Ylie.

Lons-le-Saunier, préfecture du Jura.

La voiture banalisée vient de piler devant un portail qui verrouille un pavillon étriqué des années 1980 à la façade impersonnelle, au crépi jaunâtre.

Jourdain active la sonnette extérieure. Un homme en peignoir sort et vient à leur rencontre. Suspicieux, il passe une tête dans l'ouverture du portillon.

Jourdain lui met sous le nez sa carte de flic, le bouscule et force le passage, suivi du reste du groupe.

D'après le dossier de la RH, le doc a quatre-vingt-deux ans aujourd'hui. Le type fait moins. Grand, de belle stature, tous remarquent le sparadrap au milieu de ses lunettes. Une réparation de fortune. Derrière cet accessoire, son visage marque un agacement ultime.

Ce mec déplaît immédiatement à Noémie. Mauvais pressentiment. Ce type fait la loi chez lui. Elle le sent et sait de quoi elle parle.

Ses yeux, cette posture droite, campé sur des jambes plus écartées qu'il n'est convenu.

Elle connaît cette attitude. Un seul regard les trahit. L'homme fait autorité. Son épouse ne doit pas faire exception à la règle. Elle parie qu'elle en fait les frais.

Des bleus ? Possible.

L'instinct.

Port de tête altier, posture aristocratique, l'homme n'a pas abdiqué son ancien statut social de notable provincial.

Sur la défensive, d'un mouvement du menton, il invective Jourdain qui débarque sur ses terres.

— Bon sang, vous avez vu l'heure ? C'est pour quoi ?

Au premier coup d'œil, Jourdain déteste lui aussi ce gars. Il va prendre le contrôle de l'entrevue. Ce coq ne lui fait pas peur, il en a maté plus d'un du même acabit.

— J'imagine que vous avez une autorisation en règle.

À peine a-t-il prononcé ces mots que Jourdain lui brandit sous le nez la CR du juge Fayard.

Il ne prend pas la peine de le saluer et enchaîne :

— Commandant Jourdain. ORCVP.

— L'OCR… quoi ?

— Laissez tomber. Vous regarderez sur internet. Saint-Ylie, 1975. Vous étiez médecin-chef de la section des femmes, n'est-ce pas ?

Le vieux se marre en passant une main sur son crâne dégarni.

— C'est une blague ?

— Pas du tout. On peut entrer ?

— Mais de quoi s'agit-il ? Vous débarquez ici, chez moi, pour me parler du début de ma carrière ? Quelle idée saugrenue !

— C'est ce qu'on va voir… On aimerait avoir une petite discussion en tête à tête. Parler du bon vieux temps.

Déstabilisé, le mec resserre son peignoir autour de sa taille. Il les enjoint à le suivre. À l'intérieur, la maison respire les vestiges d'une vie cossue. Dans le salon aux meubles dépareillés, quelques objets anciens de collectionneurs ont été sauvés de la déchéance. Disposés en rangs serrés sur un guéridon Empire en acajou, ils trônent, comme des soldats en plomb pour alerter le visiteur qu'il est chez quelqu'un d'important. La dernière ligne de front, ultime résurgence d'une stature prestigieuse.

— Ma femme dort encore. Mettons-nous là, dit-il en fermant la porte du salon derrière lui. Vous êtes bien nombreux pour venir interroger un vieil homme. Vous avez peur que je vous agresse ou quoi ? lance-t-il, ironique.

Jourdain ne relève pas, il veut aller droit au but.

— Pavis, Dormont, Bertrand, Lebon, Courtois et Lafond.

— C'est qui ?

— S'il vous plaît. Faites marcher vos méninges.

— Des patientes ?

— Voilà, c'est bien. Je vois que ça vous revient.

L'homme se redresse de toute sa hauteur, puissant. À cet instant, c'est l'ancien médecin qui parle.

— Écoutez, dans ma profession, j'ai fait de nombreuses consultations.

— Oui, d'ailleurs certaines de vos malades ont déposé plainte contre vous pour agressions sexuelles, n'est-ce pas ?

L'homme a blêmi sans fléchir.

— C'était il y a quinze ans et j'ai bien assez payé pour ces accusations sans fondement. Je n'ai pas été condamné, comme vous devez le savoir, affirme-t-il, sûr de lui.

— L'ennui c'est que, là, nous sommes sur une enquête pour assassinat. Et avec vos antécédents, on se focalise sur vous. On a cinq corps retrouvés à côté de l'hôpital de Saint-Ylie. Vous en avez sûrement entendu parler dans les journaux locaux. Non ?

— En effet. Vous voulez dire que ces squelettes seraient d'anciennes internées ? D'anciennes patientes ?

— Voilà ! Et compte tenu de votre dossier, le juge en charge de l'enquête nous a donné l'autorisation de procéder à un prélèvement ADN.

Jourdain marque une pause de quelques secondes pour étudier des changements sur le visage du doc.

— Au fait, pour gagner du temps, vous êtes de quel rhésus ?

— Suis-je obligé de répondre ?

— J'en ai bien peur, oui.

— Je suis O +, mais pourquoi cette question ?

Mouvement collectif du regard.

Ça sourit en coin.

— OK, monsieur Debert, je vous informe que vous êtes en garde à vue à compter d'aujourd'hui. Jourdain vérifie sa montre : 8 heures. Au commissariat, on procédera aux prélèvements.

25

Il veut jouer avec eux

7 octobre 2022

10 h 30

— Comment ça, un conseil de discipline ? Olivia vient de crier dans son portable.

— Madame Delormes, calmez-vous s'il vous plaît ! intime une voix ferme. Ce n'est pas la première fois. Nous vous avons déjà alertée, il me semble. Ce qui s'est passé tout à l'heure en cours de SVT est intolérable. Et, je suis désolé d'avoir à dire cela, mais le handicap physique de Bastien ne peut le désengager de ses responsabilités.

Olivia sent la migraine monter. Son fils ne l'a pas prévenue, Valérie non plus.

— Racontez… dit-elle en se massant les tempes.

— Bastien a lancé son sac à dos au visage de sa professeure, Mme Deschamps. Il était furieux, car elle le sanctionnait pour avoir oublié ses affaires. La punition était deux heures de colle. Elle a la moitié du visage tuméfié, madame Delormes ! L'affaire est grave ! Désolé, je ne peux en rester là. J'ai d'ores et déjà saisi le conseil de discipline. En attendant, j'ai renvoyé Bastien chez vous. Il est mis à pied pour trois jours avant que le conseil ne prenne sa décision. Votre fils fait partie de notre établissement depuis la sixième et il a toujours brillé par ses excellentes notes. Un état de fait que je dois reconnaître, bien que ses notes déclinent depuis la rentrée. Mais il a de vraies capacités. Cet élément viendra peut-être tempérer la sanction.

Le directeur de l'établissement enchaîne :

— La professeure de SVT, Mme Deschamps, est bienveillante et très patiente. Elle…

Olivia le coupe :

— Pas si bienveillante que cela d'après les dires de mon fils. Il est visiblement dans son collimateur depuis le premier jour de la rentrée. Je m'apprêtais d'ailleurs à prendre rendez-vous avec elle pour clarifier les choses. Écoutez, mon fils traverse une période difficile. Son handicap et sa crise d'adolescence, c'est un combo compliqué à gérer pour lui.

— Cela ne peut excuser son comportement.

— Accordez-nous un rendez-vous avec Mme Deschamps. Qu'il puisse s'excuser. S'il vous plaît ! supplie-t-elle. Vous ne pouvez pas ignorer son état physique et psychologique.

— Je ne suis pas certain que sa professeure soit disposée à lui accorder cette entrevue. Elle vient de partir chez le médecin faire constater ses hématomes. Je présume qu'elle sera en arrêt de travail pour quelques jours. Croyez-moi, Bastien s'en tire bien. Elle a décidé de ne pas porter plainte, dit-il en raccrochant brusquement.

— Putaiiiin ! Meeeerde !

Le portable percute le bureau, et les dossiers posés, qu'une main rageuse vient de balayer, s'éparpillent.

Elle s'apprête à téléphoner à sa sœur quand ça toque à la porte.

— Oui ! lance-t-elle, furibarde.

— Désolée, j'ai l'impression que je n'arrive pas au bon moment, s'excuse Noémie.

— Pas vraiment, non !

— Zut ! Tu veux en parler ?

Olivia a les larmes aux yeux.

— C'est Bastien. Il déconne à plein tube. J'en ai marre. Je suis crevée. Honnêtement, je n'en peux plus, avoue-t-elle au moment où tout son corps se relâche et s'effondre dans son fauteuil.

Les bras ballants tombant de chaque côté des accoudoirs, elle reprend :

— Et dire que je suis psy et que je n'arrive même pas à gérer mon propre fils ! Tu y crois, ça ?

— Tu es sa mère, pas sa psy. Et bienvenue au club ! À la maison, avec nos deux ados de treize ans, Jérôme et moi, je t'assure que ce n'est pas la fête tous les jours. Je vais chercher un café. Preneuse ?

— Un thé plutôt, s'il te plaît. Excuse-moi quelques instants, il faut que je joigne mon fils ou Valérie, bref, le premier qui répondra.

Quelques minutes après son coup de fil, Olivia semble être apaisée.

La mère de famille explique les faits. Miracle, sa sœur a réussi à convaincre le directeur d'une rencontre entre Bastien et sa prof après-demain, avant la réunion du conseil de discipline. Olivia a besoin de s'épancher et Noémie, compréhensive, écoute et compatit. L'habitude d'avoir eu à gérer sa fille toute seule pendant près de dix ans.

Entre deux gorgées de breuvages chauds et réconfortants, les deux femmes se confient sur leur quotidien. Petits bonheurs et gros tumultes, entre sourires et larmes, la conversation s'éternise.

Jourdain déboule comme un éléphant dans un magasin de porcelaine. La finesse n'est pas toujours son fort.

— Bon, les filles, quand vous aurez fini votre petit papotage on pourra revenir à notre dossier.

Olivia se ressaisit d'emblée et essuie d'un revers de manche ses yeux humides.

— Oh, ça va Stéphane, arrête de jouer le macho que tu n'es pas ! réplique Noémie qui se permet tout ou presque avec lui.

L'avantage d'une intimité de malheurs partagés.

Jourdain attrape une chaise et se plante devant ses collègues.

— Désolé ! répond-il piteux. Un problème, Olivia ? s'inquiète-t-il, remarquant ses yeux rougis.

Cette dernière, silencieuse, se contente de faire un mouvement négatif de la tête.

Plus doux, Jourdain enchaîne :

— Es-tu OK pour faire le point ? J'ai hâte d'avoir ton avis sur notre illuminé de Dieu. Alors, Vouvray ? Selon tes convictions professionnelles, peut-il être le tueur de nos gamines ?

La psy se racle la gorge pour s'exprimer de manière posée et chasser l'émotion.

— Difficile à dire. Ce que je vais dérouler est à prendre avec tout le recul nécessaire, car je n'ai pas eu d'entretien personnel avec lui. J'ai fait des recherches sur un éventuel suivi psychologique auprès de confrères jurassiens, mais il semble que cet homme n'ait jamais consulté. Pas non plus de trace de passage en HP.

En gros, je n'ai que ma perception du personnage, pour le peu de temps où j'ai pu l'observer. Tout d'abord, quelques données d'études psychiatriques. Les matricides sont assez rares. Bon, ça, vous le savez déjà. Ce qui est intéressant, c'est qu'une schizophrénie multiplie le risque de violence par homicide par 6 chez l'homme et par 17 chez la femme. Pourtant, les faits sont là : 90 % des matricides sont le fait d'un fils ou en tout cas d'un homme ayant eu le sentiment d'un lien de filiation maternelle envers la victime. Pour moi, deux options : soit Vouvray est psychotique à tendance schizophrénique soit, au moment du passage à l'acte, il est victime d'une psychose hallucinatoire sans pour autant être schizophrène. Je penche plutôt pour ce diagnostic qui expliquerait qu'il ne soit pas passé à l'acte avant. Au moment où il tue sa mère, il est victime d'une hallucination déclenchée possiblement par deux événements concomitants qui l'ont plongé dans une angoisse profonde : la découverte des corps des filles dont il a entendu parler dans les médias associé sans doute à un incident entre sa mère et lui. Il l'a dit lui-même. Il n'a pas tué sa mère. Il parle d'exorcisme et non de meurtre. Son délire s'est cristallisé autour de la religion, sans doute son seul socle de construction. Le fait qu'il ait longtemps vécu seul avec sa mère laisse supposer une sorte d'enfermement, avec une absence de relations sentimentales. Mère incestueuse ? Possible, dans le pire des cas. Castratrice, probable. Exigeante, implacable. Je penche pour un désordre psychologique aussi chez elle. Une déviance affective et l'absence d'une figure paternelle au sein du foyer. J'imagine une femme dure, sans doute maltraitante physiquement ou psychologiquement. PN ? À voir…

— PN ? relance Jourdain.

— Perverse narcissique. En gros, un *serial killer* qui veut ta peau sans en avoir l'air. Remarques désobligeantes, rabaissement, humiliations constantes. Le genre de comportement qui te fait doucement glisser vers la folie, te fait douter de tes capacités. Dans le cas de Vouvray, probablement la remise en cause de ses capacités à avoir des relations sentimentales. Il n'est pas impossible, comme je l'ai dit, qu'elle lui ait imposé dans sa jeunesse des relations sexuelles. En amont du passage à l'acte, y a-t-il eu une ultime remarque, un acte traumatisant ou au contraire, un fait anodin ? En gros, la goutte d'eau qui l'a fait décompenser. Encore une fois, l'homme n'a pas pris conscience de son geste. Pour lui, il a sauvé sa mère en faisant ce qu'il nomme un exorcisme. Il s'est remis dans la peau du prêtre qu'il n'est plus. Une manière inconsciente de justifier son geste.

— Tu penses qu'il a pu tuer les filles ? intervient Noémie.

— Avec les éléments dont je dispose, je ne peux m'avancer. Mais, oui, c'est possible. Il a pu faire un transfert entre l'attitude blessante des filles et celui de sa mère. En même temps, j'ai des doutes.

— Moi j'ai l'impression qu'il a fini son rébus avec ce corps dressé, avec ce fameux « M » de mille en chiffre romain, affirme Jourdain.

— Quarante-sept ans plus tard ? J'en doute. En revanche, ce qui n'arrête pas de me trotter dans la tête, ce sont ses derniers propos. Pourquoi a-t-il lancé cette phrase sibylline : « Rébus-rebut. Jeu de mots, maître Capello » ? Pour moi, c'est le nœud de l'intrigue du message qu'on a à décrypter.

Fred, un des capitaines du groupe, débarque.

— On vient d'avoir les résultats d'analyse de sang de Vouvray ! Ça vous intéresse ?

— Balance !

— Le dingo de Dieu est AB–. Le groupe sanguin le plus rare sur cette fichue planète. A priori, on s'éloigne du suspect O+. Désolé.

— Merde !

— Oui, c'est pas lui, sauf s'il a un complice. Bon, j'ai quand même une bonne nouvelle, enfin, si on veut.

— Vas-y.

— On vient de recevoir les résultats des quatre ADN mitochondriaux des mères. Ça matche avec quatre squelettes. Pavis, Dormont, Bertrand, Lebon. On peut enfin mettre un nom sur quatre corps. Pour le dernier, malgré un ADN complet, je n'ai rien trouvé dans la base de données. Que dalle non plus du côté des empreintes dentaires. C'est chou blanc.

— OK, j'imagine que Laurence est en copie.

— Oui, c'est elle qui m'a transmis les résultats. Elle est partie informer les mères sur le sort de leurs filles. Ça risque d'être costaud.

— Effectivement. Olivia, autre chose à ajouter ? interroge Jourdain, soulagé de ne pas avoir à annoncer cette mauvaise nouvelle lui-même.

— Perso, je reste persuadée que Vouvray est lié de près ou de loin à cette affaire. Et cette phrase ne cesse de me tarauder « Jeu de mots, maître Capello ». Laissez-moi la journée pour réétudier la position des corps. Je vais plancher dessus. Je suis sûre que la réponse est là, sous nos yeux, mais on ne l'a pas vue.

Le groupe s'éparpille.

Olivia s'isole dans son bureau, reprend le dossier. Elle se focalise sur les clichés pris lors de la découverte des corps, ainsi que ceux de l'exorcisme. Elle dessine, rature, gomme, efface, manipule les visuels dans tous les sens, prend des notes.

Tout d'un coup, une illumination !

Et si, depuis le début, ils regardaient du mauvais côté ?

S'il fallait, au contraire, décoder la scène de crime, posté au niveau du caveau improvisé, et se positionner face à l'hôpital ?

Elle plonge les mains et fouille dans son sac puis prend sa boîte de poudre compacte. Elle appose alors le miroir derrière les supposés chiffres.

Le reflet révèle alors un tout autre message.

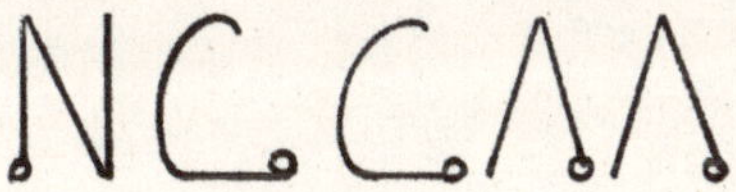

Des lettres !

Cinq squelettes et cinq lettres : « NGGAA ».

Le tueur essaye-t-il de faire une phrase, un code ou bien de révéler son identité ?

Olivia se saisit des visuels de l'exorcisme.

Bon sang, tout s'éclaire !

Pourquoi n'ont-ils pas vu que ce corps droit et cette tête détachée, en hauteur, formaient non pas un 1 en chiffre romain, mais un « i » ?

De deux choses l'une. Soit Vouvray est l'instigateur des meurtres avec l'aide d'un complice de rhésus O+. Dans cette hypothèse et dans la logique du tueur, ce

« i » doit être intégré au rébus. Soit l'ex-prêtre n'a été que témoin. Dans ce cas, il connaît sans doute l'identité du tueur et leur livre un indice.

Autant de flous.

Olivia frissonne.

Quelle que soit l'identité de l'assassin, ou des assassins, ils ont affaire à une ou des personnalités sacrément perverses.

La psycho criminologue en est certaine, il y aura d'autres cadavres, car le tueur prend son temps.

Il a démarré une partie morbide.

Et il veut jouer avec eux…

26

Une autre histoire
Juillet

Tremblante, Élise descend au salon. Son cœur bat à cent à l'heure. La peur de mettre sa tante en colère. Depuis la découverte de ce carnet dérangeant, tous les scénarios sont venus engluer son cerveau.

Mais elle n'a pas le choix. Elle doit savoir et il faut qu'elle aille au feu. La table est mise et le déjeuner est prêt lorsqu'elle prend place sans un mot.

— Eh bien, que t'arrive-t-il ? Tu es toute pâle.

— J'ai un problème.

— Le bébé ? s'affole Jeanne.

— Non. C'est quoi ce carnet dans ta chambre ? demande-t-elle tendue, ses yeux rivés à ceux de Jeanne.

Sa question fait l'effet d'une bombe qui éclate dans la pièce. Tonitruante.

Le couple se raidit. Le visage de sa tante se fend d'une grimace mauvaise. À cet instant, Élise redoute les conséquences. Quelle sera la suite de la scène qui va se jouer dans les minutes qui viennent ?

Roger se tient la tête entre les deux mains. Il est en panique.

— Tu as osé fouiller notre chambre ? crache-t-elle.

— Je cherchais une serviette de toilette et suis tombée dessus par hasard. Ensuite, oui, j'avoue, la curiosité a été la plus forte.

— C'est un très vilain défaut, jeune fille ! explose Jeanne, hors d'elle.

La femme a crié ces mots à quelques centimètres du visage d'Élise. Roger intervient et la retient par les bras. Il craint un débordement, une réaction disproportionnée.

— S'il te plaît, chérie, calme-toi. Je crois qu'il est temps de donner des explications à Élise. Fais-le, je t'en prie.

Jeanne se dégage brutalement, fait volte-face et leur tourne le dos. Elle pose son torchon sur la cuisinière. Ses épaules s'affaissent, puis elle se retourne. Comme un poisson sorti du bocal, elle s'asphyxie, tente de reprendre sa respiration puis, épuisée, s'affale sur une chaise.

— Bien. Je vais commencer par le début. Tu connais notre histoire à mon frère et à moi. Cette belle-mère qui nous détestait, qui voulait à tout prix nous écarter de notre père, de notre maison. Elle avait réussi avec Loulou parti en pension, mais j'étais encore là. J'ai résisté. L'ambiance tendue entre nous et les brimades régulières ont fini par avoir raison de moi. Je tombais tout le temps malade et j'avais perdu plus de 15 kilos. Et puis, en juillet 1974, j'avais dix-sept ans lorsque j'ai fait une péritonite. J'étais dans un état lamentable. On m'a transférée d'urgence à l'hôpital de Besançon. Une date fatidique à partir de laquelle je ne suis plus jamais rentrée chez moi. Je suis ensuite partie en convalescence à l'hôpital de Bellevaux. Je ne reprenais pas de poids, mais je n'en perdais pas. Je voyais des psys, on me forçait à manger. Ensuite, on m'a déplacée à l'hôpital psychiatrique de Saint-Ylie, à côté de Dole. Mon anorexie nécessitait des soins psychologiques, un internement. Je n'ai jamais eu d'explications, mais j'ai toujours soupçonné ma belle-mère d'avoir exploité cette faille pour m'éjecter de manière définitive. Elle connaissait quelques médecins. Avaient-ils œuvré pour soulager cette femme d'une adolescente un peu trop turbulente ? En tout cas, une date reste encore gravée dans ma mémoire : le 14 octobre 1974, mon entrée à Saint-Ylie. Là-bas, j'ai fait la connaissance d'autres adolescentes qui y étaient depuis quelques mois. Elles m'ont accueillie dans leur groupe. Nous étions une petite bande du même âge et nous passions beaucoup de temps ensemble. Nous ne parlions jamais des pathologies qui nous avaient amenées là. L'une d'entre elle m'était particulièrement proche. Il y avait un lien fort entre nous. Le temps était moins long à leurs côtés. Le rythme de nos journées était toujours le même. Les soins le matin et l'église l'après-midi. En fin de journée, on avait quartier libre dans le parc de l'hôpital. C'étaient des moments de détente. J'ai commencé à ressentir une gêne. Une des filles de notre groupe était, comment dire, obsédée par moi. Elle venait toujours dans ma chambre et m'interrogeait sur ma famille, me demandait des détails. Elle a fini par tout connaître de ma vie. Elle aussi se confiait. Comme moi, elle était très seule et ne recevait pas de visite. Les mois passant, quelques détails ont commencé à me déranger. Elle se coiffait comme moi, adoptait la même gestuelle. Elle était jalouse des autres et du temps que je passais avec elles. Elle m'accaparait, me voulait pour elle toute seule. Elle était d'une possessivité incroyable. Elle me collait, toujours à me suivre. C'était énervant, mais en même temps je l'aimais beaucoup. Bref, des sentiments mitigés. C'est elle qui a eu l'idée de la fugue.

— De la fugue ? Comment ça ?

— Elle et moi étions les plus isolées. Pas de visite, pas de colis… Pendant des mois, j'ai subi l'éloignement et l'indifférence de mon père. Je n'existais plus. Personne n'est ni venu me visiter ni venu me chercher, alors que je devais sortir définitivement pour les grandes vacances de 1975. Avec le recul, la douleur des électrochocs, ce n'était rien à côté de tout ça. Pourtant, dans mes lettres, j'ai supplié ! J'aurais fait n'importe quoi pour revenir dans la maison familiale. Revoir mon père, mon frère. C'est cette fille qui a instillé cette idée dans la tête de chacune. Nous étions toutes majeures et nous devions bientôt sortir. Ces quelques semaines de plus étaient des semaines de trop. Alors, je n'ai pas hésité une seconde à la suivre dans ce projet. S'échapper. Oui, fuir ceux qui m'avaient abandonnée. Un point final et un adieu définitif. L'impasse d'une histoire familiale. J'avais remarqué qu'elle écrivait beaucoup sur un carnet. Je n'en connaissais pas la teneur.

Jeanne a des trémolos dans la voix. Elle termine.

— Nous avions une date : le 5 juillet 1975. Peu de temps avant notre fuite, piquée par la curiosité, j'ai dérobé son cahier. Dans la nuit, nous nous sommes enfuies, chacune prenant une direction différente. Mais ça, c'est une autre histoire…

27

Même trouble

Fin juillet

Dans sa chambre, Élise est à six mois de grossesse et sa pathologie se rappelle à elle.

Hello, tu m'avais oubliée, hein ? Tu vas voir, je vais bien te plier ! Sa maladie ricane.

La douleur est venue la choper ce matin, fulgurante, elle reprend le dessus. Tout le bas du dos, son bassin et ses membres inférieurs la torturent. Elle craint de finir sa grossesse dans des souffrances absolues. Comme si cette maladie refusait d'être détrônée par cet enfant à naître. Elle veut vaincre, la tourmenter.

Dans cette bataille, Élise n'a pas beaucoup d'armes. Elle n'a pas droit à ses médicaments habituels. Incompatibilité avec une grossesse. Elle doit se contenter de Doliprane qui la soulage pendant deux heures à peine. Elle s'est renseignée. La spondylarthrite peut s'endormir pendant la grossesse ou revenir plus puissante.

Mauvaise pioche pour elle.

Élise se raisonne. Ce bébé est un miracle. Alors, elle serre les dents.

La cuisine de sa tante est trop riche. Son corps gonflé subit la chaleur de plomb. La jeune femme suffoque et transpire, la majorité du temps clouée au lit. Ces poussées inflammatoires la martyrisent. Le bébé grandit et pousse sur son bassin. Souvent, elle caresse son ventre arrondi et sanglote. Elle redoute le moment où cet enfant sortira.

Et si le bébé venait par le siège ? Et si le cordon s'enroulait autour de son cou ?

Ces complications médicales la hantent.

Élise dort mal, réveillée par des cauchemars atroces. Elle accouche d'un monstre, d'un enfant mort-né.

Elle est en train de perdre la tête.

Dans des moments de calme, elle se rassure. Après tout, sa tante s'y connaît. Une fois par semaine, elle a droit à la mesure de son ventre avec ce mètre de couturière. L'enfant pousse bien. Jeanne vérifie sa tension tous les jours. Sa tante prend soin d'elle.

Depuis quelques jours, Jeanne s'est adoucie. Elle est moins acariâtre. Mais bon Dieu, quel fichu caractère ! Jeanne a des sautes d'humeur imprévisibles. Elle alterne entre exaltation et humeur sombre.

Malgré tout, une embellie s'est installée dans la maisonnée.

L'atmosphère s'est allégée.

La blessure d'Élise se cicatrise un peu plus chaque jour. C'est encore douloureux, mais supportable. Elle ne peut toujours pas poser le pied accidenté par terre. Béquilles obligatoires pendant encore un mois.

Pour s'évader et trouver un peu de réconfort, elle pense à son organisation. Sa vie après l'accouchement quand elle sera à Besançon. Avec son congé maternité, elle reprendra son travail mi-décembre. Mais elle envisage de poser ses jours de vacances dans la foulée. C'est sûr, elle voudra pouponner son bébé le plus longtemps possible.

Le couple est aux petits soins pour elle et l'entoure de beaucoup d'amour. Ça fait du bien.

Les après-midis, elle profite du jardin.

Jeanne ne s'y oppose plus.

Une ambiance sereine jusqu'à ce qu'un événement étrange survienne.

Le soleil de fin juillet est puissant.

Tout dérape après un déjeuner.

À l'ombre de la tonnelle, Jeanne insiste pour faire un Scrabble. Cette idée déplaît à Roger. Furieux, il se lève d'un bloc et assène un « non » catégorique. Il pointe l'index en direction de sa tante.

Pourquoi une telle réaction ? Élise stupéfaite reste muette.

Jeanne supplie Roger, les mains en prière, tout en sautillant comme une petite fille.

— Mon amour, s'il te plaît, s'il te plaît !

Roger résiste. Jeanne le presse encore et encore. Son mari finit par céder à contrecœur. Il s'assoit, le visage sombre.

Jeanne applaudit. Elle a gagné ! Toujours interloquée par l'attitude du couple et perdue dans ses pensées, Élise découvre le jeu déjà installé sur la table.

Elle se détend. Après tout, cela lui changera les idées. Un bon moyen d'être à l'air libre, malgré la chaleur. De toute façon, cette chambre lui donne des nausées. La literie fatiguée aux ressorts rouillés l'insupporte. Que dire de cette armoire rustique qui trône face à elle ? Ce meuble lourd et sombre la déprime.

La partie commence de manière tout à fait naturelle. Jeanne démarre. Elle fredonne. Les minutes s'égrènent au son des grillons qui marquent le tempo. Sa tante prend du temps, beaucoup de temps. Elle bouge ses lettres dans tous les sens de manière frénétique.

Puis elle finit par poser ses lettres : « HORRIBE ».

— Scrabble ! jubile-t-elle, excitée comme une enfant.

Elle se frotte les mains devant son exploit.

Élise rit spontanément.

— Mais tatie, ce n'est pas correct ! Tu as écrit « horribe » au lieu d'« horrible ».

Roger, calé sur le dossier de sa chaise, se redresse d'un coup. Il tique.

— N'importe quoi ! s'insurge Jeanne. C'est comme ça que ça s'écrit !

— Non, pas du tout !

— Bon, ça suffit comme ça !

D'un geste brutal, Jeanne balaye le jeu d'une main furieuse. Les lettres s'envolent aux quatre vents et se dispersent sur la pelouse pelée d'un été trop sec.

— Toi, tu vas te reposer. Quand on ne sait pas jouer, il faut prévenir.

Élise se tourne vers Roger, elle réclame des yeux une explication. Il la regarde, silencieux, lève les épaules et fait la moue. Il l'invite à ne pas insister.

Dans sa chambre, Élise ne cesse de ressasser cette scène. Sa tante a visiblement un problème de dysorthographie. Pendant ses études, elle avait étudié ce trouble de l'écriture chez les enfants. Son agressivité est sans doute due au fait qu'elle n'accepte pas son handicap. Pourtant, elle se remémore les lettres qu'elle a lues à Besançon et le courrier de reprise de contact qu'elle lui a envoyé. Toutes étaient parfaitement écrites, sans aucune faute.

Mystère. Elle se promet d'en toucher deux mots à Roger.

En fin de journée, Élise redescend dans le salon. Ses papilles s'éveillent : une odeur gourmande de sauce tomates, thym et basilic se dégage du rez-de-chaussée. Jeanne cuisine devant son plan de travail. Elle coupe des oignons, ondule et fredonne sur l'air de *Comme un ouragan*. Le tube des années 1980 sévit dans la pièce.

L'événement d'il y a quelques heures semble déjà oublié. Élise saisit cet instant de calme pour tenter un rapprochement. Elle l'entoure de ses bras et lui fait un bisou dans le cou.

— Excuse-moi pour tout à l'heure. Je suis mauvaise perdante, ment-elle.

Sa tante se retourne, lui sourit. Et l'embrasse à son tour.

— Je fais des lasagnes pour ce soir. Cela te va ? lui annonce-t-elle en changeant de sujet.

— C'est génial. Tu cuisines tellement bien. Merci ! Je vais aller un peu marcher dans le jardin. OK ?

— Oui, mais pas trop longtemps, le soleil est encore puissant, ce n'est pas bon pour ta peau de femme enceinte.

— Oui, je sais tatie, lance-t-elle faussement guillerette.

Élise rejoint Roger dans le jardin. Il récolte ses tomates. Elle s'approche.

— On peut parler cinq minutes ?

— J'imagine que tu veux comprendre.

— Eh bien, oui. Que s'est-il passé tout à l'heure ?

— Ta tante souffre de dysorthographie et de dysgraphie.

— Mais enfin, la correspondance que j'ai retrouvée chez moi ? Et aussi la lettre qu'elle m'a envoyée ?

— Cette lettre, c'est moi qui l'ai rédigée, avoue-t-il. Elle me l'a dictée. C'est pareil pour toutes les lettres qu'elle a envoyées à sa famille pendant qu'elle était internée. Ses copines écrivaient pour elle.

Roger marque une courte pause. Il est tendu.

— On joue souvent au Scrabble tous les deux et je la laisse toujours gagner, sinon… sinon, eh bien, j'en ai pour des heures à me faire engueuler. La prochaine fois, fais comme moi, évite les problèmes.

— À ce point ?

— Oui, je t'assure.

— C'est noté. Au fait, des nouvelles de ma voiture ? s'informe-t-elle.

— Non, toujours pas. Ce soir-là, il y a eu plusieurs cambriolages.

— J'espère que les gendarmes continuent à chercher ! Je veux la retrouver.

— Ne t'inquiète pas, je suis sûr que ça ne traînera pas.

Dans la nuit, Élise se réveille en sueur.

Une crise d'angoisse.

Elle ressasse cette partie de Scrabble étrange. Cette dysorthographie la remue sans savoir pourquoi.

C'est alors qu'elle revoit les phrases écrites dans le carnet qu'elle a découvert.

Elle avait remarqué cette écriture particulière.

Comme une…

Quelle était la probabilité pour que deux patientes de l'hôpital, internées au même moment, soient atteintes du même trouble ?

28

Jeanne
La nuit du 5

« Supernature » – Marc Cerrone

5 juillet 1975, minuit trente.

La nuit est douce et étoilée. Le personnel de garde du bâtiment C est réduit au minimum. Quatre infirmières et un médecin. Ils font la fête au deuxième étage. Une soirée bien arrosée. Leurs rires résonnent dans les couloirs.

C'est ce soir ou jamais.

Ce matin, leur sauveur a posté, à la dernière levée, leurs lettres dans lesquelles elles annoncent leur départ à leurs familles. Il n'a qu'une parole. Elles ont confiance. Vers minuit, il déverrouille leurs portes.

Leur fugue est orchestrée dans les moindres détails. Les vêtements pour filer sont roulés sous les lits. À pas de loup, Jeanne rase les murs. Encore deux étages à descendre, au risque de tomber nez à nez avec un membre du personnel. Elle est la première à pousser la double porte en bois du rez-de-chaussée. La paumelle grince.

Dehors, un léger vent vient lui caresser le visage. Ça sent la liberté. La chaleur d'un après-midi étouffant et la lavande en fleur.

Ça respire l'ailleurs.

Ses pas résonnent sur les gravillons. Son pouls s'agite. Courbée pour se cacher des lumières des bâtiments, elle court, longe l'obscurité des façades.

À quelques centaines de mètres, la grande grille extérieure en fer forgé s'impose.

La porte a été entrouverte. Elle se faufile dans l'ouverture du portail.

Juste devant l'établissement, cachée dans l'ombre, fébrile, elle attend ses amies qui arrivent les unes après les autres, essoufflées. Dans un élan plein d'espoir, elles se serrent dans les bras brièvement, se souhaitent bonne chance puis chacune prend une direction différente.

Jeanne décide de couper en face. Comme dans un ralenti, elle court à grandes enjambées dans ses ballerines usées. La nuit est chaude, elle transpire dans son anorak d'hiver, son tee-shirt à manches longues et son gros pull.

Elle détale. Sans se retourner.

Elle traverse plusieurs champs de blé, fend des chemins vicinaux.

Enfin, au loin, quelques phares.

Haletante, elle s'approche et débouche sur une nationale. À cette heure-ci, les voitures sont rares.

Elle se dissimule derrière la barrière de sécurité et attend un véhicule.

Quelle direction prendre ? Juste là ou de l'autre côté ? Droite, gauche ? Le stress monte. Elle finit par choisir de traverser en courant le bitume. À cet instant, elle ne sait pas du tout si elle pris la bonne décision. Elle veut sortir du territoire français. La Suisse, l'Allemagne ? Deux pays limitrophes à quelques heures de là en voiture. Elle prie.

Derrière la barrière de sécurité, elle reprend son souffle, s'accroupit et guette.

Arrive un utilitaire au logo Duval paysager. Immatriculation : CH. Suisse. Elle sort de sa cache et brandit son pouce.

La camionnette s'arrête sur le bas-côté à quelques mètres devant elle. Le véhicule attend, les warnings allumés. Elle court et monte dans le bahut.

Au volant, le jeune conducteur lui sourit et, sans attendre, démarre la conversation. Il revient d'un chantier, un aménagement de jardin pour un riche propriétaire en banlieue de Dole. Il est paysagiste. Jeanne se tait, repliée sur elle-même. Elle fixe la poignée du véhicule. Si l'homme se conduit mal, il faudra sauter, même à pleine vitesse. Mais le garçon est souriant, paisible. Il lui annonce qu'il va à Neuchâtel, en Suisse. En silence, Jeanne se réjouit. Elle a choisi le bon côté de la route.

Le garçon interroge : est-ce qu'elle va bien ? Cette destination lui convient-elle ?

Elle valide d'un hochement de tête. Le gars comprend sur l'instant que cette jeune femme est en train de fuir.

Fuir quoi ? Discret, il ne pose aucune question.

En revanche, sérieux, il prévient : s'ils ont un contrôle des douanes, il faut qu'elle ait ses papiers. Sinon, ils seront dans une situation délicate. Jeanne confirme sans un mot en lui montrant sa pièce d'identité.

À la frontière, elle a le cœur au bord des lèvres. Devant eux, à quelques dizaines de mètres, le poste français se profile. Les douaniers les laissent passer sans un regard.

Le plus dur reste à venir. La barrière suisse. Peut-être le point final de son échappée.

Entre ces deux postes-frontières, le conducteur met son véhicule au pas. Dans cette avancée, au ralenti, Jeanne se penche. Regarder. Un douanier est-il en faction ? Elle tremble. Mais personne.

Dans leur guérite, les Suisses tapent le carton. Absorbés par leur poker. Un des douaniers remarque le véhicule en approche. Il souffle, contraint de quitter la table de jeu. Sans conviction et absent, il actionne le barrage frontalier sans même jeter un coup d'œil aux passagers.

Le bahut Duval paysager passe crème. Aucun contrôle. Après la barrière, Jeanne reprend sa respiration.

Ils roulent longtemps sur de petites routes, puis, soudain, un panneau : Neuchâtel. Après quelques minutes, le conducteur se gare à l'arrière d'un magasin de jardinerie.

Jeanne est sur le qui-vive. Que lui veut cet homme ? Sa gentillesse est-elle à la hauteur de ses exigences ? Que veut-il faire avec elle ? Des pensées horribles enserrent son cerveau. Elle est seule dans un pays qu'elle ne connaît pas. Il pourrait faire d'elle ce qu'il veut. Le jeune homme perçoit son anxiété. Il la rassure et précise : sa maison est juste derrière. Ses parents sont décédés à quelques mois d'intervalle l'an passé. Il a repris l'affaire familiale.

Jeanne reste sur ses gardes. Peut-elle réellement lui faire confiance ?

Le jeune homme de vingt-huit ans prend soudain un ton ferme et autoritaire. Il est hors de question qu'elle passe la nuit seule dehors. Il lui offre l'hospitalité. Il a des chambres d'amis. Elle y passera la nuit, sera en sécurité. Il jure. Son histoire ne le regarde pas, mais elle peut compter sur lui. Il ne lui fera pas de mal.

Dans un élan d'optimisme, Jeanne décide de le croire.

À Neuchâtel, dans la maison de Roger, le temps s'étend. Les jours se transforment en semaines, et les semaines en mois. Jeanne s'occupe de la maison, prépare les repas, fait le ménage. Chacun sa chambre. Roger n'a rien tenté. Jeanne, en confiance, se dévoile. Elle ne doit pas rentrer en France. Roger comprend sans autres détails. Elle veut refaire sa vie en Suisse. Il va l'aider. Il promet qu'il va s'occuper de ses papiers helvétiques.

En attendant, il propose : accepterait-elle un poste de vendeuse dans sa pépinière ? Histoire de se faire un peu de fric, juste pour elle. Lui ne demande rien. Ni loyer ni aucune compensation de quelque nature que ce soit. Une proposition sans arrière-pensées. Il veut juste la protéger. Elle accepte. Au fil des jours, puis des mois, une idylle pointe.

Un jour, une explosion. C'est évident. Ils sont amoureux. Commence alors une histoire fusionnelle. Aucun retour en arrière n'est envisageable. Liés pour toujours. À la vie, à la mort.

Un an plus tard, Jeanne lui annonce qu'elle s'ennuie à la boutique. Elle rêve de reprendre ses études. Son rêve : travailler dans le médical. Elle veut être aux côtés des enfants. Une formation de sage-femme ? Roger valide. Il paye les études. Elle passe et réussit l'examen de maturité fédérale en candidate libre. Son amoureux lui offre ensuite des cours de conduite, puis une voiture. Plus simple pour elle de rejoindre Genève et la Haute École de santé pour sa formation de bachelor sage-femme. Pendant trois ans, tous les jours, elle fait les allers et retours. Au terme de sa formation, elle obtient son diplôme avec brio.

Roger est si fier d'elle. Ils connaissent maintenant parfaitement leur histoire respective. Jeanne n'a rien tu. Roger et elle sont amoureux. Le reste n'est que futilité.

Très vite, elle trouve un poste dans une maternité.

Un changement de prénom : Jeanne devient Françoise, comme pour effacer le passé puis, dans la foulée, un mariage. Et Jeanne devient Françoise Duval.

À cet instant de la confession, sa tante lance un regard plein d'amour à Roger, assis à ses côtés.

Élise interroge :

— Que sont devenues les autres ? Celles qui se sont enfuies avec toi ?

Jeanne balaye la question d'un revers de main. Elle n'en sait rien du tout. Chacune dans sa fuite a pris une direction différente.

Une branche sèche vient de craquer dans l'âtre. La jeune femme se lève, prenant appui sur ses béquilles et réorganise les bûches.

Dos au canapé, elle ne peut voir la scène qui se déroule.

Roger refuse la main tendue de sa femme.

Son visage est dur.

Il semble fatigué d'avoir entendu maintes et maintes fois ce récit.

La nuit de cette fugue.

La nuit du 5.

29

Même en boitant

31 août

3 h 30

« Goodbye Horses » – Q Lazzarus, Jerry Goldsmith

Ce matin, la pluie tombe à verse alors qu'elle ouvre ses volets. La fraîcheur de l'air la saisit au réveil. Ils sont un peu en altitude et la fin de l'été est précoce. Une fine brume s'étale sur les champs.

Désormais à sept mois de grossesse, la future maman n'est que douleur. Son état psychologique vacille. Son mal-être se répand comme un acide.

Après l'épisode du Scrabble, une violente dispute a éclaté entre le couple. La porte d'entrée a claqué. Les graviers ont crissé et la voiture a démarré en trombe. Cela fait maintenant deux semaines que Roger a fui.

Dès le lendemain, Élise a interrogé Jeanne. Que s'est-il passé ?

Malgré ses demandes répétées, sa tante reste muette.

Les jours suivants, Roger ne revient pas.

Elle insiste encore à maintes reprises, tente d'avoir une explication, mais Jeanne la rabroue vertement. Elle est à fleur de peau.

Depuis ce départ, Élise se terre dans sa chambre. Elle rumine.

Pour quelle raison est-il parti ? Elle aime beaucoup le mari de sa tante. Il a toujours été présent pour apaiser les humeurs de sa femme.

Élise est désormais seule avec Jeanne.

Son père l'avait prévenue. Ses mots lui reviennent en boucle : « Elle est fantasque, un peu spéciale. » Pour être spéciale, c'est sûr ! Avait-il minimisé l'état psychologique de sa sœur ?

Sur son lit, le dos et le bassin en feu, elle sait que le sommeil fera défaut.

Les repas en tête-à-tête avec Jeanne se déroulent en silence, à peine rythmés par le bruit des couverts et celui de l'imposante horloge comtoise.

Tic-tac, tic-tac…

Ce matin, son ventre est lourd et des contractions fugaces se sont manifestées dès son réveil. Dans moins d'un mois, selon les recommandations de l'interne, elle sera enfin autorisée à poser le pied et pourra se débrouiller seule chez elle.

Cette pensée la réconforte.

Après le petit-déjeuner, elle va d'ailleurs anticiper et appeler son assureur pour le prévenir et organiser son rapatriement. Enfin retrouver son chez-soi.

Soudain, la panique la saisit.

Toutes ses références administratives sont enregistrées sur ce fichu portable disparu. Elle fouille avec frénésie son portefeuille. Elle sait qu'elle a quelques cartes : mutuelle, sécurité sociale. Il faut absolument qu'elle trouve les coordonnées de son assurance. Elle tombe alors sur une carte plastifiée.

Soulagement.

Dans le séjour, Élise, le téléphone fixe dans les mains, remarque Jeanne, adossée à l'encablure de la porte d'entrée, sourire en coin.

Elle compose le numéro et se fige. Pas de tonalité.

Combiné à la main, elle interroge sa tante.

— Il se passe quoi, là ? Pourquoi ça ne sonne pas ?

— Oups, répond-elle sur un ton détaché, haussant les épaules. Je crois bien que j'ai oublié de payer les factures.

— Putain, mais ce n'est pas vrai ?

— Bon, ça suffit maintenant tes gros mots ! enrage Jeanne. Tu t'es au moins posé la question de savoir combien me coûte ta présence ici ?

— Ah oui, d'accord, on en est là ! Bravo ! Je te signale que c'est toi et Roger qui souhaitiez que je reste avec vous dès le début de ma grossesse.

— Roger a la meilleure retraite. Moi, je n'ai plus les moyens depuis qu'il est parti. Un détail qui rentre dans ton cerveau, princesse ?

Élise fulmine. Elle pourrait tout casser !

D'un coup, elle se plie. Une contraction violente. Ses deux mains soutiennent son ventre. Elles sont plus nombreuses depuis la semaine dernière. *Calme-toi, calme-toi*, s'intime-t-elle.

Allongée sur son lit, la jeune femme a du mal à calmer sa colère. Plus de portable, plus de voiture et désormais, plus de téléphone du tout. Comment va-t-elle faire pour rentrer chez elle ? Autant de contrariétés qui déclenchent une nouvelle salve de contractions.

Dans cette maison, tout est devenu compliqué. Jeanne est de plus en plus étrange, distante. Elle impose un peu plus sa loi jour après jour.

La future maman passe le plus clair de son temps dans sa chambre. Depuis qu'elle est dans son dernier trimestre de grossesse, Jeanne multiplie les interdictions, soi-disant liées à son état.

Dans un mois et demi, elle accouchera. Devant cette imminence, la future maman doit rester allongée le plus possible. C'est Jeanne qui l'exige.

Sa tante fait-elle un excès de zèle ? Toutes ces précautions, ces restrictions drastiques quotidiennes. Elle n'a jamais entendu dire qu'une grossesse devait se dérouler de cette manière. En même temps, sa tante n'est-elle pas sage-femme et infirmière ? Elle prend sans doute toutes ces préventions à cause de sa spondylarthrite.

Le ressenti d'Élise oscille.

Doit-elle s'inquiéter ou au contraire se rassurer sur le professionnalisme de sa tante ? Sans cesse, ses sentiments alternent entre confiance et interrogations.

Et puis, c'est arrivé ce matin, après le petit-déjeuner.

Une nouvelle règle.

Désormais, elle prendra ses repas au lit.

Une décision sans appel.

Élise ne se bat pas. Descendre les escaliers pour partager les repas avec sa tante est devenu un double supplice physique et psychologique. De toute façon, son corps gonflé ne supporte plus rien. L'ensemble de ses jointures la torturent et ce point de douleur localisé dans le bas du dos irradie jusque dans ses orteils. Depuis quelques semaines, sa voûte plantaire est engourdie.

Elle espère qu'elle n'a pas le syndrome de la « queue-de-cheval[1] ».

Ce matin, elle dort encore quand sa tante lui pose le plateau du petit-déjeuner brusquement sur son lit. Le verre de jus d'orange a bien failli verser.

Des comprimés.

À partir de maintenant, elle doit prendre des vitamines tous les matins et des cachets le soir, pour soulager ses douleurs.

Élise s'exécute. Jeanne est vigilante. Elle vérifie que la future maman les prenne bien.

Les journées sans fin s'étirent sur un même rythme : doliprane, petit-déjeuner, déjeuner, sieste, dîner, médicaments et coucher.

Élise étouffe, devient dingue. Elle n'a pas encore le droit de marcher. Mais dans quelques semaines, voiture ou pas, elle partira à pied.

Le seul point positif est qu'elle dort comme une souche depuis des jours. Une bénédiction qui l'évade de ses douleurs. Mais ce fait anodin la turlupine. Son sommeil est profond depuis qu'elle prend ces fameuses pilules antidouleur. Et si c'étaient ces médicaments du soir ?

Jeanne vient d'entrer avec le plateau du dîner. Elle lui tend ses deux comprimés.

1. Une complication rare de la spondylarthrite est le syndrome dit de la « queue-de-cheval ». Les symptômes sont provoqués par la compression des nerfs qui terminent la moelle épinière. Cette compression entraîne des troubles sensitifs (douleur ou perte de sensibilité dans la partie basse du corps) ou des troubles moteurs (perte de mobilité des jambes ou des orteils).

Une seconde d'inattention et Élise les recrache aussitôt dans sa main pour les cacher sous son oreiller.

À partir d'aujourd'hui, elle fera ça tous les soirs. Il faut qu'elle trouve une planque dans la chambre.

Il est minuit passé lorsqu'elle se réveille en nage. Son ventre s'est tendu. Une tension puissante qui l'a tirée de son sommeil.

De la musique, des rires résonnent dans le couloir.

Elle s'inquiète. Ce n'est pas dans les habitudes de sa tante. Jeanne va toujours se coucher tôt. Et si les cambrioleurs étaient revenus ? Pieds nus, elle sort du lit, soutient son ventre de sa main droite et s'appuie sur sa béquille. Elle grelotte dans sa chemise de nuit. Les lames du parquet grincent.

Ça sent l'alcool et la clope… Élise panique. Il y a quelqu'un d'autre dans cette maison.

Un filet de lumière filtre à travers la porte entrouverte de la chambre de sa tante.

Élise jette un œil et se fige.

Le spectacle qu'elle a sous les yeux la sidère.

Devant un grand miroir psyché, sa tante est nue, elle s'observe et se caresse. Elle émet des petits rires secs. Elle ne semble pas en être à son premier shot d'alcool. Elle tient d'ailleurs un verre rempli dans les mains.

Le comble : elle fume une cigarette ! La chambre est envahie de volutes de fumée. Élise n'en revient pas. Elle, sa tante, si pointilleuse sur l'environnement d'une femme enceinte, est en train d'inspirer goulument la fumée tout en oscillant sur la musique. Les paupières à demi fermées, elle plane.

Elle semble loin, dans un autre ailleurs.

Le cendrier posé sur la table de nuit, débordant de mégots, fume encore.

Élise se glace d'horreur. Que se passe-t-il ici ? C'est alors qu'elle entend des pas lourds au rez-de-chaussée. Ils montent à l'étage. Sa tante n'est pas seule. Élise vrille sur elle-même et, bancale, file dans sa chambre.

Elle referme sa porte, se remet au lit et simule le sommeil.

Ça explose dans sa poitrine lorsque sa porte s'entrouvre et délivre un rayon de lumière.

Les heures passent. Élise n'ose bouger. Le calme est revenu dans la maison.

Il est 3 h 30 quand elle entend enfin les ronflements de sa tante.

C'est le moment.

Elle prend sa doudoune, devenue bien trop étroite, et se prépare.

C'est décidé, peu importe les recommandations de l'interne, cette nuit, dans quelques minutes, elle va fuir, même en boitant.

30

Enfin, un sauveur !

31 août

3 h 30 – 5 heures

La poignée de sa porte grince. Tout résonne dans la maison endormie. Sa poitrine va imploser. Élise passe une tête dans le couloir. Les ronflements de sa tante n'ont pas faibli. Rassurée, elle poursuit.

Elle a mis dans son sac à dos cette grosse couverture qui dormait dans l'armoire. Elle lui servira si elle doit se camoufler et prendre du repos dans un bois, dans un champ.

Par précaution, elle a pris deux antalgiques, de ceux que sa tante lui autorise avec sa grossesse.

Élise avance à pas de loup. Ce vestibule ne lui a jamais paru aussi long.

Enfin, les escaliers. Chaque marche crie sous son corps devenu lourd, comme si le bois voulait donner l'alarme. Élise s'arrête, écoute. Les ronflements persistent. Dans le salon, seule rayonne la pleine lune qui filtre à travers les fenêtres.

La nuit est claire et encore douce. C'est le moment idéal pour se faire la belle.

Elle sait où Jeanne cache la grosse clé de la porte d'entrée. Elle ouvre millimètre par millimètre le tiroir du vieux buffet du séjour.

Un tour de clé et elle se retrouve dehors. Un vent léger lui soulève quelques mèches. Elle lève le nez pour sentir les derniers parfums d'un été qui se fane.

Aidée de ses béquilles, elle avance sur le gravier. Le village est-il loin ? Quand Jeanne part faire les courses, elle n'est pas absente plus de trois quarts d'heure pour remplir un gros Caddie. Élise en déduit que la première grande surface, le premier environnement urbain se situe à moins d'un quart d'heure de voiture.

Elle n'est quasiment jamais sortie de la maison depuis qu'elle venait ici pour le week-end. Jeanne a systématiquement refusé qu'elle l'accompagne en ville ou au village. « Là-bas, il n'y a rien à voir ! » a-t-elle toujours répété.

Si Élise insistait, s'ensuivaient des discussions sans fin sur son état de santé.

Elle sait quelle direction prendre en sortant de la maison. Jeanne engage sa voiture sur la droite. Depuis que Roger est parti avec son véhicule, Jeanne se fait livrer les commissions. Le camion arrive toujours de ce côté.

Ce soir, Élise ne se sent plus ni handicapée ni blessée. Elle a juste une furieuse envie de se tirer pour enfin vivre et s'occuper de son futur enfant. Quitter cet enfermement devenu impossible.

Elle passe le portail et débouche sur cette petite route de campagne étroite.

Une nouvelle contraction.

Respire, va plus lentement. Redresse-toi.

Son ventre lourd la freine. Elle marche à petits pas en prenant appui sur ses béquilles. La douceur nocturne l'encourage.

Elle boitille sur le bas-côté du chemin dans les herbes hautes et bouscule les genets odorants. Le sentier de terre s'élargit. Elle longe désormais une départementale. Sans dénivelé, une chance pour elle. Il est 5 h 30 lorsqu'elle débouche en sueur devant un rond-point déserté.

On est un mercredi. La rentrée scolaire va bientôt démarrer. Avec un peu de chance, les gens sont rentrés de vacances. Elle croisera sans doute une voiture dont le conducteur commence son travail au petit matin. Elle sait, pour avoir entendu les époux Duval discuter, que le village est loin de tout. Les gens font des kilomètres pour rejoindre leur poste.

Des panneaux affichent des directions.

De l'autre côté du carrefour : « Auchan à 5 min ».

Bon Dieu, elle est sauvée !

Pourquoi n'a-t-elle pas pris cette décision plus tôt ? Elle serait déjà à Besançon avec un suivi médical et gynécologique. Seule, oui, mais libre !

Elle s'engage dans cette voie.

De l'autre côté de la route, une voiture avance, plein phare. Élise sort de son ornière et agite un bras droit avec de grands gestes pour manifester sa présence.

Alerté par cette femme enceinte dans la nuit qui semble chercher de l'aide, le véhicule ralentit et s'arrête plusieurs mètres derrière elle.

Élise rebrousse chemin et traverse la route en direction de la voiture. Une nouvelle contraction la stoppe dans son élan. Elle s'appuie sur l'avant du capot et reprend son souffle. Puis toque à la vitre, côté passager.

Enfin, un sauveur !

31

Le début d'une longue série

7 octobre 2022

18 heures

« Blue Bird » – One Self

Cinq squelettes, cinq lettres : « NGGAA » et un « i » qui, potentiellement, pouvait faire partie du rébus.

Olivia a partagé son sentiment avec le groupe. Elle est persuadée qu'il y a d'autres cadavres.

Le groupe se réunit dans le bureau du commandant. Les enquêteurs veulent interroger Salvac[1] pour croiser les particularités de leur dossier avec une enquête en cours, ou plus ancienne, sur le reste du territoire. Vérifier s'il existe des cas similaires.

L'équipe se met d'accord sur les mots-clés à intégrer : boîtes, liens, fil de fer, disposition particulière des corps.

Jourdain tape les mots-clés, finalise et clique sur *Enter*.

---

1. Système d'analyse des liens de la violence associé aux crimes. Système informatique canadien conçu pour aider les enquêteurs spécialement formés dans le profilage criminel à identifier les crimes sériels, en établissant les liens entre des crimes perpétrés. Il est utilisé en France depuis 2003 par la police et la gendarmerie nationale. Il est le pendant du Vicap utilisé par le FBI.

De longues minutes passent. Le logiciel mouline.

Rivé sur l'écran, la main dans la poche, il cherche frénétiquement cette fichue pointe de clou. Introuvable.

Soudain, l'écran s'éveille.

Visiblement, les mots clés ont accroché quelque chose. Jourdain se redresse sur son fauteuil, se rapproche de son ordinateur comme si ce mouvement pouvait lui permettre de mieux ingérer une information importante.

Il replace ses lunettes sur le nez, se penche à quelques centimètres de son écran.

La bécane s'agite. Des lignes et des lignes de numéros de dossiers défilent.

Puis, l'écran se fixe.

Deux affaires semblent cocher les cases.

Le commandant se tend.

— Y a des trucs qui matchent, annonce-t-il, à la fois grave et excité.

Il clique et démarre la lecture.

— La première affaire vient de la DRPJ de Versailles. 3 septembre 2018. Un cadavre découvert enseveli sur un terrain en chantier, situé entre le chemin de la Borde et l'avenue Gabriel-Péri à Montesson, dans les Yvelines. Visiblement, l'enquête est au point mort, mais ils ont le nom d'une femme : Janvier, née en 1959 à Dole.

Jourdain fronce les sourcils, alerté par les origines régionales de la victime. Il fait une pause. Observe ses collègues, les interroge du regard, mais le groupe d'enquêteurs reste muet, impatient d'en apprendre plus.

— Je poursuis. Le légiste a fait une datation des ossements. La mort daterait de quelques mois avant la découverte du corps, soit en février 2018. Caisse en bois. Un parallélépipède en chêne. Corps en décomposition lié avec du gros fil de fer : diamètre 4 millimètres.

Le légiste mentionne un impact rectiligne sur le sternum d'une longueur d'environ 10 centimètres.

Jourdain retire ses lunettes, interroge du regard l'équipe.

— Ça pue là ! Non ?

Tous opinent de la tête, ils attendent la suite.

Noémie qui s'énerve sur son clavier d'ordinateur intervient :

— L'adresse coïncide avec le centre hospitalier psychiatrique Théophile-Roussel.

— Une similitude supplémentaire, conclut Jourdain les trais tirés, avant de poursuivre sa lecture.

— Deuxième cas. DIPJ Toulouse. Depuis le 21 mai 2021, ils sont sur une enquête. A priori, les mêmes caractéristiques que la nôtre. Découverte d'une boîte en bois sur le bas-côté de la D120 au niveau du kilomètre 15. Positionnement étrange du cadavre. Les genoux et bras ont été repliés sur eux-mêmes. Le corps est lié fermement par du fil de fer. Ils ont aussi un nom : Jeantet, née en 1958 à Damparis dans le Jura d'après l'état civil. Le légiste confirme que la mort remonte à quarante-huit heures avant la découverte du corps. Là encore, la mort a été causée par un objet contondant, un coup vertical, d'une dizaine de centimètres, porté sur le sternum qui a fendu le tronc suffisamment profond pour atteindre le cœur. Le légiste penche pour une petite hache ou une pioche.

Jourdain fait une pause et s'enfonce dans son fauteuil, mains croisées derrière la nuque.

— À ce stade, j'attends vos réactions.

Manu le procédurier du groupe intervient :

— Toulouse, D120, kilomètre 15 ? Laisse-moi vérifier sur internet à quel niveau ça correspond.

Quelques minutes s'égrènent.

— Merde ! C'est à quelques centaines de mètres du Centre hospitalier psychiatrique Gérard-Marchand.

Il reprend :

— Pour moi, c'est clair, non ? Ça matche en tous points. En plus, ces lieux de naissance dans le Jura ! On se rapproche de Dole et de l'origine de la découverte. Marguerite Estrée vous avait bien parlé d'un groupe de filles qui étaient hospitalisées en même temps ? Vous aviez tous les noms ?

— Non. Dans les articles de l'époque n'étaient mentionnés que les noms des fugueuses. Mince, je l'appelle tout de suite. Peut-être se souviendra-t-elle des autres.

Jourdain compose le fixe et met son téléphone sur haut-parleur. Dès la première sonnerie, son interlocutrice décroche.

— Madame Estrée ?

— Oui ?

— Commandant Jourdain, madame. Vous vous souvenez ? Nous sommes venus vous rendre visite il y a peu.

— Bien sûr ! Bonjour, commandant, comment allez-vous ?

— Bien, bien. Et vous-même ?

Jourdain lève les yeux au ciel et ne peut s'empêcher d'élargir un sourire.

Visiblement la vieille dame esseulée a envie de faire la conversation. Jourdain compatissant se tait et, patient, écoute l'ancienne infirmière s'épancher sur ses petits tracas. Après plusieurs minutes, le flic coupe court avant de se laisser embarquer dans une discussion sans fin.

— Désolé, madame Estrée, mais nous sommes assez pressés. Vous vous souvenez de ce groupe de filles quasiment du même âge et internées au même moment dans votre service ?

— Parfaitement, oui.

— Nous avons bien les patronymes des six fugueuses grâce à vos coupures de journaux. Mais il nous manque les noms des autres filles du groupe. Vous savez, celles qui sont restées dans l'établissement après la fugue. Vous souviendriez-vous de leurs noms par hasard ?

— Ah oui ! Vous voulez parler des filles Janvier et Jeantet ?

Blanc. Jourdain vient de lever l'index en l'air. Son groupe s'est penché d'un seul bloc vers l'avant.

— Voilà, voilà, c'est cela.

— Eh bien, de mémoire, elles sont sorties de l'établissement plusieurs mois après la fuite.

— Autre chose à nous indiquer sur ces deux patientes ?

— Non, il ne me revient aucun événement notable les concernant. C'étaient de gentilles gosses.

Jourdain la remercie vivement de son aide et raccroche avec toutes les formules de politesse qui s'imposent.

— Bon, les gars, ça fait sept corps. Olivia, tu avais raison. Nous ne sommes ni au bout de cette énigme en forme de rébus ni proche de la résolution de cette affaire. J'appelle Fayard tout de suite. Il faut vérifier pour ces deux hôpitaux si des membres du personnel ont déjà travaillé à Saint-Ylie. Dans la foulée, je contacte fissa Versailles et Toulouse pour récupérer les dossiers et les clichés de l'IJ et de l'autopsie. Il va falloir décrypter la position des corps.

Et s'ils avaient deux lettres supplémentaires ?

Un rébus, ou…

Noémie et Jourdain se captent du regard.

Les poils de leurs bras se dressent. Ils imaginent le pire.

Et si c'était l'amorce d'une phrase ?

Dans cette perspective, ils n'en sont qu'au début d'une longue série.

32

Elle l'épie, la guette
31 août, 5 heures – septembre

La vitre électrique descend.

— Élise, que fais-tu ici ?

Au volant, Roger.

Les poils d'Élise se hérissent sur ses bras.

Sur cette route déserte, cette voiture était son salut.

Ben, en fait, non.

Pas de bol.

Elle supplie, négocie. Il doit comprendre, elle veut retourner chez elle. Elle ne se sent pas bien avec Jeanne depuis qu'il est parti. Elle a besoin d'un suivi médical. Elle ne veut pas accoucher là-bas. Il faut qu'il la dépose à une gare.

— Hors de question ! s'exclame-t-il contre toute attente.

L'homme reste inflexible. Pire, il s'énerve. Violent. Il l'insulte. Elle est inconsciente de partir comme ça, en pleine nuit, dans son état. Il la prend par le bras, serre fort et l'enfourne dans la voiture. Direction la maison. Sa chambre.

Élise revient à la case départ avec cette tentative d'évasion avortée. Sur son lit, elle pleure. Puis elle entend Roger ouvrir la porte avec fracas et entrer dans la pièce de Jeanne. Cette dernière ronfle comme un sonneur. L'homme hurle et une violente dispute éclate. Élise ne l'a jamais entendu crier de la sorte. Il invective sa tante.

Ne peut-elle pas veiller sur Élise ? C'est trop compliqué ? Merde, elle doit se reprendre !

Ça chauffe !

À travers la cloison fine, Élise entend des claques, une rixe. Des objets en verre tombent et éclatent au sol.

Un silence. Puis des bruits de sexe et de râles.

Élise, tétanisée, se bouche les oreilles.

Après cette nuit-là, Roger n'est pas resté.

Depuis qu'il l'a rattrapée sur cette route, Élise en a peur. Elle le sait désormais, l'homme peut être brutal.

À compter de cette fuite infructueuse, une ambiance à couteaux tirés s'est installée entre les deux femmes.

Jeanne scrute le moindre de ses mouvements.

Elle l'épie, la guette.

33

Comme une bête de ferme
Début septembre
3 heures

« Without Me » – Eminem

Élise peut désormais poser le pied par terre. Mais, avec ses douleurs articulaires qui reviennent en force, elle a besoin de sa canne.

Ce matin, elle se rend dans sa salle de bains pour la récupérer là où elle l'a laissée la veille.

Mais dans la salle d'eau : rien. Elle en est certaine. Hier soir, après sa douche, elle l'a posée derrière la porte.

Furieuse, elle descend l'étage en appui sur la rampe d'escalier. Elle invective sa tante.

Élise hurle :

— Où as-tu mis ma canne ?

Jeanne reste impassible. Elle se contente de hausser les épaules, elle n'a rien vu. Puis elle tourne les talons sans un mot.

La jeune femme ne cesse de s'époumoner.

Recluse dans sa chambre, Élise cogite. Elle pense à sa canne subtilisée. Son accessoire indispensable.

C'est clair, une guerre de tranchées a démarré. Elle angoisse. Avec tous ces événements mis bout à bout, il ne peut y avoir de coïncidences. Elle repense à son accident, le portable, la ligne fixe coupée, sa voiture. Tout s'est enchaîné et tout avait une explication selon les mots de Jeanne.

Mais le doute n'est plus de mise.

Tout a été orchestré depuis le début. Elle est sa prisonnière.

Un frisson d'horreur lui parcourt l'échine. Jeanne ne l'aura pas comme ça.

Espèce de salope, ne cesse-t-elle de se répéter.

Cette nuit, c'est décidé, elle va tenter une nouvelle sortie. Il est encore temps. Même si son ventre se tend régulièrement, il faut qu'elle dégage de là.

Elle se met en tête de fabriquer un nouveau soutien qui l'aidera à marcher sur la route, ou alors elle campera au bord du chemin. Elle souhaite bien du courage à sa tante si elle veut la relever de force.

Et, bon sang, il y aura bien une satanée voiture qui passera !

L'énergie la délaisse peu à peu. Trop mal aux jambes, et ces contractions de plus en plus fréquentes.

Il est 3 heures du matin quand elle sort. Les ronflements de sa tante résonnent dans le couloir. Le champ est libre.

Depuis sa fugue avortée, Jeanne a changé de place la clé de la porte d'entrée, mais Élise l'a surprise. Elle la cache désormais dans une anfractuosité de la cheminée.

Un tour de clé et elle se retrouve dans le jardin. La lune pleine délivre une lumière suffisante pour la guider.

Elle a besoin d'outils pour se fabriquer une nouvelle canne. Elle se dirige direct vers l'atelier de Roger.

En entrant : surprise ! La pièce a été vidée de fond en comble. Plus aucun outil, ni de jardinage ni de bricolage.

Reste une scie rouillée, tordue, laissée à l'abandon au pied de l'établi. Elle doute que l'instrument soit encore opérationnel. Elle tente. De toute façon, elle n'a rien à perdre.

Son objectif : trouver une branche solide. Dans le verger, ses yeux passent d'un arbre à l'autre. Lequel fera l'affaire ? Elle finit par sélectionner un cerisier. La branche est droite et à une hauteur raisonnable pour la scier. Le bâton est fiable.

À l'aide de sa canne de fortune, elle contourne la maison et se dirige vers le portail.

Ce dernier est clos. Pourtant, il reste toujours ouvert, même la nuit. Élise se rapproche, actionne la poignée. Verrouillé. Elle jure.

Réfléchis, réfléchis.

Elle fait le tour du jardin décide de longer la clôture. Il y a peut-être une faille. Mais le petit grillage frêle qui délimitait le terrain à son arrivée a disparu.

Avec terreur, elle se rappelle que début juin, Roger a remplacé la structure légère en métal qui entourait le jardin pour ces panneaux rigides.

C'était juste après son accident.

Encore un hasard ? ricane-t-elle.

Non, elle comprend qu'elle est bel et bien prise au piège.

Une idée surgit. Elle retourne dans la cabane, fouille en détail. De vieilles caisses en bois voltigent, délivrant poussière et pots en plastique.

Merde ! Il lui faut autre chose. Quelque chose de lourd et de tranchant. N'importe quoi.

Ses yeux scrutent chaque centimètre carré. Son regard s'arrête alors sur un bout de bois. Un manche d'outil émerge derrière une planche recouverte de toiles d'araignées.

Une petite hache.

L'outil est poussiéreux, mais assez affûté pour ce qu'elle veut en faire.

Élise s'en saisit et retourne devant le portail. Faire sauter ce satané verrou.

Elle assène de multiples coups sur la serrure. Elle transpire sous l'effort. Au bout d'une demi-heure de labeur, elle doit se rendre à l'évidence. La hache ne réussit qu'à produire des étincelles contre le métal.

Face au portail, Élise lève les yeux. Il faut qu'elle grimpe. L'enjamber. Elle évalue la hauteur de l'obstacle. 2 mètres, pas plus. Pour son malheur, il est surmonté de flèches décoratives tranchantes.

C'est dangereux, mais c'est jouable.

Son ventre lourd ne lui facilite pas la tâche. Question de géométrie, les nouvelles courbes de son ventre l'obligent à se distancier du portail. Elle agrippe la structure et commence son ascension.

En appui sur les traverses en fer, elle se hisse à la puissance de ses bras et arrive enfin au sommet. Elle lève sa jambe gauche par-dessus la structure en prenant soin de poser sa cheville entre deux pics.

Soudain, catastrophe, son pied d'appui ripe.

Elle tombe à la verticale et s'affale, dos à plat sur les graviers. Une chute violente qui déclenche immédiatement une contraction puissante.

Allongée sur les gravillons, son ventre est tendu comme un arc. Elle se met dans la position du fœtus, soutient ses entrailles. Le bébé n'a pas aimé. Il fait des culbutes. Elle bascule sur le côté et tente de se relever en appui sur le portail, une main libre, calée sous son ventre. Reprendre son souffle, calmer les crampes.

Doit-elle réessayer ?

Dans son état, avec cette crispation, elle n'y arrivera pas. Le portail est trop imposant. Elle le frappe du poing et pleure autant de rage que de douleur.

Encore une fois, retour à la case départ. Elle se saisit de son bâton et de l'outil et remonte dans sa « cellule » en prenant soin de tout laisser à l'identique derrière elle.

Les ronflements n'ont pas cessé.

Dans sa chambre, elle dissimule sa canne derrière son armoire et met la hache au-dessus de la corniche du meuble. Elle enrage, furieuse contre eux, mais aussi contre elle. Pourquoi, bon Dieu, n'a-t-elle pas reconnu la voiture de Roger sur cette route au moment de son échappée ?

Elle se mord l'intérieur des joues. Son accouchement est prévu dans quinze jours. Elle éclate en sanglots, abattue.

Une ultime tentative de fuite désespérée. C'est foutu.

Elle n'a plus ni l'énergie ni d'autres options pour se faire la malle.

Elle est bel et bien séquestrée et accouchera ici, entre ces murs malsains.

Comme une bête de ferme.

34

Quel dossier de merde !

10 octobre 2022

10 heures

En ce lundi matin, Jourdain et Oliva arrivent en même temps dans le parking sous-terrain des bureaux de L'OCRVP. De loin, ils s'aperçoivent et, d'une main levée, se saluent. Même à distance, un constat commun : l'un et l'autre ont la tête des mauvais jours. Ils se rejoignent devant l'ascenseur.

Ce week-end, il a replongé. Jourdain était seul et il a merdé. Samedi soir, 23 h 30, urgences. Hôpital Tenon dans le 20e arrondissement, à quelques encablures de son domicile. Il s'est fait recoudre. L'index de la main droite a morflé. Le nerf a été touché. La pointe du clou.

Il s'en veut.

Comment a-t-il pu déraper, tomber si bas ? *Putain ! Je dois arrêter mes conneries !*

Les connexions de son cerveau prennent des directions aléatoires. Ça dérape, souvent. Il rechute. La chute, la chute…

Et Olivia dans son périmètre immédiat qui ne cesse de l'observer. Soupçonne-t-elle quelque chose ? Peut-être est-elle même missionnée en sous-marin par sa psy référente du SSPO.

Ces deux « légistes » du cerveau humain l'ont peut-être dans le collimateur.

Parano ? Pas impossible.

L'ascenseur s'ouvre. Jourdain la laisse passer. Il a gardé les bonnes manières. Une éducation maternelle au carré.

Dans le sas fermé, il ne peut s'empêcher de jeter un coup d'œil furtif vers son bandage. Vérifier qu'il est bien dissimulé sous sa manche de manteau. Les mots du jeune interne aux urgences lui reviennent comme un boomerang. Le médecin a posé un diagnostic réservé. En cas de complication, il pouvait perdre l'usage de l'index et du majeur. Pour lui droitier, c'est un sacré problème. Le tir et l'autorisation réglementaire de pouvoir utiliser son arme à feu. Il risque de se retrouver à poil.

Olivia baisse le regard et vise un bout de pansement. Un léger détail dépasse.

Et merde ! Que va-t-il pouvoir lui servir ? Cette professionnelle est sans filtre. Elle ne s'encombre pas de non-dits. Et voilà, banco. D'un mouvement du menton en direction de sa main accidentée, elle interroge.

Putain ! Plus affûtée qu'un limier de concours !

— Un problème ?

— 0.00 en bricolage. Une tentative avortée d'accrocher un tableau. Le clou… ment-il, balayant l'air de sa main valide comme s'il s'agissait d'une anecdote. Et toi ? interroge-t-il, intrigué par la mine fatiguée d'Olivia, ça n'a pas l'air d'être la grande forme.

— Bastien est rentré bourré à l'appart samedi soir ! Bon sang, il n'a que quinze ans ! Cet enfant va me rendre dingue.

— Mince ! Pas trop de casse ? Comment a-t-il géré ? Enfin, je veux dire, avec son fauteuil roulant ?

La porte de l'ascenseur s'ouvre sur le deuxième étage. Ils sortent et font quelques pas ensemble. Olivia finit :

— Ses potes l'ont poussé jusqu'au pied de l'ascenseur de l'immeuble. Par chance, il a une bande de copains bienveillants. Pas les meilleurs du lycée, mais dans les moments difficiles, ils assurent. Au fond, ce sont de bons gars.

— Pas simple, conclut-il.

— Non, compliqué mais je m'accroche. Toi aussi tu devrais, rétorque-t-elle sans ambages, d'un mouvement de menton en direction de sa main bandée avant de lui tourner le dos, direction son bureau.

Déstabilisé, il lance bravache :

— On se voit dans quinze minutes en salle de réunion ? Il faut qu'on décortique les dossiers versaillais et toulousains.

— Je pose mes affaires et j'arrive, assène-t-elle, la main levée sans se retourner.

Jourdain ne peut s'empêcher de s'attarder sur sa silhouette. Ses cheveux bouclés remontés en chignon dévoilent une nuque fine et altière d'une teinte douce caramel comme le reste de son corps. Son long manteau beige joue les stars, et ondule dans ce couloir qui lui sied si peu. Froid, rigide, sans teint. Yeux rivés sur ses escarpins à hauts talons qui s'éloignent dans un ralenti sensuel, des images salaces viennent marteler son imaginaire.

10 h 15, salle de réunion.

L'ensemble du groupe s'est attablé, café noir en main.

— No, t'as reçu les dossiers des Versaillais et des Toulousains ? demande Jourdain.

— Yep, à la première heure. Ça n'a pas traîné.

— On a le rapport de constatation de la PTS[1] sur la disposition des corps ? interroge Olivia.

— Oui, mais on a un hic.

— Comment ça ?

— À Toulouse le corps n'a pas été enterré. Il a été retrouvé dans des talus aux abords de l'établissement.

— OK, fais voir les clichés.

Jourdain manipule les feuilles.

— Regarde, là, dit-il en pointant l'index, c'est bien le même genre de boîte qui a été retrouvée. On raccroche toujours avec notre cas. Corps enfoui ou pas, c'est un détail au regard de tous les autres éléments.

— Fred, reprend Noémie, peux-tu te connecter sur Google Earth ? Ce serait bien d'avoir une vue aérienne sur les deux HP.

— OK. Alors, Théophile Roussel : 1, rue Philippe-Mithouard à Montesson. Et Centre hospitalier psychiatrique Gérard-Marchand : 134, route d'Espagne à Toulouse.

L'application zoome sur les adresses.

— À Montesson, l'hôpital est longé par la D121 et à Toulouse par la D120. Dans le Sud, le corps n'a pas été enterré, mais déposé en bord de route. Ça s'explique par le fait qu'il n'y avait pas de chantier, donc pas de possibilité d'enfouir le corps.

— Fred, vérifie s'il y a des caméras de surveillance dans le périmètre. Avec un peu de chance…

— OK, je m'en occupe.

1. Police technique et scientifique.

Olivia, silencieuse, ne cesse d'examiner la position des cadavres. Elle tourne les clichés dans tous les sens. Plusieurs choses l'interpellent.

— Est-ce qu'on a une vue large de la position des têtes par rapport à chaque hôpital ? Une quelconque mention dans les rapports ? Je crois que je tiens un truc, mais je ne voudrais pas me planter.

— Non, rien de spécial. Les flics n'ont pas précisé. Mais tu sais quoi, je vais les appeler, j'espère qu'on sera vite fixés.

Le groupe reste à discuter et à échanger sur les deux dossiers quand Noémie revient.

— OK, à Versailles, ils ont été un peu surpris par ma question. Mais j'ai eu du bol, j'ai pu m'entretenir avec un jeune flic présent lors des découvertes. Lui est formel, la tête était en direction de l'hôpital. Quant à Toulouse, j'ai eu le capitaine en charge de l'enquête. Là encore, le flic a été désarçonné par ma question. Là-bas, ils n'ont pas fait non plus le lien avec la proximité du centre hospitalier. Après quelques minutes de réflexion, le flic m'a confirmé qu'effectivement, la tête était dirigée en direction de l'établissement.

— Ils sont sûrs d'eux ?

— Affirmatif, confirme Noémie.

— Bon, alors, je tiens un truc, les gars ! lance Olivia, sourire malicieux.

— Tu déroules ? s'impatiente Jourdain.

Les quatre flics se sont levés d'un bloc et se penchent par-dessus son épaule. Devant elle, son grand carnet. Elle a fait des dessins.

— Bon, regardez. Ça, c'est la position des corps tels qu'ils ont été photographiés sur la table d'autopsie.

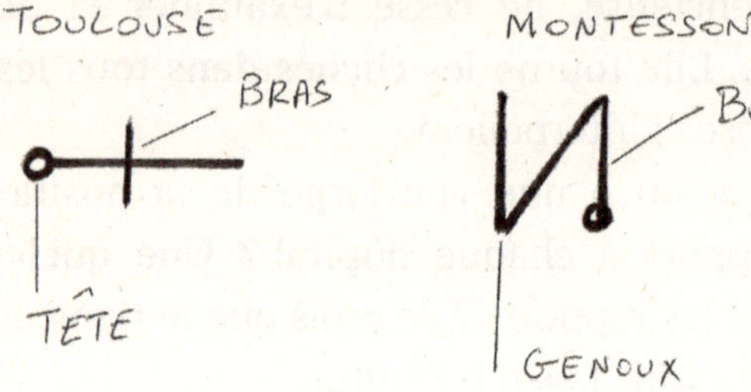

Si on reste sur l'hypothèse d'un rébus, comme l'a précisé Vouvray, je poursuis sur ma recherche de lettres. Ça peut vouloir dire n'importe quoi. Un « X » un « Z ». On est d'accord ?

Le groupe acquiesce.

— En revanche, si j'oriente les deux corps dans la bonne direction, c'est-à-dire tête face aux hôpitaux, en me référant aux points cardinaux de chaque établissement sur la vue satellite Google, ça donne ça :

— « T » et « N ».

— OK. Je te suis.

— Si je raccroche ces deux lettres avec les précédentes, à savoir « NGGAA », et si j'organise les lettres, eh bien, ça donne le mot « GAGNANT ».

— Décidément, ce dossier transpire la grosse maladie psychiatrique.

— Oui, cela confirme mes premières conclusions. Notre tueur a un esprit particulièrement torturé. Ce mot peut être un adjectif, le nom du meurtrier ou… Olivia hésite. Ou alors, plus grave, un mot qui s'intègre dans une phrase.

Jourdain réagit comme un ressort.

— OK. Je veux qu'on réinterroge rapidement nos deux suspects, Vouvray et Debert. Il faut qu'on sache où ils se trouvaient en février 2018 et en mai 2021, les datations de la mort pour les victimes de Toulouse et de Montesson.

Le portable de Noémie sonne.

— Oui, salut, Laurence, ça va ? Du nouveau sur la GAV de Debert ? Attends, je te mets en haut-parleur, toute l'équipe est là.

— Hello, tout le monde. Bon, on a bien cuisiné le doc. Il a eu droit aux quarante-huit heures. Mais, y a un problème.

— On t'écoute.

— Pendant son audition, il a confirmé qu'à cette époque, il prenait toujours trois semaines de vacances à partir du premier juillet. Il avait une copine en Espagne. On a vérifié ses dires sur les archives des ressources humaines de l'hosto. Il avait effectivement bien posé des congés à compter du 1er juillet 1975. De plus, j'ai réussi à joindre son ancienne copine espagnole. Elle valide sa présence à ses côtés à Barcelone.

Jourdain explose et shoote dans sa poubelle de bureau.

— Putain, mais quel dossier de merde !

35

Pierre Vouvray

La nuit du 5

Les filles. Toutes ces filles… La tête lui tourne quand elles viennent à confesse et quand elles assistent à ses messes. Il rêve de leur corps. Que cela doit être bon de les respirer, de caresser leur peau douce ! Dans ses souvenirs, celle de maman était râpeuse. Il débande instantanément. Il rêve d'elles en secret dans sa petite chambre du dernier étage de l'hôpital, dans l'unité des hommes.

Elles paraissent si ingénues, si pieuses. Pourtant, à confesse, elles le martyrisent. Ces adolescentes évoquent leur masturbation. L'une d'entre elles a même confessé qu'elle embrassait les autres avec la langue. Juste pour s'exercer. LA LANGUE !

Tout ça l'excite.

En journée, il rôde de plus en plus souvent dans les couloirs de la section réservée aux femmes.

Il espère les croiser. Enfin, surtout elle.

Elle la frôlera peut-être encore, comme la dernière fois. Il pourra alors sentir son odeur, sa fraîcheur. Ces pensées lui donnent des frissons.

Puis, un jour tout bascule.

Dans le confessionnal, l'une des filles se met à pleurer, avoue les attouchements de son père. Les viols répétés. Pourquoi est-elle ici ? Ce n'est pas juste. Elle ne mérite pas cette sanction. C'est elle, la victime ! Elle veut fuir. Il faut qu'il l'aide. Le prêtre est ému. Ses yeux débordent en silence. Cette enfant a subi les mêmes atrocités que lui. Comment pourrait-il rester planté là sans rien faire ? Lui qui aurait tellement voulu que quelqu'un vienne le secourir. Que son père revienne le chercher. L'emmène avec lui et l'extirpe de ce diable qui sévit à la maison depuis tant d'années.

À cet instant, les souvenirs jaillissent. C'est un petit garçon faible et apeuré. Il est dans la douleur de son enfance. Elle remonte comme un reflux acide à la surface. Il réprime un haut-le-cœur et fait le signe de croix.

Pour une fois dans sa vie, il a l'opportunité d'être important.

De devenir un homme.

Agir.

Oui, il va la sortir de là. C'est elle qui a insisté pour que les autres viennent avec elle. Son ton de voix s'était soudain fait dur, implacable. S'il n'est pas d'accord pour les sauver toutes, elle se tournera vers quelqu'un d'autre pour solliciter de l'aide. Elle préfère encore rester plutôt que de laisser ses amies ici.

Le prêtre a cédé devant cette bouche généreuse, si proche de la sienne qui semblait implorer un baiser. Elle supplie dans un murmure pour que ses copines bénéficient de son soutien. Il essuie ses yeux d'un revers de manche. Un long silence s'installe, puis il promet.

Oui, il va s'organiser.

Quelques semaines plus tard, d'une oreille indiscrète, il a vent d'un anniversaire organisé entre le médecin de garde et quatre infirmières. Ce sera pour la nuit du 5 juillet.

4 juillet 1975, 15 heures.

Les six filles se sont succédé dans le confessionnal. À travers le grillage, elles lui remettent leurs lettres à destination de leurs parents.

Le prêtre ne perd aucun instant. Sa Citroën 2 CV déboule comme un bolide devant les PTT. Le préposé est déjà en train de procéder à la levée du courrier de la boîte aux lettres collective. Il court, soutane soulevée pour éviter de s'empêtrer et, au dernier instant, dépose les missives. Demain, les familles seront au courant.

5 juillet 1975, minuit.

Pierre Vouvray se réjouit. La soirée est douce et la lune est pleine. Les filles vont bénéficier des meilleures conditions. Il prie. Oui, il prie pour celles qu'il va libérer. Il pense surtout à elle, l'enfant martyre. Une suppliciée, comme lui. Il devient fou. Cette fille le chamboule, elle le rend dingue.

Avant de passer à l'action, Vouvray, revenu dans sa petite chambre sous les combles doute une dernière fois. Son intervention serait-elle si préjudiciable ? Puis, il se raisonne. Au fond, elle et les autres sont toutes majeures et doivent sortir dans quelques semaines. Alors son aide changerait quoi ? Ne pourraient-elles s'échapper plus tôt que prévu ?

Minuit trente.

Il est temps d'aller ouvrir les portes des chambres. Une à une, il déverrouille les serrures, le doigt sur la bouche. Rester discret.

Le portail de l'entrée est entrouvert. Elles pourront filer facilement. Sur la route, dans l'ombre, devant le portail, il les attend. La meneuse de la bande est en tête. Toutes la suivent avec des vêtements chauds. Les matins peuvent être frais.

Chacune remercie le prêtre.

Mais elle, elle l'embrasse sur la bouche. Oh, mon Dieu !

Le prêtre les regarde filer à la queue leu leu. Elles vont couper par le terrain de Stanger.

Il s'apprête à rentrer et à refermer le portail lorsqu'il l'aperçoit dans l'ombre. Non ! Cette mégère va tout faire capoter ! Il se cache.

Bon sang ! Si les filles se font attraper, les représailles seront sévères. Peut-être même que leur sortie officielle sera remise en cause.

Il sc dissimule dans un coin sombre lorsqu'elle déboule à quelques mètres de lui, fuse et passe devant lui sans le voir. La femmc détale, le visage grave.

Il laisse plusieurs secondes s'écouler et se met en action. Il court, la suit de loin.

Ses yeux ne quittent pas cette silhouette qui s'éloigne en longues enjambées dans la nuit claire. Il doit être prudent, ne pas faire de bruit. Faire attention aux branchages, aux cailloux. Si elle détecte sa présence, il est fichu. Elle saura qui a organisé leur fuite et il perdra son poste. Retour chez maman.

Il reste à une distance acceptable.

Dans les broussailles, malgré sa précaution, ses pieds viennent d'écraser des brindilles sèches. S'ensuit un craquement qui crie dans le silence.

La silhouette, comme une ombre chinoise, ralentit et, d'instinct, se fige. Une volte-face brusque. Elle a compris. Elle est suivie.

Il se cache.

Comme un chasseur, elle lève le nez, hume, cherche à capter une odeur, un parfum.

Accroupi sous un arbuste, la main devant la bouche, il étouffe son souffle.

Elle revient sur ses pas. Renifle et cherche comme un chien à l'affût. Elle fouille sans relâche, balaye avec rage chaque bosquet.

Elle multiplie les foulées, de droite, de gauche. Puis bredouille et essoufflée, elle finit par abandonner.

Lui ne lâche rien. Il veut s'assurer que les gamines vont pouvoir fuir sans heurt.

Il contourne le terrain et se faufile. Il rampe et s'allonge dans les hautes herbes de bord de route. Ce point d'observation lui permet de vérifier leur progression. Elles vont réussir.

Un nuage passe sur la pleine lune et les grillons se taisent d'un coup. Une odeur de genêts vient s'infiltrer dans ses narines. Puis un léger vent s'invite, et dégage les nuages.

Soudain, comme dans une pièce de théâtre, les personnages se dévoilent sous une lune éclatante.

Les filles sont à genoux, ligotées, bâillonnées.

L'astre de nuit, comme un projecteur, se fixe alors sur un personnage qui leur fait face.

Un sourire glacial, des yeux fous.

Devant lui, le visage du diable.

36

Une petite prière
10 octobre 2022
18 heures

Jourdain a convoqué le groupe pour débriefer. Il n'est pas satisfait. Ils prennent le dossier dans le mauvais sens. Trop d'hypothèses sans preuve.

— Et si on reprenait tout depuis le départ ? On connaît les noms de quatre squelettes. On n'a encore aucune information sur l'identité du cinquième corps. Courtois, Lafond ou qui que ce soit, on n'en sait fichtre rien ! On continue à creuser sur ces deux identités, car on reste rivés sur ce groupe de copines internées en même temps. Et si toute l'affaire dépassait ce cadre ? Après tout, elles n'étaient pas les seules internées. Pendant cette fugue, il a pu se passer tout et n'importe quoi. Certaines réussissent à s'échapper, d'autres non. On se plante peut-être depuis le début. Bon sang, que fait le conseil de l'Ordre ? Il faut qu'on ait une visibilité sur les profils psys des femmes internées au même moment. Fred, tu les relances, s'il te plaît ?

— OK, je m'en occupe tout de suite. Je vais leur mettre la pression.

— Tu as raison, intervient Noémie. Il faut élargir à d'autres internées. Ce dernier corps non identifié n'a peut-être rien à voir avec la fugue. Il peut très bien s'agir d'une autre gamine dont le corps a été enterré antérieurement ou postérieurement. N'empêche qu'avec les cas de Toulouse et Montesson, c'est bien le groupe de copines qui se fait dégommer. Et pour l'instant, Salvac n'a pas matché avec d'autres cas similaires sur le territoire.

— Oui, on est marron. Il nous manque aussi la huitième fille. Soit vivante quelque part et je ne donne pas cher de sa peau, soit déjà six pieds sous terre et on n'a pas encore découvert son corps. Et bordel que fait-on avec ce mot « GAGNANT » ? Un patronyme ? Le début d'une phrase ? Et ce soi-disant « i » de la scène d'exorcisme ? On l'intègre ou pas ? Perso, je suis dans le flou. Olivia, donne-nous ton avis. Vouvray ?

— À l'époque des faits, Vouvray a vingt-cinq ans. Il vit cloîtré avec une mère castratrice. Il n'a connu probablement que cette femme plus âgée. Il la craint. Une personnalité bourrue et revancharde selon son entourage. D'après ses proches et ses voisins, elle ne donnait pas dans la dentelle. Pour le prêtre, une jeune fille peut l'intimider autant qu'elle l'attire, voire le révulser. Avoir un lien affectif avec une plus jeune femme peut le déstabiliser, l'effrayer ou déclencher un fantasme puissant. Comme s'il coupait lui-même le cordon ombilical. Assez violent. J'ai tendance à penser, avec mon expérience, qu'il ne se serait pas risqué à approcher de trop près des adolescentes. La peur des colères de maman est la plus forte… Je reste sceptique sur son intervention physique.

— Il a peut-être pété un câble, relance Jourdain. Souvenez-vous de ce que nous a raconté Marguerite

Estrée, l'ex-infirmière. Elle s'est toujours interrogée sur la manière dont les filles avaient réussi leur coup. Elle reste persuadée que les gamines ont bénéficié d'une aide extérieure. Et si Vouvray les avait aidées ? Il est aux premières loges pour être dans la confidence. Les filles vont souvent à confesse. Il connaît leur plan. Il s'organise. Il est sincère, veut les aider. Mais au moment où les filles se tirent, elles l'insultent ou je ne sais quoi d'autre, et, là, il pète un câble.

Olivia reprend la main.

— Ce qui me dérange, c'est qu'une décompensation est violente. Elle déclenche des actes immédiats et désordonnés. Là, on est devant un acte criminel prémédité : des caisses en bois ont été confectionnées en amont, une fosse a été creusée. Il ne s'agit pas d'une impulsion.

Manu la coupe :

— Il a très bien pu planquer les corps, les façonner et confectionner les caisses après. Il a d'ailleurs bossé dans une scierie, non ? Il faisait peut-être déjà de la menuiserie à ses heures perdues.

— C'est une possibilité, mais encore une fois ça ne colle pas avec son personnage. En plus, les filles étaient quand même six. Cela me paraît compliqué d'improviser un assassinat avec autant de victimes. Pour moi, une décompensation ne colle pas avec les éléments dont nous disposons.

— Sauf si Vouvray a un complice qui a confectionné les parallélépipèdes en bois plusieurs jours avant, reprend Manu. Ils mettent au point un plan. Le prêtre veut faire payer les filles. Il les a tous les jours devant les yeux. Marguerite Estrée a précisé qu'il avait des gestes déplacés. Fragilisées par leur internement, elles sont à sa merci. Pour le mec, c'est une aubaine. Des jeunes filles sans défense. Il fantasme autour de ces huit vierges. Je rappelle l'exorcisme, ce chêne à vierges. Ça fait sens. Les filles sont religieuses. Dans l'intimité du confessionnal, le père s'aperçoit qu'elles sont plus dégourdies qu'elles ne le laissent paraître. Derrière cette piété, les adolescentes lui livrent des détails sur leurs envies sexuelles. Des détails intimes, osés et qui l'émoustillent. Peut-être même jouent-elles avec lui, car elles ont perçu sa fragilité. Un jour, il se rend compte qu'elles se foutent de sa gueule. Remarques désobligeantes, elles le dénigrent. Le mec, prêtre ou pas, dégoupille. Dans son esprit, il fait le lien avec les propos dégradants de sa mère. Avant d'avoir sa revanche, il joue le copain et échafaude son plan. Il leur promet la liberté. Il a un plan pour les faire sortir. Mais, en sous-main, son organisation des meurtres est bien orchestrée. Il les libère et les liquide les unes après les autres à l'aide d'un complice. Ensuite, pour une raison qui nous est encore inconnue, ils se recontactent et remettent ça plusieurs années après avec Adeline Janvier et Lise Jeantet. Plausible ou pas ?

Olivia s'apprête à répondre quand Fred entre dans la salle, essoufflé, et interrompt les échanges.

Ça sent l'information croustillante.

— Je raccroche avec le juge Fayard. J'ai deux bonnes et une mauvaise nouvelles ! Je commence par quoi ?

— Commence par les deux bonnes ça nous donnera un répit, grommelle Jourdain.

— En premier : l'Ordre des médecins a enfin réagit. On va pouvoir consulter les dossiers médicaux des femmes internées sur la période qui nous intéresse. Je reçois ça dès demain matin. Olivia, tu vas pouvoir plancher dessus.

— Ça, c'est parfait ! Je vais voir s'il y a une pathologie à risques chez chacune. Ensuite, j'élargirai mon étude sur les adolescentes du même âge et sur la même période d'internement. Si je ne trouve rien qui me saute aux yeux, j'étendrai mon analyse sur les femmes plus âgées.

— La deuxième ? interroge le commandant.

— À Lyon, les techniciens ont poursuivi leurs investigations. Ils ont passé les caisses en bois à la fumigation[1]. Et là, devinez quoi ?

— Tu fais chier Fred, balance ! s'énerve Jourdain.

— On a une empreinte palmaire parfaite !

— Tu déconnes ! lance Noémie.

— Génial ! On va pouvoir lancer Métamorpho[2]. Bon, et c'est quoi la mauvaise nouvelle ?

— Ben, sur la question de réinterroger Vouvray, on a un gros problème. Le type s'est suicidé hier soir dans sa cellule. Les surveillants l'ont trouvé, une fourchette fichée dans la carotide. Pas très réglementaire cet instrument en métal en milieu psychiatrique. Une enquête est en cours.

---

1. Le relevé d'empreintes par colle cyanoacrylate est un procédé utilisé par les enquêteurs de la police scientifique. Communément appelé « fumigation », il consiste à chauffer la colle pour provoquer des vapeurs qui vont venir polymériser les empreintes en les teintant de blanc.

2. Le logiciel Metamorpho quadrille la paume de la main en 16 zones de la taille d'une empreinte digitale. Pour pouvoir affirmer qu'une empreinte de paume ou une trace relevée sur une scène de crime ou de délit appartient à une personne fichée par la police, il faut qu'il y ait au moins 12 points de correspondance numérisés dans le FAED (Fichier automatisé des empreintes digitales).

— Bon Dieu, c'est pas vrai ?! S'il n'était pas coupable, il avait la clé de l'énigme, j'en suis sûr. On a perdu du temps, les mecs. On aurait dû pousser l'interrogatoire plus longtemps. Merde ! fulmine-t-il.

Sa poubelle vole, elle vient d'essuyer une nouvelle colère.

— D'après les premières informations du magistrat, la veille de son suicide, Vouvray aurait reçu une longue visite. Celle d'une nonne…

— Sœur Marie-Florence, complète Noémie.

— Exactement !

— On n'a pas avancé sur elle. Aux dires de Mme Estrée, c'était un vrai tyran non seulement avec l'équipe qu'elle dirigeait, mais également envers les filles internées.

— Et si on avait poussé Vouvray au suicide pour le faire taire ? s'interroge à haute voix Noémie.

— Une hypothèse sur laquelle on va devoir travailler.

— Sinon, reprend Jourdain, est-ce que quelqu'un a eu des nouvelles de Laurence ? A-t-elle fini d'étudier les dossiers du personnel ?

— Je ne l'ai pas eue depuis, répond Noémie.

— OK. Je l'appelle.

Ça sonne.

— Commandant Jourdain, bonjour. J'allais à l'instant vous appeler, annonce Laurence qui n'a jamais réussi à tutoyer le commandant malgré son insistance.

— Nous sommes tous réunis. As-tu eu Fayard ?

— Non, je devais passer le voir cet après-midi pour faire le point.

— Bon, eh bien je vais le devancer. On t'annonce deux nouvelles : la première, Vouvray s'est liquidé en cellule.

— Quoi ? C'était quand ?

— Hier soir. Il s'est suicidé après s'être entretenu la veille avec sœur Marie-Florence.

— Mais, comment c'est arrivé ?

— No te débriefera tout à l'heure sur les circonstances obscures de sa mort. On aura sans doute besoin de toi pour aller sur place et récupérer les bandes-vidéo. Par contre, deux bonnes nouvelles : on va avoir accès aux dossiers médicaux des patients de l'époque et puis, tiens-toi bien, le labo a trouvé une empreinte palmaire sur un des coffres.

— Incroyable !

— Oui, c'est fou ! Autre chose, as-tu un retour sur le dossier de la sœur Marie-Florence ? On n'a pas eu de nouvelle de ta part.

— En fait, j'ai dû retourner à l'hôpital de Saint-Ylie hier, car sa fiche était manquante dans le dossier. Bref, ça m'a pris plus de temps que prévu.

— Alors, tu as levé quelque chose ?

— Peut-être. J'ai découvert, en tout cas, deux coïncidences étranges. La première, le 6 juillet 1975, il est notifié un arrêt de travail d'une semaine. Il est fait mention de plusieurs contusions et d'une côte fêlée. Le rapport précise : « accident du travail suite à une chute dans les escaliers ». La deuxième, eh bien, figurez-vous que la nonne a quitté l'établissement en septembre 1975. Soit deux mois après la fugue des gamines. D'après mes recherches, elle aurait rejoint dans la foulée la communauté du sanctuaire Notre-Dame de Mont-Roland. Cela se situe à une centaine de mètres de là où nous avions déjeuné à Dole. Maintenant, je ne sais pas si elle y est toujours.

— S'il te plaît, peux-tu te charger de les appeler pour vérifier ? Il est temps d'avoir une petite conversation avec elle et de faire une comparaison d'empreintes palmaires. On en profitera pour faire une petite prière, conclut-il, ironique.

37

Sœur Marie-Florence

1957.

Courbée sous la douleur, elle fuit cette maison de l'enfer avec son baluchon.

Elle a à peine quinze ans lorsqu'elle accouche seule, à même le sol brutal de la cave.

À l'étage, son père gueule, saoul au dernier degré quand le nouveau-né tombe la tête la première sur le béton crasseux.

Elle s'est arrêtée sur le ventre de l'enfant. Un détail. Puis, l'instant d'après, avec un sécateur, elle a coupé le cordon avant de nettoyer le sang.

Cacher la honte.

La honte d'avoir été violée par un père incestueux, alcoolique et violent qui a abusé d'elle dès ses douze ans et une mère qui ne voulait pas voir…

Dans la nuit étoilée, les rues sont désertes. Elle a pris soin d'emmitoufler l'enfant dans une couverture avant de le déposer sur les marches de la collégiale de Dole. Sans grande visibilité, elle longe la nationale et quitte la ville. Ça grimpe sec. Elle foule les talus de bord de route.

Parfois, elle doit s'arrêter. Son ventre tire. Son accouchement, c'était il y a quelques heures. La route est longue dans les hauteurs qui dominent la ville. Son objectif : rejoindre le sanctuaire Notre-Dame de Mont-Roland.

L'Église est désormais son seul salut. Elle ne retournera plus chez ses parents. Elle espère que les sœurs la garderont auprès d'elles.

Elle lève les yeux. Le chemin se rétrécit sur la droite. Il monte au couvent. En bas de la côte, à l'intersection, démarre le chemin de croix, station n° 1.

Le calvaire. Elle prie, expie.

« Au nom du Père, et du Fils, et du Saint-Esprit. Père saint et miséricordieux, Tu m'as montré le chemin de la Croix comme chemin unique pour te comprendre. Je marche aujourd'hui dans la foi et l'espérance. Je veux prier en union avec tous ceux comme moi qui souffrent. »

En sueur, au pied de la dernière station n° 14, Marie-Florence reprend sa respiration. Dernière étape du chemin de croix, celui qui l'absoudra.

« Seigneur Jésus Christ, tu t'es fait clouer sur la croix, acceptant la terrible cruauté de cette souffrance, la destruction de ton corps et de ta dignité. Tu t'es fait clouer, tu as souffert sans fuir et sans accepter de compromis. Aide-moi à ne pas fuir devant ce que je suis appelée à accomplir. »

Il ne lui reste que quelques centaines de mètres avant d'arriver.

Courage.

Il est 5 heures du matin et les laudes vont bientôt sonner. Sans savoir si quelqu'un l'entendra, elle tambourine sur la large porte en bois, sculptée de scènes de la Bible. Au plus haut de l'ouvrage, le Christ meurtri plie sous la croix.

Les minutes passent, mais personne ne vient. Elle perd beaucoup de sang et s'épuise.

Au moment où elle tombe inanimée à la verticale de l'entrée, la porte du couvent s'entrouvre puis s'ouvre largement.

Dans un coton ouaté, elle perçoit un visage flou, un cri : « À l'aide ! », suivi de deux, puis d'une dizaine. Des pas saccadés accourent.

Elle sent son corps léviter, des bras la transportent.

Les seuls détails qui s'impriment dans son cerveau sont : une chambre, un lit, une fenêtre.

Les jours s'allongent. Aucune des nonnes ne lui demande ni son âge ni son nom. Elles sont trop affairées à s'occuper d'elle, à la soigner.

Puis le corps se remet, l'âme, pas encore.

Pendant des semaines, Marie-Florence pleure, prie, se confie, se confesse. Elle n'a jamais été autant entourée de toute sa vie. Pour la première fois, on s'occupe d'elle, on s'inquiète de son sort. Elle sanglote en pensant à cette mère qui n'a jamais été à la hauteur. L'avait-elle seulement aimée ?

Cette femme qui connaissait les abus dont elle était victime mais qui avait préféré regarder ailleurs. Ne pas voir.

Elle ne quittera plus cette nouvelle maison, la maison de Dieu. Elle est sous la protection du divin à présent, et plus rien ne peut lui arriver.

Le mois suivant, après les vêpres, Marie-Florence annonce à la mère supérieure qu'elle souhaite prendre le voile. La vieille femme approuve.

Après avoir validé son bac en candidat libre, Marie-Florence suit sa formation de noviciat, puis son juniorat et enfin la profession perpétuelle, une célébration eucharistique solennelle à l'issue de laquelle elle prononce les vœux de pauvreté, de chasteté et d'obéissance, et s'engage à suivre Jésus selon les règles fixées par l'Église.

Elle devient sœur Marie-Florence à vingt-trois ans.

La nouvelle nonne souhaite se tourner vers des études d'infirmières. Un choix validé par la congrégation et les instances religieuses supérieures.

L'Église paye ses études.

À vingt-six ans, sœur Marie-Florence obtient son diplôme.

S'occuper des autres, se réparer.

On panse ses plaies comme on peut.

38

Vœu de silence

12 octobre 2022

« Tantum ergo » – Déodat de Séverac

« Tantum ergo, Sacramentum Veneremur cernui : Et antiquum documentum, Novo cedat ritui : Praestet fides suplementum, Sensuum defectui. Genitori, Genitoque, Laus et jubilatio : Salus, honor, virtus quoque, Sit et benedictio : Procedenti ab utroque, Compar sit laudatio. »

Monastère de la Paix-Dieu à Anduze dans les Cévennes. Laurence avait retrouvé la trace de sœur Marie-Florence. Cette dernière avait quitté le couvent de Dole pour rejoindre la communauté des sœurs cisterciennes en janvier de cette année.

Un chant religieux en latin accompagné d'un orgue. La musique s'échappe de l'église en contrebas du couvent et résonne jusque dans le cloître. Un enclos de piété et de recueillement de style roman, aux colonnes ouvragées, où seul ce bruit de fond est autorisé.

En son centre, courbées sur les fleurs fanées de l'été, deux religieuses jardinent. Elles interrompent leur travail et lèvent la tête pour suivre des yeux ces visiteurs inopportuns.

Jourdain et son équipe en petits pas serrés, se forcent à réduire l'allure derrière une religieuse à la cadence ralentie. Direction : le bureau de la mère supérieure.

La nonne toque à une porte en bois aux ferrures massives.

Tenue religieuse de rigueur, la directrice est vêtue d'une ample tunique, blanche, cintrée à la taille par un cordon. Elle porte un voile noir assorti d'une guimpe. Une large croix en bois pend sur sa poitrine.

— Messieurs-dames, bienvenue dans la maison de Dieu. Je vous en prie, entrez ! lance-t-elle les bras grands ouverts et le sourire franc.

— Bonjour, ma sœur, démarre Noémie impressionnée par les lieux. Une réminiscence de son enfance, entre des parents fervents pratiquants et des études dans un internat catholique. Comme nous vous l'avons précisé, nous souhaiterions nous entretenir avec sœur Marie-Florence.

— Elle ne devrait plus tarder. Notre religieuse travaille à la maison de retraite d'à côté. Elle continue à donner de son temps en tant qu'infirmière malgré son âge avancé.

— Quelles ont été les motivations de sœur Marie-Florence à rejoindre votre couvent et à quitter sa congrégation à Dole ?

— Elle voulait se rapprocher d'un membre de sa famille m'avait-elle expliqué.

— OK. Pouvez-vous nous confirmer qu'elle s'est absentée de l'abbaye le 9 octobre ?

— Parfaitement. Elle a pris le premier train pour se rendre à Dole. Elle a fait l'aller et retour dans la journée. J'imagine que vous voulez parler de Vouvray ?

— En effet. Avez-vous des choses à nous dire ?

— Eh bien, quelques jours avant son départ, elle a reçu un appel d'une sœur de son ancienne congrégation du sanctuaire Notre-Dame de Mont-Roland. Après ce coup de téléphone, nous avons retrouvé notre sœur en prière dans l'église. Elle pleurait. Elle était dans tous ses états. Elle venait d'apprendre qu'un certain père Vouvray, enfin ex-prêtre avec lequel elle avait travaillé à l'époque, avait décapité sa mère. Mon Dieu, nous avons prié pour le salut de son âme ! Elle s'est ensuite renseignée sur cette affaire peu banale sur Google.

— Vous avez internet ici ? s'étonne Noémie.

La mère supérieure rit.

— Nous avons fait vœu de chasteté et consacrons notre vie à Dieu, mais nous ne sommes plus au Moyen Âge ! (Puis elle reprend, l'air grave.) Elle a beaucoup lu les journaux locaux sur le web. Un article consacré à l'affaire était assorti d'un dessin de la scène de crime. Comme s'il fallait encourager le voyeurisme des gens. Outrageant ! J'étais à ses côtés lorsqu'elle a découvert le croquis. Elle était en panique et a murmuré plusieurs fois la lettre « i ». Cela m'a intriguée, mais elle n'a pas souhaité développer. Ici, nous respectons le silence.

Jourdain et Noémie se regardent. Comment la frangine avait-elle pu faire le rapprochement immédiat avec cette lettre ? Ça pue.

Noémie la coupe :

— Pourquoi avoir demandé un droit de visite et traverser la France pour rencontrer Vouvray ? Cela fait beaucoup de démarches pour visiter un ex-collègue, non ?

— Je crois que dans sa piété et sa bonté naturelle, elle voulait le soutenir.

— Mmmm. Désolé de vous décevoir, mais il y a un hic, intervient Jourdain.

— Comment cela ?

— Eh bien, le soir de sa visite, Vouvray s'est suicidé avec une fourchette dans la carotide.

— Mon Dieu ! Quelle horreur ! Le pauvre homme.

— Nous avons tout lieu de croire que c'est sœur Marie-Florence qui lui a fourni cette fourchette et qui a poussé Vouvray au suicide.

— Non, non, non ! Vous faites fausse route. Sœur Marie-Florence est incapable de faire du mal à une mouche ! s'exclame-t-elle, outrée.

— Une enquête est en cours concernant ce pseudo suicide. D'après les caméras de surveillance, Marie-Florence Daubrac a déjeuné à la cantine réservée aux soignants. Elle avait été invitée par une de ses anciennes collègues infirmières encore en poste. Nous pensons qu'elle a subtilisé sa fourchette après le déjeuner et qu'elle l'a remise à Vouvray lors de leur entretien en tête à tête. Ils étaient seuls.

— C'est n'importe quoi ! s'insurge la mère supérieure.

— Avez-vous des informations personnelles à nous donner sur elle ?

— Je ne dirais qu'une chose. Son adolescence a été difficile. Mais la brebis égarée a décidé de rejoindre Dieu pour le salut de son âme.

— Pouvez-vous nous en dire davantage ? relance Jourdain qui s'impatiente.

— Non. Je dois respecter le secret de la confession. Vous avez vos codes, nous avons les nôtres. Canon 983, paragraphe 1 du Code de droit canonique : « Le secret sacramentel est inviolable ; c'est pourquoi il est absolument interdit au confesseur de trahir en quoi que ce soit un pénitent, par des paroles ou d'une autre manière, et pour quelque cause que ce soit. »

— OK, vous ne nous aidez pas beaucoup, là !

— Vous m'en voyez navrée, mais c'est comme cela.

Jourdain se renfrogne.

— Par souci de discrétion, l'homme qui est derrière nous fait partie de la police technique et scientifique. Il nous accompagne pour prendre ses empreintes palmaires. C'est dans le cadre d'une autre enquête.

Ça toque. La porte s'ouvre sur une nonne âgée. À première vue, quatre-vingts ans. Des rides parcourent ses joues, mais tout le monde à cet instant ne peut douter de la beauté qu'a été cette femme aux traits fins, dans sa jeunesse.

La mère supérieure se lève.

— Bienvenue ma sœur, lance-t-elle en se levant. Je vous présente le commandant Jourdain et son équipe. Ils vous attendaient comme prévu. Je dois vous dire qu'ils ont des soupçons épouvantables à votre encontre.

Jourdain se présente.

— Nous sommes là pour remonter le temps. Saint-Ylie, 5 juillet 1975. Nous aimerions vous entendre à ce sujet. Et puis, il y a également le cas de Vouvray. Son suicide juste après votre visite nous ennuie, voyez-vous. Comme si on avait voulu le faire taire. Notre conviction policière converge donc vers vous. Nous pensons que vous êtes impliquée de près ou de loin dans l'affaire de Saint-Ylie. L'assassinat de cinq jeunes filles qui étaient sous votre responsabilité en 1975. Dans le cadre de cette enquête, nous avons toutes les autorisations pour procéder à une prise d'empreinte palmaire. Main droite. Je vous conseille vivement de collaborer. Dans le cas contraire, nous serions contraints de vous emmener au poste. Cela ferait une bien mauvaise image pour votre abbaye.

— Procédez donc. Je ne m'y oppose pas. Mais vous ne saurez rien. À compter de cet instant, je fais vœu de silence.

39

Un masque diabolique

14 octobre
01 h 45

« Main Theme » – Jerry Goldsmith
Musique originale du film Basic Instinct, *Paul Verhoeven*

Jeanne a dû remarquer les traces de rayures sur le portail, et n'en a pas fait mention. Élise aura tout tenté. Elle doit se rendre à l'évidence, dans son état, elle n'a plus aucune solution pour s'échapper.

Ce soir, elle se sent patraque, elle n'a pas faim. Jeanne insiste pour qu'elle mange au moins un potage et surtout qu'elle n'oublie pas de prendre ses cachets.

Cette fois encore, la jeune femme réussit à détourner l'attention de sa tante et à dissimuler les comprimés.

Il est minuit lorsque Élise est réveillée brutalement par des contractions. Son ventre se durcit à intervalles réguliers. Tout son bassin est en feu. Les douleurs sont atroces. La maladie s'exprime dans toute sa puissance. Allongée, genoux repliés, Élise tente de se soulager, essaye toutes les positions. Mais rien n'y fait. Aucune ne la libère de la torture. Elle ne cesse de geindre, le front en sueur et le corps crispé.

Il faut qu'elle compte. Les contractions s'espacent toutes les cinq minutes sans durer plus de vingt secondes. Est-ce le début du travail ? Elle n'en sait absolument rien.

À peine est-elle sortie de ses pensées qu'elle sent un liquide chaud s'écouler d'entre ses jambes.

Les eaux ! Putain, le moment est arrivé ! Elle va accoucher dans les heures qui viennent.

L'angoisse l'étreint.

Elle allume sa lampe de chevet. Elle doit reprendre ses esprits, coller à la réalité. Mais la douleur est plus forte et lui clôt les yeux.

Elle crie, appelle sa tante.

Les paupières toujours fermées. Dans le couloir, des pas pressés se rapprochent et entrent.

Tournée sur le flanc, dos à la porte, Élise étire un bras en direction de l'ouverture.

— Je crois que c'est le moment. Je viens de perdre les eaux.

Mais personne ne répond.

Surprise, Élise bascule.

Elle ouvre alors les yeux et se raidit d'horreur.

Penchés au-dessus d'elle, Roger et Jeanne sourient.

Un sourire, vraiment ?

Plutôt un élargissement des lèvres forcé, sans aucune émotion.

Un masque diabolique.

40

Comme le crotale vise la souris

14 octobre

04 h 45

Blair Witch, *Adam Wingard*

Depuis le milieu de la nuit, la souffrance ne cesse de s'amplifier. Le bébé se fait attendre.

— RESPIRE ! ne cessent de hurler Jeanne et Roger d'une même voix.

Élise dans sa chemise de nuit est assise dans son lit, jambes écartées. Elle n'est plus qu'un corps torturé dont ils observent le moindre mouvement.

À maintes reprises, elle frôle l'évanouissement. Jeanne lui donne des petites claques sur la joue. Sa tête ballotte de droite et de gauche. Elle doit rester consciente.

— Applique les exercices de préparation à l'accouchement que je t'ai appris ! s'énerve Jeanne.

Élise revient à elle et s'exécute.

Sa tante l'encourage.

Compliqué. Tout le bas de son corps réclame un répit, mais la torture s'est infiltrée au plus profond de ses chairs. Son bassin et ses membres inférieurs ne sont qu'un concentré de douleur.

Depuis qu'elle a compris qu'elle accoucherait aujourd'hui, son cœur explose le rythme normal des pulsations/minute. L'effroi la tenaille.

Elle essaye de se rassurer. Les mots de sa tante tournent en boucle dans son esprit : « Ta grossesse n'est pas une maladie. Les femmes accouchent depuis la nuit des temps. »

Malgré cela, des terreurs multiples engluent son cerveau. Peur de souffrir encore plus dans les minutes à suivre que dans les précédentes.

Ici, à des heures du premier hôpital, elle n'aura ni péridurale ni médecin.

Dans ce lieu perdu, au milieu de nulle part, la peur joue les créatives.

Et si l'enfant se présentait par le siège ? Et si le cordon s'entourait autour de son cou ? Que se passerait-il ? Va-t-elle en crever ? C'est une hypothèse à ne pas négliger.

Et que fait Roger ici ? Il est supposé être parti de la maison depuis des semaines. Alors, quelle est cette mascarade ?

Pour l'heure, Élise doit mettre au monde un enfant sans y laisser sa peau.

Roger lui broie la main. Entre deux contractions, en rage, elle se dégage violemment de cette serre.

Elle voudrait leur cracher à la gueule, leur lacérer le visage. Avoir la force de se relever, les bousculer, les mettre au sol, les piétiner et fuir loin d'eux, quitte à accoucher accroupie au fond du jardin comme une bête meurtrie.

Leurs sourires glacés, penchés au-dessus d'elle, continuent à la hanter.

Un court moment elle se reprend, revient à la réalité. La sensation de mains sur son ventre. Jeanne la masse pour diriger l'enfant vers la sortie.

D'un coup, une douleur aiguë la submerge. Elle s'installe, lancinante, s'accroche à tout son squelette…

Jeanne vérifie l'ouverture du col : 10 centimètres. La sage-femme, toujours d'un calme olympien, est concentrée. Ses gestes sont professionnels. Visiblement, elle sait ce qu'elle fait.

— Je sens la tête du petit ! C'est maintenant ! Il faut que tu pousses de toutes tes forces ! Allez, encore un effort !

Élise n'en est plus à sa première suée. Avec la tête d'une possédée, elle redresse le buste, se plie sur elle-même et hurle à s'en égosiller.

À peine consciente, dans un brouillard cotonneux, elle entend Jeanne donner des ordres à Roger.

— Pose mon matériel sur le lit, vite !

Élise a tourné de l'œil. L'enfant à naître n'est, semble-t-il, pas compatible avec sa maladie. Une double douleur : celle de l'accouchement et celle des jointures de ses os qui vont craquer.

Élise se perd dans ses cauchemars, comme dans une fièvre tenace.

Jeanne vient de la rappeler à son travail. Elle la secoue. La future maman ne contrôle plus rien. Elle repart encore une fois dans les vapes.

Tout d'un coup, un impact violent. Son crâne percute la tête de lit. Roger lui a mis une claque puissante.

Élise reprend de nouveau ses esprits.

— POUSSE ! Espèce de mauviette ! crie Jeanne.

Élise s'active une dernière fois, à bout de souffle, à bout de tout… Un ultime effort.

Enfin, le cri d'un nouveau-né.

Élise ouvre les yeux. Devant elle, son bébé. Son enfant lui semble minuscule et légèrement rouge. Ses lèvres et ses paupières paraissent gonflées.

Sa tante s'active sur le nourrisson. Elle coupe le cordon puis, d'un geste net, l'enserre à l'aide d'une pince. Sa manipulation est rapide, précise. À côté d'elle, Roger observe sa femme, médusé.

Jeanne nettoie le visage de l'enfant et place le nouveau-né dans une serviette de bain. Le petit être gigote et braille.

— C'est un garçon ! exulte Jeanne, triomphante.

Élise tend les bras pour prendre son enfant.

— Donne-le-moi.

Jeanne lui dépose l'enfant dans les bras, sans amour.

— Tu dois le mettre au sein tout de suite, impose-t-elle.

— Il s'appellera Louis, comme son grand-père, annonce-t-elle avec émotion.

Élise, les yeux rivés sur ceux de son bébé, est dans sa bulle de bonheur.

Sans le savoir, elle profite des derniers instants avec son fils.

Sa tante, dressée de toute sa hauteur, veille sur elle comme le crotale vise la souris.

41

Cela peut être important

14 octobre 2022

9 heures

Olivia débarque dans le bureau du commandant. Tout le monde est déjà là, un café noir à la main, une fesse posée sur un coin de bureau.

— Tiens, une revenante ! On ne t'a pas beaucoup croisée depuis plusieurs jours, lance Noémie.

— Je suis sur un autre dossier avec le groupe de Villemin. Une sale histoire d'enlèvement de gamins dans le Nord. Pas très frais. On patauge. Sinon, en parallèle, j'ai pris beaucoup de temps pour étudier les rapports du docteur Debert, le psychiatre en charge du suivi des ados. J'ai fini mon topo. Et vous ? Où en êtes-vous sur Courtois et Lafond ?

Fred semble abattu.

— Pas grand-chose malheureusement. Pour Lafond, j'ai retrouvé la trace d'une cousine éloignée beaucoup plus jeune et qui ne l'a jamais connue. Cette dernière a juste retrouvé deux vieilles photos. Une quand elle avait quinze ans et une photo de groupe prise devant le perron de l'hôpital en 1975. C'était dans un album de famille. Elle m'a scanné les photos. Voici les visuels.

Bon, ce n'est pas d'une super définition… annonce-t-il en tendant les deux feuilles A4 à Jourdain.

— J'ai insisté, reprend-il, mais elle n'a aucune autre information à nous donner sur elle. Comme si l'intégralité de la lignée avait disparu de la surface de la Terre. Pour Courtois, Laurence a une piste du côté de Besançon. Une certaine Élise Courtois qui serait sa nièce, d'après les extraits de naissance de la mairie. Son père, Louis Courtois, est décédé en début d'année. D'après ses voisins, le week-end, Élise s'absentait régulièrement ces derniers mois. Elle leur avait parlé d'une tante qu'elle rejoignait dans le Sud. Mais depuis mai de cette année, ils ne l'ont pas revue. Ils ont supposé qu'elle s'y était installée. De notre côté, aucune trace d'une Élise ou d'une Jeanne Courtois sur les départements Paca et autres. Bref, on patine. Et toi, Olivia ?

— Comme je vous l'ai dit, je me suis focalisée sur les dossiers des huit filles. Pour résumer, à l'époque, il y avait en tout douze filles du même âge. En dehors de la bande, quatre autres gamines étaient plus jeunes : quinze et seize ans. Je ne vais pas perdre mon temps à étudier leur profil. À l'époque, vu leur âge, je ne vois pas comment elles auraient pu tuer d'un coup cinq filles plus balaises qu'elles. J'ai vérifié, elles sont toutes bien vivantes et ont refait leur vie. Elles sont sorties bien plus tard. Je vous donnerai les noms et les adresses.

— OK. Je vais prévenir Laurence. On doit quand même envisager que le tueur ait d'autres victimes en tête.

— Bonne idée. Sinon, pour les huit gamines qui sont notre priorité, je vous fais le résumé de leur profil psychologique. Il faudrait croiser avec les P-V de police et les enquêtes de personnalité pour Janvier et Jeantet.

— Oui, on a étudié les dossiers de Toulouse et Versailles. On a des choses. On te fera un topo après.

— OK, alors je commence par Adeline Janvier. Entrée à Saint-Ylie en février 1974, elle a quinze ans. Elle sort en janvier 1976, six mois après la fuite de ses copines. Internée pour troubles anxieux : TOC. Dans son dossier, le médecin précise : crises de panique, phobie de la saleté. Ses obsessions se focalisaient sur la peur de la contamination. Elle passait le plus clair de son temps à se laver les mains, et prenait une douche au moins dix à quinze fois par jour. Traitement à la clomipramine, un antidépresseur inhibiteur. Rien d'autre de notable. Je continue. Passons à Jeantet. Entrée à Saint-Ylie en mars 1974, elle a dix-sept ans. Elle sort en mai 1976. Internée pour signes dépressifs majeurs suite à une tentative de suicide le 15 mars 1974. Traitement par électrochocs et imipramine. Ensuite, Pavis et Dormont ont été internées respectivement en juillet 1974 et septembre 1974. Pathologie : dépression profonde sans qu'il ne soit fait mention dans leurs dossiers de tentative de suicide. Le médecin de l'époque notifie pour chacune d'elles des scarifications profondes. Là encore, traitement par électrochocs et imipramine. Le bon docteur Debert n'y allait pas de main morte ! Autre temps, autre procédure médicale, enfin, quand même. Je poursuis avec Alizée Bertrand. Elle entre à l'hôpital en août 1974 en état de choc post-traumatique. D'après ce qui est consigné, l'adolescente est placée en urgence psychiatrique au retour de vacances familiales du côté d'Hossegor. Le médecin mentionne la noyade de son plus jeune frère dont elle avait la garde. Traitement à l'imipramine également. Debert ne fait pas mention d'un traitement d'électrochocs dans son cas. Ensuite, Jeanne

Courtois. Elle a dix-sept ans lorsqu'elle est transférée de l'hôpital de Bellevaux, en convalescence pour une péritonite aiguë, vers Saint-Ylie en octobre 1974. Debert signifie des troubles de conduites alimentaire alarmants. L'adolescente, au moment de son internement, ne pèse que 40 kilos pour 1,70 mètre. Une anorexie mentale installée. Le médecin précise : troubles associés à une dépression profonde, voire à une mélancolie.

Noémie l'interrompt :

— C'est quoi la différence ?

— La dépression est une affection psychosomatique occasionnée par une perturbation de l'humeur. La mélancolie, elle, est le niveau le plus élevé de la dépression. La dépression mélancolique peut se définir comme la crise dépressive du trouble bipolaire ou de la psychose maniaco-dépressive.

— Donc, encore plus grave qu'une dépression ?

— Oui, d'ailleurs, elle a eu un traitement de cheval : phénelzine, un des premiers antidépresseurs – même à l'époque, franchement, il y avait des médocs plus appropriés. Cette médication a été associée à de l'électroconvulsivothérapie.

— Électrochocs ?

— Tout à fait. Je poursuis avec Lebond. Elle a dix-sept ans lorsqu'elle est admise en avril 1974. Elle vient d'être virée de son troisième lycée. Déscolarisée, elle est soignée pour comportements à risques. Multiples actes provocateurs avec transgression de l'autorité parentale et scolaire. Son dossier fait état d'un usage massif et quotidien de cannabis et d'alcool. Pour faire court, elle était en désintox. Je termine par la fille Lafond. Elle entre dans l'établissement le 28 décembre 1973 dans un état délirant et hystérique. Son dossier mentionne qu'elle est placée en famille d'accueil depuis sa naissance. Debert précise lors de son premier entretien qu'elle manifeste une obsession de persécution associée à des hallucinations.

— Dossier lourd, non ? interroge Jourdain inquiet pour lui-même avec ses visions morbides.

— Pas forcément. Il peut s'agir d'une décompensation due à un stress violent, un choc post-traumatique. Le médecin n'a pas précisé les circonstances liées à cette crise. Il n'évoque aucune pathologie lourde comme une schizophrénie par exemple, mais signifie au contraire, au fil de ses entretiens avec elle, des progrès notables et encourageants. Qui sait pourquoi elle a dégondé, comme vous diriez ? Vous comme moi, on en a vu des cas de gamines au mieux – pardon pour le terme – victimes d'attouchements, et au pire de viols dans des familles d'accueil ! Rien n'est impossible. Mais ce n'est qu'une supposition, je n'ai pas plus d'infos là-dessus. Bon, voilà, j'ai fait le tour des huit dossiers. C'est un résumé succinct, je n'ai pas trouvé d'autres éléments intéressants pour votre enquête. J'ai bien peur d'avoir encore du pain sur la planche si je veux élargir aux femmes plus âgées susceptibles de présenter une dangerosité. Et sinon, vous, que donnent les éléments des dossiers versaillais et toulousains ?

Fred prend la parole.

— Deux trucs louches. L'enquête de personnalité d'Adeline Janvier précise que la femme vit cloîtrée. Fille unique, femme seule, jamais mariée et parents décédés dans un accident de voiture en 1991. Elle a cinquante-neuf ans au moment de son décès. Casier judiciaire vierge. Elle habite seule avec ses trois chats du côté de l'Étang-la-Ville, dans les Yvelines. Dans l'immeuble, elle est connue pour nourrir et accueillir tous les félins errants du quartier. Jusque-là, RAS. Sauf… lance-t-il dans un effet de suspense, l'index levé, les révélations de ses voisins de palier. C'est le couple qui a signalé sa disparition. Ils ont précisé lors de leur déposition que, quelques jours avant qu'elle se soit évaporée, Adeline leur a mentionné qu'elle allait avoir de la visite le week-end du 10 février 2018. Elle semblait enjouée. En tout cas, c'est l'adjectif qu'ils ont employé. Cela les avait surpris, elle qui ne recevait ni famille ni personne d'ailleurs, à part des chats. Après cette date, ils ne l'ont plus croisée. Ce sont eux, d'ailleurs, qui ont eu la lourde tâche de l'identifier à la morgue. Évidemment, les flics ont creusé sur cette visite inhabituelle. Mais pas de caméra sur le parking de l'immeuble. Donc pas de visio, pas le début d'une plaque d'immat. L'enquête de voisinage non plus n'a rien donné. Bref, chou blanc. Pour Jeantet, on a approximativement le même profil. Soixante-trois ans au moment de son assassinat. Là encore, aucun antécédent judiciaire. Mariée pendant deux ans, puis divorcée, sans enfant. Ses seuls liens sociaux se résumaient à sa sœur cadette qui venait déjeuner le dimanche avec ses enfants environ une fois par mois. Au vu de la vie d'ermite de Lise, sa sœur était anxieuse, car elle ne répondait plus au téléphone. C'est écrit dans le rapport. Quelques jours avant, Lise lui avait annoncé qu'elle devait recevoir de la visite courant mai. Elle était très discrète et sa sœur a supposé qu'il s'agissait d'un amoureux dont elle souhaitait garder le secret. Dans les deux cas, on a deux femmes isolées et sans réel lien social. Et là, bizarre, juste avant leur disparition, elles attendent toutes les deux une visite extérieure qui vient bousculer leurs habitudes.

— Une caméra autour de la résidence de Jeantet ? interroge Noémie.

— Non, là encore, *nada*.

Jourdain s'apprête à intervenir lorsque son téléphone fixe sonne sur son bureau. C'est l'accueil.

— Allo, oui ?

— Commandant Jourdain, bonjour. J'ai à l'accueil un certain Thierry Fréjean qui vous demande.

— Qui est-ce ?

— Il dit qu'il est détective privé sur Besançon, dans le Doubs. Il précise qu'il a des informations sur une certaine…

Elle hésite, relance le visiteur d'un mouvement du menton et enchaîne.

— Une certaine Jeanne Courtois. Il dit que cela peut être important.

42

Ils se repaissent de ses chairs
14 octobre 2022
Au même moment

« Shitlist » – L7 & Donita Sparks

La jeune mère a accouché il y a quelques heures. Elle sort à peine de sa torpeur. Dans un brouillard, elle revient à elle et ses pensées vont à son enfant.

Son fils : Louis.

Le bébé se porte bien, en tout cas de ce qu'elle a pu en voir de manière fugace. À peine la première tétée terminée, Jeanne lui a retiré l'enfant.

La nuit tombe déjà. L'horloge a tourné.

Un rayon de lumière filtre sous la porte. Jeanne, tout sourire, passe une tête. Fière, elle annonce : 3,8 kilos. Un poids magnifique pour un nouveau-né. Sa tante jubile, extatique.

Élise gît, là, dans ce lit rustique aux draps maculés de sang. Depuis l'accouchement, personne n'est venu la voir. Aucun soin. Elle est comme un animal qui a mis bas. Une bête fatiguée et malade de laquelle le fermier s'est déjà détourné, indifférent, trop heureux de compter une nouvelle tête à son cheptel.

Elle s'en plaint auprès de sa tante.

— Pourrais-tu arrêter de t'apitoyer sur ton sort quelques fois ? s'énerve cette dernière. Ton accouchement s'est parfaitement déroulé. Estime-toi heureuse ! Tu n'as même pas eu besoin d'épisiotomie. Pour un premier enfant, c'est rare, conclut-elle en tournant les talons.

Pourtant, une douleur aiguë ne cesse de lui vriller le ventre.

Elle s'inquiète, essaye de se remémorer les minutes qui ont suivi la mise au monde. Le placenta a-t-il été expulsé ?

La délivrance est fondamentale après un accouchement.

Fiévreuse, elle transpire et toujours ce point acide dans le bas de son ventre. Il s'est installé et ne la quitte plus.

Elle se bouscule. *Reprends-toi, bordel ! Pas question de crever ici, sur ce matelas aux ressorts pourris et ces draps sales.*

Si le placenta ne se décolle pas, c'est la rétention placentaire. Un risque d'infection et de septicémie. Stade final.

Comment peut-elle procéder ? Elle voudrait demander de l'aide, mais elle imagine que le couple est en train de s'occuper du bébé. Ou alors ils la surveillent. Elle n'ose sortir de sa chambre. Elle risque de tomber sur Roger posté derrière la porte. L'horreur. L'homme la terrifie.

Elle sent la fièvre monter. Elle gobe deux dolipranes. Il faut qu'elle essaye d'expulser le placenta seule et de manière naturelle.

Assise, genoux repliés, elle pousse de longues minutes, comme pour accoucher. Elle reproduit à maintes reprises l'exercice. Elle prie pour que cela suffise. Dans son effort, elle multiplie dans le même temps les massages sur son ventre. Elle appuie sur son bas-ventre comme une forcenée, avec des mouvements circulaires de haut en bas.

Mais Élise est à bout de forces et elle doit se rendre à l'évidence.

Ses tentatives resteront vaines.

Il va falloir passer par l'intérieur. Elle redoute cette option. Elle réfléchit aux situations d'urgence.

Merde, pas d'accès à un point d'eau.

Réfléchir.

Une idée germe. Elle a vu ça dans une émission de télé-réalité. Un mec se sortait toujours de situations compliquées, au bout du monde, juste avec l'aide de la nature. Des astuces de survie.

Elle a découvert un truc.

L'urine. Ce liquide stérile permet l'éradication des bactéries. Un antiseptique naturel utilisé dans des situations d'urgence.

C'est son cas.

En temps normal, l'absence de décollement placentaire exige une opération sous anesthésie. Elle tient cette information de l'une des mamans de la crèche à qui s'est arrivé. Élise a écouté les confidences de cette jeune mère avide de partager avec elle tous les détails de cette mésaventure médicale.

Que va-t-elle pouvoir faire ? Elle ne dispose de rien. Aucune aide. Elle n'a que ses mains, ses doigts.

Il faut qu'elle se concentre. Qu'elle fasse elle-même. Comme en zone de guerre où les femmes accroupies accouchent seules, entre les détonations, la poussière et les soldats qui rôdent. Repliée comme une bête, elle va devoir faire comme elles, à l'arrache, à la main.

Il reste un peu d'eau bouillie dans le bol qu'a apportée Roger tout à l'heure.

Élise glisse hors du lit. Elle dégage l'envers de son drap, une partie saine protégée par le matelas.

Puis elle nettoie ses mains dans l'eau et s'accroupit. Elle urine à la verticale sur ses mains. Sous le jet chaud et sanguinolent, elle les frotte avec vigueur.

Elle se concentre, se motive. Il va falloir y aller avec les doigts.

Elle remonte sur le lit, les jambes en équerre, et insère ses mains dans ses chairs malmenées. Elle sait qu'il faut qu'elle aille en profondeur.

Elle se saisit de l'oreiller et le mord à pleines dents. Ne pas hurler.

Elle démarre en douceur puis s'enfonce. Ses doigts s'agitent au plus profond d'elle, tentent d'agripper la membrane.

Bon Dieu, merde ! Après l'accouchement, le placenta aurait dû se rapprocher du col. Mais après plusieurs minutes de torture, c'est peine perdue.

En sueur, elle réalise qu'elle est fichue.

Elle essuie ses doigts ensanglantés d'un geste désabusé.

La porte s'ouvre, c'est Jeanne.

Sourire carnassier, elle lui apporte un plateau. Une soupe chaude.

Elle s'inquiète de son état : comment va-t-elle ?

Élise oscille entre la douleur et la fureur. Elle donnerait cher pour lui arracher les yeux à cet instant. À quel jeu joue-t-elle ? Un jeu de torture entre le chat et la souris. Elle se contente de grommeler.

— Le placenta n'a pas été expulsé. Il aurait déjà dû descendre.

— Oh, ça ? C'est rien ! Ne t'inquiète pas, répond Jeanne sur un ton léger. Parfois, il descend le lendemain. Laisse donc la nature faire son travail et masse ton ventre. Le petit dort. Je te l'amène dans quelques heures pour sa tétée de la nuit.

— Où as-tu installé Louis ? A-t-il un lit au moins ? interroge Élise, amère.

— Quelle question ! C'est évident. Roger est parti acheter un lit, une table à langer. Tout est sous contrôle. Mon bébé est dans la petite chambre bleue juste à côté de la tienne.

— MON bébé ? Louis est mon enfant. C'est quoi ce délire ? Qu'est-ce que tu racontes ?

La fureur d'Élise n'a pas déstabilisé Jeanne d'un moindre millimètre.

— Reprends des forces. Bois cette soupe que j'ai préparée avec les légumes du potager, intime-t-elle en lui plaçant le plateau sur les genoux.

Le couple a bien anticipé la naissance, la laissant de côté. Elle fulmine. Elle n'aura le droit ni au choix des layettes ni à celui du lit, des doudous. Elle enrage.

Jeanne lui lance un sourire comme un crachat à la gueule et s'éclipse.

Au centre du bol, une grande cuillère en inox.

Son regard fixe l'instrument planté dans le liquide bouillant. Et si ce putain de morceau de métal était son sauveur ?

Ni antalgiques ni anesthésie.

Elle va faire sa propre chirurgie.

Elle a encore quelques heures devant elle avant que Jeanne ne lui présente l'enfant pour le mettre au sein.

Elle boitille avec peine pour ouvrir la fenêtre de sa chambre.

Première étape, vider le bol. On ne sait jamais. Une précaution supplémentaire. Jeanne a peut-être versé des somnifères ou toute autre substance nocive dans le potage. Elle doit garder tous ses esprits.

Elle secoue ensuite la cuillère souillée par-dessus la fenêtre, et revient auprès de son lit. Deuxième étape : accroupie, elle pisse encore une fois à l'aplomb de la cuvette d'eau. Elle guide son jet sur ce couvert et sur ses mains, puis essuie ses doigts et l'ustensile sur le dernier coin de drap encore propre.

Maintenant, va commencer la véritable épreuve. Une lutte contre la douleur, contre elle-même et son propre corps qui va réagir malgré elle, contre elle. Du courage, c'est tout ce dont elle a besoin. Elle espère juste qu'elle ne va pas tomber dans les vapes.

Elle se rallonge sur le lit, genoux à l'équerre et prend une profonde inspiration. Tente de calmer son pouls qui s'emballe. L'oreiller calé entre les mâchoires, elle démarre.

Elle grimace de souffrance quand elle introduit l'instrument dans son vagin. Elle n'est pas au bout de ses peines. Elle est loin du but.

Centimètre par centimètre, elle enfonce l'ustensile. Elle n'a pas encore atteint le col de l'utérus. Elle sait que cela sera la partie la plus violente. Élise ferme les yeux. Tout son corps se contracte. Elle manque de tomber dans les pommes quand la cuillère passe le col.

Pas suffisant. Elle doit récurer l'utérus. Une envie de vomir la submerge. Elle sent qu'elle va s'évanouir. Elle s'ébroue comme un chien. S'insulte. *Vas-y, espèce de conne ! Tu veux mourir ou vivre ?* Alors elle allonge la main, plus profond.

L'objet est dans l'utérus. Elle halète. La souffrance est extrême. Mais ce n'est pas fini. Ce n'est que le début.

Elle vrille alors le manche de l'instrument avec ses doigts. Elle se met des images réconfortantes en tête. *Allez, putain ! C'est comme si tu raclais un plat de gratin pour ne rien perdre de ta préparation. Appuie sur les contours, longe les parois, décolle les contours.*

Soudain, une douleur aiguë la submerge. Elle a accroché quelque chose de souple. Des spasmes l'envahissent. Elle vomit sa bile sur sa chemise de nuit. Elle poursuit ses mouvements circulaires. Le manche de la cuillère lui semble soudain plus lourd. Ça résiste. D'un mouvement sec, elle tire le manche. Le sang gicle.

Entre ses cuisses, un morceau d'une poche ensanglantée vient d'apparaître. Avec précaution, elle la pince entre le pouce et l'index pour la faire sortir.

Élise suffoque et des crispations irradient l'intégralité de son bas-ventre. Elle pince un bout de cordon rétracté pour dégager l'intégralité de la poche. Entre ses jambes surgit alors une pièce de viande noire, innervée de multiples vaisseaux. C'est gros et flasque. En son milieu, une grosse veine blanche. Le reste du cordon ombilical.

Le placenta glisse et s'affaisse entre ses jambes. Ça saigne fort.

Elle a réussi. Un espoir de survie renaît.

Respire, respire, respire…

Les doigts en sang, elle se lève, titube, réprime un hurlement et porte cette membrane dans ses deux mains. Elle se dirige vers la fenêtre et balance l'intrus à la verticale.

Le placenta tombe au centre d'un massif végétal aux feuilles persistantes. Avec un peu de chance, cette délivrance restera insoupçonnée.

Elle retourne dans son lit. Marche au ralenti. L'espoir de vivre est là. Elle espère disposer de quelques heures de répit pour reprendre des forces avant que Jeanne ne lui mette l'enfant au sein.

Les yeux fermés, une fatigue intense la saisit et elle tombe dans un profond sommeil.

À 3 heures du matin, Jeanne lui présente l'enfant. Interloquée par la quantité de sang qui macule les draps, elle ne fait pourtant aucune remarque.

Élise, à bout de forces, prend son fils dans ses bras de manière mécanique.

L'enfant a faim. Il tète avec avidité. Élise en pleurerait de joie.

Oui, mon petit Louis, on va s'en sortir. Ta maman va réussir à nous sortir de ce cauchemar. Je te le jure.

Être maligne. Elle doit les leurrer sur son état de santé, échafauder un plan. Leur faire croire qu'elle va crever.

À 6 heures du matin. L'enfant ne lui a pas encore été présenté pour manger.

Elle sort du lit et boite vers la fenêtre.

À la verticale, la « viande » fraîche a sonné l'alerte.

Une dizaine de corbeaux se sont donné rendez-vous pour le festin.

Dans une aurore encore timide, embuée de brouillard, ils se repaissent de ses chairs.

43

Angoisse

14 octobre 2022

09 h 30

Fréjean attend patiemment dans le hall d'accueil lorsque le commandant vient à sa rencontre. Son bras se prolonge d'un attaché-case, un accessoire d'un autre temps. Jourdain se fait la remarque que cela sied fort bien à cet homme en costume trois-pièces gris qui se tient devant lui. Une élégance désuète.

Les deux se serrent la main et Fréjean lui présente sa carte officielle de détective privé.

— Alors, comme ça, vous avez des informations sur Jeanne Courtois ?

— Oui, commandant. Tout se trouve là-dedans, précise-t-il en tapotant sa mallette.

— OK, suivez-moi, on va aller dans mon bureau, tout mon groupe est présent.

Thierry Fréjean, aimable se présente à chaque membre du groupe. Lui aussi est un ancien flic. Il a occupé le poste de capitaine de police judiciaire pendant dix ans dans les années 1980 avant de passer dans le privé.

Une extrême excitation flotte dans le bureau. Tous sont impatients d'en apprendre plus.

On lui tend un café et une chaise. Le détective ouvre sa valisette dans deux clics de métal. Il en sort une enveloppe kraft et un rapport relié.

— Vous travaillez sur l'affaire des squelettes de Saint-Ylie, n'est-ce pas ?

— Oui.

— Alors, je ne sais pas si votre affaire a un quelconque lien avec les éléments dont je dispose.

— Nous verrons cela. Mais tout d'abord, éclairez-nous, s'il vous plaît. Comment avez-vous su que nous recherchions Jeanne Courtois ?

— Cette histoire a fait couler beaucoup d'encre dans les médias régionaux. Votre affaire date de mai, n'est-ce pas ?

— C'est cela. Alors pourquoi n'êtes-vous pas venu plus tôt ?

— À cette époque, j'étais déjà parti pour Singapour. Je suis parti fin mars avec ma femme pour plusieurs mois. Ma fille est expatriée là-bas avec son mari. Nous souhaitions être à ses côtés pour son premier enfant et nous en avons profité pour visiter l'Asie. Comme vous le voyez, je suis proche de la retraite, alors je me suis octroyé ces six mois de répit. Je ne suis rentré que depuis cinq jours. Je feuilletais l'*Est Républicain* lorsque je suis tombé sur cette alerte police. Les autorités recherchaient des informations sur Jeanne Courtois. Un numéro de fixe était mentionné. J'ai tout de suite appelé et on m'a précisé qu'il fallait que je me mette en contact avec vous. J'ai donc pris le premier TGV pour vous rencontrer.

— OK, OK. Nous sommes tout ouïe.

Fréjean tente de calmer sa respiration. Sa tension, déjà élevée, monte d'un cran.

— Voilà, le 29 janvier de cette année, j'ai reçu dans mon cabinet une jeune femme, Élise Courtois. Cette dernière venait de perdre son père et d'apprendre dans la foulée qu'elle avait une tante, Jeanne. Âgée d'une trentaine d'années, elle est un peu handicapée et se déplace avec une canne. Elle souhaitait retrouver cette femme qui avait coupé les ponts avec sa famille. Elle m'a remis une enveloppe avec quelques écritures brèves datées entre 1974 et 1975. À cette époque, la jeune fille avait dix-sept ans. J'ai vérifié sur le livret de famille que ma cliente m'a également confié. Elle n'habitait plus au sein de la cellule familiale. Ses écrits sont difficiles. Elle supplie que l'on vienne la chercher. Était-elle en internat ? En tout cas, ce n'est qu'une supposition qui n'est en rien corroborée dans la correspondance.

Fréjean s'apprête à poursuivre, mais Jourdain le coupe :

— À cette époque, Jeanne Courtois n'était pas à l'internat, monsieur Fréjean. Elle était internée à l'hôpital de Saint-Ylie.

L'homme paraît sonné.

— Mince ! Je suis passé à côté. Je me suis focalisé sur sa vie bien après.

— Reprenez, s'il vous plaît.

— Cette histoire est bien triste. J'en viens aux faits, car tout est dans le dossier que vous pourrez consulter. Élise ne disposait que d'un indice. Une dernière correspondance entre sa tante et son père. Des vœux de bonne année qui remontaient à 1985. Une adresse en Suisse dans le canton de Neuchâtel. Évidemment, la lettre envoyée par ma cliente lui était revenue. Jeanne Courtois n'y habitait plus.

Elle m'a donc mandaté pour remonter la piste. Je suis parti sur place. Là-bas, j'ai fait marcher mes contacts et j'ai appris que Jeanne Courtois avait changé de prénom en décembre 1986 auprès de l'administration helvétique. Son nouveau prénom : Françoise. Puis en janvier 1987, dans la foulée, si j'ose dire, Françoise Courtois est devenue Françoise Duval, du nom de son mari, Roger Duval.

— OK, voilà pourquoi on ne trouvait pas sa trace. À l'étranger, avec en plus un changement de prénom et de nom, enrage Jourdain. Continuez, je vous prie.

— Là-bas, elle a occupé plusieurs postes de sage-femme dans différents établissements. Lui, avait une entreprise paysagère. J'ai interrogé leurs anciens voisins. Selon leurs dires, le couple a quitté le domicile du jour au lendemain en janvier 2018. J'ai de mon côté découvert qu'ils s'étaient installés, tout de suite après leur départ de Suisse, à Gaujac, dans les Cévennes.

— Vous avez une adresse ?

— Bien sûr, commandant, je suis un professionnel. 3, route du col des Mourèzes, Gaujac, rétorque Fréjean légèrement blessé. C'est l'adresse que j'ai donnée à ma cliente.

Jourdain interroge :

— Connaissez-vous les raisons de ce changement de prénom et celles de leur retour en France ?

— Non, désolé, absolument pas. Vous recherchez l'identité des squelettes, n'est-ce pas ?

— Oui, d'un en particulier.

— Alors cela m'inquiète un peu… car Élise s'est rendue chez sa tante à l'adresse indiquée. Elle m'a envoyé un SMS avant mon départ pour me remercier. Elle avait renoué les liens et allait partir pour la rencontrer. Elle était heureuse de retrouver le seul membre de sa famille qui lui reste.

— Pourquoi cette inquiétude ? interroge Noémie.

— Quand j'ai découvert l'annonce dans le journal, j'ai tout de suite tenté de reprendre contact avec ma cliente pour l'informer que les autorités recherchaient sa tante. Mais je tombe à chaque fois sur son répondeur. Je lui ai laissé des dizaines de messages, et elle ne répond pas. J'ai encore essayé de la joindre tout à l'heure quand j'attendais au rez-de-chaussée, sans succès. Et puis, il y a autre chose…

L'homme plonge alors sa main dans son attaché-case.

Il présente aux enquêteurs une boîte métallique piquée de rouille.

D'un seul mouvement, les flics se penchent sur l'objet.

À l'intérieur, une mèche épaisse entourée d'un ruban de satin accompagnée d'une étiquette ancienne.

— Cette boîte m'a été remise par Élise Courtois. Elle était dans l'enveloppe avec les lettres. Ce sont les cheveux de Jeanne Courtois lorsqu'elle avait cinq ans, comme le précise cette vignette. Je suppose que vous avez fait procéder à des analyses sur les ossements. Alors vous comprenez mieux mon inquiétude, car si ces mèches correspondent à l'ADN d'un des squelettes, eh bien, je ne sais pas avec qui ma cliente se trouve.

Angoisse.

44

En GAV

14 octobre 2022
17 heures

— Commandant Jourdain ? On est sur place.

3, route du col des Mourèzes, Gaujac, Cévennes.

L'adresse indiquée par Fréjean, celle du couple Duval. Vérification faite auprès des impôts, ils sont bien enregistrés ici. Ils retrouvent également l'inscription de la femme en tant qu'infirmière libérale.

Pourtant, les appels téléphoniques qu'ils ont multipliés sonnent à chaque fois dans le vide. Pas non plus de répondeur.

Fayard a donné le *go* pour dépêcher une équipe locale.

— Alors, il y a quelqu'un ? interroge Jourdain.

— Non. La maison semble abandonnée. On a sonné à la porte d'entrée, mais personne ne répond. En plus, la boîte aux lettres déborde et les volets sont fermés. Pas bon signe, répond le major Druet de la gendarmerie de Laudun-l'Ardoise.

— Merde !

À cet instant, Jourdain et Noémie se regardent. Franchement, ils n'ont pas de bol sur ce dossier. Les

Duval ont déménagé après les investigations de Fréjean. Et s'ils avaient deux cadavres supplémentaires sur les bras ?

La proximité avec le monastère de la Paix-Dieu à Anduze dans les Cévennes, à une heure de voiture d'ici, les taraude d'autant plus. Le couvent où ils ont interrogé sœur Marie-Florence. Drôle de coïncidence. Et si la frangine était à l'origine de tous ces meurtres ?

Le major le tire de ses pensées.

— Comment souhaitez-vous que l'on procède ? Attendez, vous savez quoi, je vous rappelle en FaceTime. Vous suivrez notre intervention en live.

Nouvelle sonnerie, Jourdain décroche.

Sur son portable, le major Druet s'affiche en gros plan en uniforme réglementaire de la gendarmerie. Une quarantaine d'années, mâchoire carrée et nez aquilin. Ses cheveux ont déserté de longue date, laissant un crâne luisant. Jourdain enchaîne direct :

— Y a-t-il des voisins ?

— Oui, à 2 kilomètres en amont, il y a une ferme. On part se renseigner. Restez en ligne, OK ?

— Oui.

L'équipe parisienne, assise autour du bureau du commandant, est concentrée sur les images qui défilent. À travers la fenêtre ouverte, la caméra vissée sur l'extérieur de la voiture oscille. Le bruit des cailloux résonne dans le haut-parleur. Ils sont en pleine campagne, un lieu reculé, des champs à perte de vue. Après quelques bosses et creux, des mouvements agités de la caméra, la vidéo stoppe devant une barrière aux larges barreaux.

Au-delà, au milieu de la cour, un homme vient de sortir d'un grand bâtiment au toit en tôle. Le bruit des roues l'alerte et il lève la tête, suspicieux. Les visites sont rares et quand il s'agit de la maréchaussée, ce n'est pas bon signe.

L'agriculteur.

Le gendarme l'interpelle par-dessus la barrière.

— Bonjour ! Gendarmerie de Laudun-l'Ardoise.

— Un problème ? Vous me filmez, là ? s'inquiète le mec qui a remarqué le portable braqué sur lui.

— Désolé, oui. Je suis en ligne avec une équipe de la police nationale à Paris. Ils ont besoin d'un visuel. Ils cherchent le couple Duval, vos voisins. Mais la maison semble inoccupée.

Le type est méfiant. Il n'aime pas ça, la technologie. Contraint, il répond en grinçant :

— Les Duval ? Ben, ça fait longtemps que je ne les ai pas vus.

— Comment ça ?

— Je vous dis que depuis février, je ne les ai pas croisés.

— Ils sont partis ?

— Comment voulez-vous que je sache ? Je ne les voyais jamais, sauf quand ils passaient en voiture devant chez moi. De toute façon, ils n'étaient pas du tout liants et moi, j'ai d'autres préoccupations, lance-t-il en pointant du doigt ses bêtes qui paissent au loin.

— Avez-vous n'importe quelle autre information les concernant ? C'est important.

— Qu'est-ce que vous voulez que je vous dise ? Vous avez vu la distance entre ma ferme et leur baraque ? Je les ai croisés deux ou trois fois. Ils ont loué la maison début 2018 si mes souvenirs sont bons. Je crois qu'elle, elle était infirmière. C'est tout ce que je sais.

— Pas d'autres éléments étranges qui vous auraient alerté ?

— Non, rien, je vous dis. J'ai bien assez de boulot ici sans me préoccuper des problèmes des autres, conclut-il en commençant à s'éloigner.

Il a d'autres choses à faire. Et tout ça, ce n'est pas ses oignons.

— OK, merci en tout cas. Bon, commandant, vous avez entendu. On fait quoi maintenant ?

Noémie s'approche du micro du portable de Jourdain.

— Retournez à l'adresse. Inspectez le terrain autour de la maison. On a vu sur Google Maps que le jardin est assez grand.

Le gendarme souffle, il est déjà tard et il a promis à sa femme de s'occuper des devoirs des gosses. *Fait chier.*

— OK, lance-t-il à contrecœur. On y retourne et on se dispatche. On cherche quoi au juste ?

— Quelque chose qui vous titille, qui vous semble étrange.

Plusieurs minutes passent. La caméra du portable, mal cadrée, vise des rangers qui foulent des feuilles et des branchages. En bruit de fond, des discussions lointaines entre les gendarmes.

Le major vient de crier à son équipe. Une alerte. La caméra se met alors à se balancer de manière anarchique, frisant les hautes herbes.

— Y a un truc bizarre ici !

Les flics parisiens se tendent. Le gendarme vise une zone sans que Jourdain et son groupe ne puissent distinguer la singularité de ce point précis, mais tous se sont levés d'un bloc. Ils s'approchent de l'écran à quelques centimètres, comme s'ils pouvaient se transporter aux côtés du gendarme à des centaines de kilomètres de là.

— Vous voyez, là ? Pour moi, il y a quelque chose d'étrange, annonce-t-il l'index pointé vers un carré de terre. Regardez, sur cette zone, la végétation est différente ! Elle semble plus récente, comme si on avait creusé.

— Désolé, mais on ne voit pas grand-chose. La luminosité est faible. Pouvez-vous faire une vue plus large avec plus de lumière ? demande Jourdain.

Druet actionne son appli torche.

— Vous voyez mieux, là ? Regardez, ici, le sol a été remué. Ce n'est pas vieux. Je m'y connais, mes parents sont agriculteurs.

— Votre sentiment ?

— Ben, je parierais qu'il y a quelque chose là-dessous.

— OK, je passe un coup de fil au juge. Il faut que l'on sache.

— Maintenant ? C'est qu'il est déjà tard !

— Oui, je sais, Druet. Désolé. Mais, si on a le *go*, il faudra ramener la scientifique et le légiste. Je vous rappelle.

La communication entre les deux hommes est coupée. À l'autre bout de la ligne, Jourdain ne voit plus Druet en train de fulminer sur les heures supplémentaires qu'il s'apprête à faire.

Il va avoir la gueule quand il va rentrer à la maison.

Les minutes passent.

— OK, ça marche ! conclut Jourdain en raccrochant.

— Verdict ? demande Noémie.

— Fayard vient de dire *go*. On lance la totale, répond-il tout en rappelant le gendarme.

Au bout du fil, l'homme est sous tension,

— Druet ? C'est bon, on vous transfère la CR. Combien de temps pour rappliquer, les techniciens et le légiste ?

— Vous voulez la totale ? L'IRCGN[1] et un doc ? enchaîne-t-il, acide, en soufflant, exaspéré.

— Je confirme.

— Alors il va falloir que vous attendiez au moins une heure, au bas mot.

— Comment ça, une heure !? s'alarme-t-il. Vous ne pouvez pas faire plus court ?

— Ben, ici, on n'est pas à Paris, rétorque le major irrité.

— OK, rappelez-moi. On reste focus.

Les aiguilles tournent.

Gaujac, 18 h 30.

Enfin, le portable de Jourdain sonne. FaceTime.

Druet.

— Bon, commandant, tout le monde est arrivé. Ils viennent de commencer à creuser.

Quatre hommes en combinaison blanche, masque vissé sur la bouche et lunettes de protection s'activent. Armés de pelles, ils creusent sur un périmètre délimité. Trois spots montés haut sur pied dans une lumière froide et puissante éclairent une scène qui sent le final macabre.

Après des centaines de pelletées de terre, un bruit sourd. La pelle a tapé sur quelque chose.

Le gendarme, électrisé, en lâche son portable qui tombe à terre. La caméra s'effondre. Plus rien que du noir. Il le ramasse prestement.

1. Institut de recherche criminelle de la gendarmerie nationale.

— Désolé. Est-ce que vous voyez, là ? interroge-t-il en cadrant sur les techniciens.

Sa respiration s'accélère.

— Vous avez entendu ?

Les techniciens continuent leur travail. Apparaît alors une planche en bois. Temps d'arrêt. Dans leur accoutrement, les quatre types viennent simultanément de lever la tête en direction du groupe. Ils ont quelque chose. Ils se sont rapprochés les uns des autres et échangent pour se coordonner sur la suite des opérations. D'une validation collective, chacun reprend son outil et, méticuleux, dégage les contours.

Une caisse.

— Ben, merde alors ! Qu'est-ce que c'est que ce truc ? s'inquiète le gradé. C'est ça que vous cherchez ?

Autour du trou, les flashs de l'IJ mitraillent la boîte.

— Druet, il faut qu'ils ouvrent le couvercle, s'il vous plaît, ordonne Jourdain.

Les pieds de biche obéissent et s'activent. Le plateau saute et délivre une odeur pestilentielle, de celles qui ne laissent aucun doute. À l'intérieur, un corps en putréfaction avancée, ramassé sur lui-même. À la seconde, des détails spécifiques alertent l'équipe de l'OCRVP. Position étrange, fil de fer et, a priori, les restes d'un corps qui ressemblent à une femme.

— Merde ! s'exclame Jourdain. Il faut continuer à creuser autour. Il y a peut-être un deuxième corps, celui d'un homme. Ils étaient deux à habiter ici.

Les heures passent. Pourtant, malgré une fouille minutieuse, les techniciens ne trouvent rien d'autre.

— Passez-moi le doc, s'il vous plaît, demande Noémie.

Quelques instants suspendus puis une voix affirmée au téléphone.

— Docteur Kérastian, légiste.

— Bonjour, docteur. Un avis sur la date probable de la mort ?

— Vu l'état de décomposition, je dirais plusieurs mois. Huit mois, un an ? Ça pourrait remonter à février. Je ne peux être formel avant les résultats d'anapath[1] et d'entomologie[2]. Faudra attendre mon rapport.

Olivia se présente brièvement et demande dans la foulée :

— Docteur, y a-t-il un hôpital psychiatrique à proximité ?

— À proximité non, mais pas très loin. Pourquoi cette question ?

— Donnez-moi le lieu, s'il vous plaît, docteur, demande Olivia.

— Mmmm, je crois que l'établissement le plus proche, c'est la clinique psychiatrique de Quissac.

— Quelle est la direction par rapport à votre position ?

— Bon Dieu ! Je n'en sais foutre rien, moi ! rétorque-t-il excédé en tendant le portable au major.

Le doc a du pain sur la planche. Il va passer la soirée avec ce macchabée. Furieux, il comprend que, ce soir, son rendez-vous avec sa maîtresse, c'est râpé.

---

1. Analyse anatomopathologique. Prélèvements tissulaires réalisés au cours d'une autopsie médicolégale. Analyse microscopique des tissus prélevés sur la victime.

2. Étude ethnoentomologie. La décomposition d'un cadavre réunit une multitude diversifiée d'insectes. L'examen de cette faune permet une estimation du délai *post mortem*, une éventuelle mobilisation du corps, ainsi qu'une identification du lieu du décès. La ferme des cadavres au Tennessee est un des plus anciens établissements à étudier et à répertorier les typologies d'insectes qui viennent coloniser les corps.

Druet reprend la conversation.

— Selon le GPS, Quissac se situe à l'ouest de là où on se trouve.

— OK, merci. Dans quelle direction est orienté le crâne ?

Druet reste muet. Temps suspendu.

— Vous cherchez quoi au juste ?

— Une orientation.

Le gendarme obtempère, interloqué.

— OK. Je me rapproche du cadavre.

Au-dessus du corps, le major déclenche son appli boussole.

— La tête est dirigée en direction de l'ouest. Tout cela me semble bien obscur. C'est quoi ce cirque ? Qu'est-ce que vous visez précisément ?

— Notre huitième victime. Dernière chose : faut entrer dans la maison. On reste en ligne.

Les minutes s'étendent. La longère a des allures de petite ferme avec ses pierres claires et son immense toiture.

Les flics parisiens assistent à l'entrée virile de l'équipe des gendarmes dans la baraque. La porte massive a cédé sous le pied de biche.

L'équipe déboule dans un salon plongé dans le noir. Ils n'ont pas touché aux volets.

La caméra vacille de manière anarchique : bottes, murs, cloisons, poussière, vitres sales, carrelage souillé. Le ménage n'a pas été fait depuis longtemps.

— Vous voyez quelque chose de spécial ? interroge Jourdain.

Noémie est penchée par-dessus son épaule.

Olivia, elle, s'est éloignée dans un coin du bureau, elle prend des notes, dessine sur son carnet.

— La maison a été vidée de fond en comble. Il n'y a plus rien ici.

— Regardez bien. Il y a peut-être un infime détail. Quelque chose qui attirerait votre attention, qui aurait été laissé là.

— Commandant, je vous dis qu'il n'y a absolument… attendez…

— Oui ?

Jourdain voit un meuble qu'on déplace et la caméra se fige sur le sol.

— Bon, c'est sans doute rien, mais je viens de trouver une pièce de Scrabble sous un buffet. Franchement, je ne sais pas si ça sert à quoi que ce soit.

Assise au fond du bureau, Olivia vient de relever la tête.

Elle aboie en direction du groupe :

— Qu'ils mettent cette pièce de jeu sous scellés !

— OK, OK.

Le major est décontenancé. Il ne comprend rien à tout ça.

Noémie reprend la main.

— Vos équipes ont-elles trouvé autre chose ?

— Non, à part cette pièce de Scrabble. C'est la pièce sans lettres, vous voyez ? demande-t-il en zoomant sur l'objet.

— Merci, Druet, pour votre collaboration. Envoyez-nous le rapport d'autopsie et l'intégralité du dossier dès réception, s'il vous plaît, conclut Jourdain.

Olivia, carnet en main se rapproche.

— Compte tenu de l'orientation par rapport à la clinique psychiatrique, je vous confirme qu'on a une nouvelle lettre.

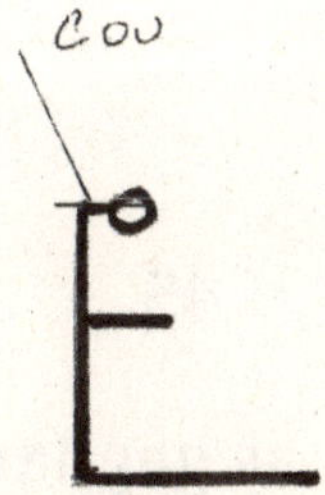

— Un « E ». Ce qui nous donne le mot « GAGNANTE ».

Le portable de Jourdain sonne.

Juge Fayard.

— Vous allez être contents. Bonne nouvelle. Les empreintes palmaires de la sœur Marie-Florence Daubrac ont matché. Vous me la mettez en GAV.

45

Un as gagnant

17 octobre 2022

« Blue Velvet » – Bobby Vinton
BO du film Blue Velvet, *David Lynch*

Ça y est, c'est fait. Jeanne et Roger sont passés à la vitesse supérieure. Ils ne peuvent prendre le risque que la jeune mère leur échappe.

Désormais, elle est enfermée à double tour dans sa chambre. Cela fait trois jours qu'elle a accouché. Elle dort peu. Louis pleure beaucoup la nuit. Elle l'entend à travers la cloison, impuissante. Le prendre dans ses bras, le câliner, le rassurer.

Une torture.

Cette nuit, l'angoisse est montée d'un cran.

L'enfant était agité, il criait. Elle a entendu des pas lourds dans le couloir. Roger s'est levé. Et il a monté le ton contre le nourrisson, s'est énervé contre lui. Élise a hurlé en tambourinant contre la cloison.

— Putain, le touche pas, tu m'entends ! Espèce de cinglé !

Puis les pleurs ont cessé d'un coup. Qu'a-t-il fait à son bébé, bon sang ?

Elle perd la raison. Et s'il l'avait malmené ? Elle connaît les incidences sur le cerveau des bébés dits « secoués ».

Elle ne peut fermer l'œil de la nuit, la peur lui maintient les paupières ouvertes.

Ce matin, c'est Roger qui déverrouille la porte.

Elle l'insulte. Comme réponse, il allonge le bras et tente de lui mettre une baffe, mais elle esquive de justesse.

Jeanne est derrière lui, l'enfant dans les bras.

— C'est l'heure de la tétée, annonce-t-elle joyeuse comme si de rien n'était.

— QU'EST-CE QUE VOUS AVEZ FAIT À LOUIS CETTE NUIT ? les invective-t-elle.

— T'occupe. On gère, répond-elle sur un ton ferme qui n'attend aucun retour.

— Oui, c'est ça, bande de malades ! Vous n'avez pas intérêt à le toucher, c'est clair ?

Jeanne se contente de sourire. Un sourire biscornu, malveillant.

Pendant qu'elle le nourrit, Élise inspecte le petit. C'est alors qu'elle voit sur ses petits bras…

Des bleus.

Malgré la fatigue et les douleurs, ça lui fait l'effet d'un ressort. L'enfant au sein, elle se lève d'un bloc et les prend à partie.

— C'est QUOI ÇA ? hurle-t-elle, pointant du doigt les hématomes.

Louis se crispe et se met à hurler. Toute cette agitation…

Sans sourciller, Jeanne répond, désinvolte :

— Oh, ça ? Louis a dû se cogner contre les barreaux de son lit. Ça arrivait souvent quand je travaillais à la maternité.

— Oui, c'est ça, bien sûr. Tu ne les aidais pas un peu, les gamins ? lui répond-elle, acide.

— Bon, allez, ça suffit comme ça. Il a assez mangé ! Tu vas prendre une douche ! Regarde dans quel état tu es ! Tu te laisses aller ! lui lance-t-elle en lui arrachant le bébé. Allez hop, du savon ! Tu pues !

Direction la salle de bains. C'est sa première sortie depuis l'accouchement. L'unique pièce d'eau est juste en face de sa porte de chambre. Campée face à la douche, Jeanne attend. Elle n'a pas l'intention de partir. Elle surveille.

Élise l'invective :

— Tu penses rester là à me mater ? C'est possible d'avoir un peu d'intimité pour me laver ?

En fait, elle veut surtout être seule pour fouiller. Trouver un nouvel outil, un accessoire. N'importe quoi : une lime à ongles, des ciseaux… Il faut qu'elle complète son artillerie.

En vain.

Jeanne a réponse à tout. Il n'est pas rare que les jeunes accouchées aient des malaises. Il est de son devoir de veiller sur son bien-être.

— Ben voyons ! C'est ça, fous-toi de ma gueule. Moi qui passe le plus clair de mon temps enfermée à double tour dans cette chambre sale, sans soin, sans mon enfant à mes côtés, lui crache-t-elle.

Sans une réponse, Jeanne la bouscule. Élise vacille, manque de glisser sur le carrelage. En trois pas, elle se retrouve sous un jet tiède.

Bordel, si elle n'était pas si diminuée, elle la choperait à la gorge et lui fracasserait le crâne, là, juste sur le rebord de cette fichue douche aux joints jaunis. Des envies de meurtre.

Mais il n'est pas encore temps. Elle n'est pas en état.

Le temps sera son allié. *Tiens bon Louis, je vais te sortir de là,* ne cesse-t-elle de se répéter.

Elle doit reprendre des forces. Reprendre des muscles. C'est décidé, après sa douche, elle va démarrer des exercices physiques. Peu importe la fatigue, peu importe la souffrance.

Enfermée dans sa chambre, comme un détenu en cellule d'isolement, elle fait quelques pas. Lit, fenêtre, commode, armoire, armoire, commode, fenêtre, lit. Elle tourne sur elle-même. Un lion dans une cage.

Demain, elle se forcera à faire des pompes sur les genoux, des petites flexions, des fentes.

Il est midi et Joe Dassin résonne.

« Et si tu n'existais pas, dis-moi pourquoi j'existerais ? Pour traîner dans un monde sans toi, sans espoir et sans regret… »

Toute cette guimauve lui donne la nausée. Et ses draps toujours souillés. Ça la dégoûte.

Elle échafaude son plan. Elle va s'enfuir avec Louis. Et son fils n'est pas une option.

Son enfant, son petit Louis. La tristesse l'envahit. Elle n'a même pas eu l'occasion de lui donner son bain, de le langer, le câliner. Les seuls moments intimes qu'elle partage avec lui, c'est quand elle devient mère nourricière.

La porte de sa chambre s'ouvre, Élise, debout, se fige et simule l'abattement.

Jeanne débarque avec son plateau-repas du midi. Elle paraît aimable, dans de bonnes dispositions. Élise en profite pour tenter une négociation. Il ne faut pas qu'elle la braque. Jeanne et Roger doivent penser qu'elle est plus docile, qu'elle a abdiqué.

Élise lance sur un ton doucereux, comme une supplication :

— J'aimerais voir Louis plus souvent ! Tu ne me le donnes que pour les tétées. Pourquoi ? Je voudrais avoir mon fils dans ma chambre, lui faire des câlins, lui donner le bain ce soir et le langer.

Jeanne aboie :

— Tu te permets de donner des ordres, maintenant ? Quelle ingratitude ! Estime-toi heureuse de pouvoir te prélasser et te reposer. Pense à toutes ces jeunes mamans qui rentrent de la maternité quelques jours après leur accouchement. Elles ont leur bébé sans répit. Tu ne te rends pas compte de la chance que tu as d'être ici, avec une sage-femme infirmière pour veiller jour et nuit sur l'enfant ! (Jeanne redouble de colère.) Tu crois que c'est facile pour Roger et moi ? Nous ne sommes plus si jeunes pour nous occuper de ton nourrisson en permanence ! Figure-toi que nous sommes épuisés nous aussi, mademoiselle ! Alors, sois un peu reconnaissante !

— Mais…

— Il n'y a pas de « mais » ! Ta sale maladie t'oblige à te reposer plus longtemps qu'une autre. C'est déjà assez compliqué comme ça sans que tu en rajoutes une couche. Il ne fallait pas tomber enceinte, jeune fille ! Il y a des solutions pour ça, non ?

Élise encaisse « sale maladie » comme une droite.

Elle n'est là que pour nourrir l'enfant et sa requête restera lettre morte.

Que feront-ils d'elle une fois l'enfant sevré ? Cette réflexion l'électrise comme du 220 volts.

Il faut qu'elle s'échappe de ce trou à rats.

Elle dispose de deux armes : sa canne en bois de fortune pour soutenir ses pas et cette fameuse hache dont elle ne veut pas imaginer ce qu'elle en fera.

Prochaine étape : retrouver son fichu portable, quitte à mettre la maison sens dessus dessous.

Elle a la haine. Et sa haine est plus forte que sa douleur.

Son handicap lui a appris à serrer les dents. La souffrance, souvent, toujours.

Élise est maligne, plus combative qu'ils ne l'imaginent.

Pourquoi cet optimisme ?

Parce qu'en tournant en rond dans sa chambre, elle a découvert, tombé derrière la commode, un objet dont elle pensait qu'il était perdu, ou plutôt dérobé.

Le Graal !

Sous son lit, la moquette se décolle, et laisse apparaître une lame de plancher mobile dans le parquet.

Une cachette parfaite pour cet accessoire, qui pourrait bien faire basculer la partie.

Un as gagnant.

46

La soupe

18 octobre

20 heures

« Musica Ricercata II, Mesto, rigido e ceremoniale »
– Dominic Harlan, György Ligeti

As gagnant ?

Plutôt un accessoire banal du quotidien. Dans son cas, ce bout de rien va peut-être lui sauver la peau.

Son cordon de recharge de portable.

Élise pensait qu'il était perdu ou plutôt subtilisé, vu la tournure des choses. Ce fichu fil électrique a été plus intelligent qu'elle et a décidé de se planquer entre l'arrière de la commode et la plinthe.

Cela fait cinq jours qu'Élise a accouché. Son estomac se tord. La faim. Sa tante ne lui sert plus qu'une ration quotidienne et les quantités se tarissent. Les tétées s'espacent également. Plus que trois fois par jour.

Jeanne est en train de sevrer l'enfant.

Pas bon signe… Elle va y passer quand ils n'auront plus besoin d'elle.

Cette nuit, impossible de dormir. Louis pleure beaucoup. Elle sent qu'il est agité. Lui aussi doit ressentir les mauvaises ondes dans cette maison. Il a besoin de ses bras, de son odeur, de ses câlins.

Une énorme envie d'uriner la prend. Porte toujours verrouillée. Alors, elle pisse sur la moquette juste devant. Ça leur fera les pieds.

Ce matin, les pleurs de Louis résonnent encore dans le couloir.

Un bruit de clés. Ils entrent. Jeanne porte l'enfant. Le bébé s'égosille, son visage est rouge. Son petit corps gigote de manière anarchique. Roger est dans l'entrebâillement de la porte. Cela fait bien longtemps qu'elle ne le reconnaît plus. La douceur de ses traits est à présent remplacée par un visage dur taillé à la serpe. Des yeux noirs sans fond et une face sous tension. Ses zygomatiques ne cessent de s'activer.

Jeanne marche sur la moquette humide, s'emporte, l'insulte.

Élise lui rit au nez, diabolique. La folie de ce couple est en train de l'atteindre. Jeanne lui donne Louis comme elle se débarrasserait d'un encombrant. Élise remarque tout de suite l'odeur qui se dégage de l'enfant. Il n'a pas été changé. Elle s'énerve.

— Sa couche est sale ! Tu n'as pas remarqué ? Bon sang, ne peux-tu pas prendre soin de lui ? Ou alors, laisse-moi faire !

— T'occupe, je gère.

— Oui, c'est ça, super bien, rétorque-t-elle, ironique.

Au sein, le bébé s'est calmé dans les bras de sa mère. Élise en profite pour le serrer contre elle. Des moments précieux, trop rares.

À peine la tétée terminée, Jeanne, d'un geste, lui reprend l'enfant et referme la porte à clé après avoir lancé :

— On t'apportera un seau pour tes besoins. Ne t'avise plus de recommencer.

Midi, 14 heures, 16 heures, le temps s'écoule. Élise frappe dans la porte à intervalles réguliers, comme une possédée.

— Amenez-moi Louis ! Bordel ! hurle-t-elle.

Elle fait un raffut du diable, mais personne ne vient. Elle est certaine que son fils n'est plus dans la chambre d'à côté. Où est-il ? Qu'ont fait ces deux cinglés ?

18 heures.

Enfin, Jeanne débarque. Elle prévient : ce sera la dernière tétée de la journée.

Élise prend l'enfant dans ses bras, lui caresse la tête. C'est alors qu'elle s'alerte.

— Louis est brûlant !

— Oui, je sais. 39°C. Je viens de lui prendre sa température. Nous partons demain avec Roger. On l'amènera à l'hôpital

— NON ! On y va maintenant !

— Toi, tu ne bouges pas d'ici, assène-t-elle.

— Partez tout de suite, implore-t-elle, c'est une urgence pédiatrique !

— Je te dis qu'on ira demain. Roger a encore deux trois choses à faire.

Élise se saisit du magazine *Enfants* posé à côté d'elle et lui jette à la tête.

La jeune mère est dans un tourment indescriptible. L'enfant au sein, elle clopine autour de son lit. Pourquoi son petit a-t-il autant de fièvre ? Que se passe-t-il ? Son bébé n'a que quelques jours. Il est si fragile.

La panique lui tord les boyaux. Ce n'est pas possible, elle va se réveiller. C'est un cauchemar !

19 heures.

Jeanne lui apporte son dîner. Une soupe tiède et des gâteaux secs. Malgré l'anxiété, il faut qu'elle mange un peu. Elle avale le potage de légumes.

Demain, elle sera seule. Elle doit prendre des forces pour inspecter l'intégralité de la maison et retrouver son portable.

Mais à peine a-t-elle fini son dernier biscuit qu'elle tombe dans un profond sommeil.

La soupe.

47

En l'état

19 octobre 2022

12 heures – 16 h 30

« Still D.R.E. » – Dr. Dre & Snoop Dogg

Quelle heure est-il ? Élise ouvre un œil. C'est encore la nuit noire. Par réflexe, elle allume la lampe de sa table de chevet et regarde sa montre.

Merde, midi ! Pourquoi, alors, sa chambre est-elle dans le noir ? Élise se lève en direction de la fenêtre.

Elle ouvre les rideaux. Pas de lumière, les volets sont clos. Elle active la poignée, pousse, mais rien ne se passe. Elle cogne sur les volets pour qu'ils s'ouvrent, ils restent figés. Le regard glissé entre l'interstice des deux battants, elle remarque alors des tasseaux de métal à l'horizontale.

Ces bâtards ont bloqué sa fenêtre !

Elle se remémore les mots de Jeanne : « Roger a encore deux trois choses à faire. »

Elle hurle.

« ENCULÉÉÉÉS ! »

Elle se dirige vers sa porte.

Vérification : toujours verrouillée.

Elle appelle. Tambourine sur la porte, gueule. Personne.

La maison est vide. Ils ont tenu parole et sont partis aux urgences pour Louis.

Mon Dieu, son petit bonhomme si frêle, si fragile. Elle prie pour qu'il s'en sorte.

De sales scénarios sont en cours d'écriture.

Bouge, grosse ! s'insulte-t-elle.

Élise s'ébroue. Reprendre conscience. *Colle à la réalité, vite !*

Deux options : soit elle perd du temps à dégommer les volets et la porte de sa chambre avec sa petite hache, soit elle se met en quête de son portable. Elle hésite, puis décide de ne pas perdre son énergie avec l'outil.

Son objectif : retrouver son portable et appeler.

Appeler qui ? Ses amis, ça fait longtemps qu'ils sont derrière elle. Ses collègues ? Mmmm. Son père ? La bonne blague… en fait, n'importe qui susceptible de la sortir d'ici.

Un œil à la serrure lui indique que la vieille clé est calée au droit du verrou. Un point positif. Elle repense à son bâton de fortune. Sur la pointe des pieds, devant la grande armoire elle le récupère et remarque ce petit branchage en excroissance. Plutôt fin. Elle l'arrache et l'introduit dans la serrure.

Ça entre juste, mais ça passe.

Puis elle déchire une page du magazine *Parents*. Depuis des semaines, c'est la seule lecture autorisée par Jeanne. Élise pense à un article qui pourrait s'intituler : « Jeune accouchée et séquestrée ? Comment ne pas crever : nos solutions pour vous en sortir en dix étapes ».

Elle glisse la feuille sous la porte. Il y a un jour important avec le sol. L'espace sera-t-il assez haut pour faire passer la clé ? Pas si sûr, mais elle poursuit sa manœuvre.

Millimètre après millimètre, elle enfonce la tige. La clé glisse. *Ma bonne étoile, ma bonne étoile,* prie-t-elle. *Oui, tu vas y arriver !*

Elle supplie pour que ce bout de métal tombe à plat sur la feuille, sinon c'est foutu ! Ses mains tremblent.

Soudain, un bruit tombe, métallique.

Élise se plaque au sol. Son cœur s'emballe. Elle vérifie, le regard vissé sous la porte.

Soulagement. La clé est bien sur la feuille. Elle ramène le papier avec lenteur vers elle. Elle peut presque toucher le panneton du bout des doigts. Elle tire encore lorsqu'un éclat de bois vient se ficher dans la pulpe de l'index.

Ça saigne.

D'un mouvement brusque, elle extrait l'intrus avec ses dents et le crache. Allongée de toute sa longueur devant la porte, elle étend les doigts et finit par accrocher la tige. Il manque un infime espace pour faire passer l'anneau.

Merde, merde !

Élise force comme une malade. *Tu vas passer oui ?!* Bien décidée à ne pas abdiquer, elle opère des mouvements de balancier de droite à gauche. Après de longues minutes, l'intégralité de la clé finit par se décoincer. Le dos de sa main s'est râpé sur le bois. De fines gouttelettes de sang éclatent et souillent le plancher.

Élise se rue sur la serrure, déverrouille.

Couloir, cordon de recharge en main, objectif : fouiller cette fichue maison de l'étage au sous-sol.

Elle s'habille chaudement et met des baskets. La guerre a commencé et la bataille qui s'annonce à leur retour est inévitable. Il faudra qu'elle coure. Qu'elle coure ? Ironique, dans son état ! En tout cas, qu'elle marche le plus vite possible.

Le domicile est sombre. Volets, tous cloutés. Toutes lumières allumées, elle démarre ses recherches par la chambre de Jeanne. Élise dézingue les meubles, les lampes qui s'affalent au sol dans un fracas épouvantable. Elle pousse le matelas, vide tous les placards. Vêtements, linge de lit, tout vole à travers la pièce. Rien.

Salle de bains : réservoir des W-C, arrière de cuvette, meuble miroir au-dessus du lavabo, dessus, dessous : pas mieux.

Chambre bleue de Louis : commode, table à langer, sacs de couches. Elle inspecte les moindres recoins. Encore rien.

OK. Rez-de-chaussée. Sans grande conviction, elle vérifie la porte d'entrée. Quelle idée ! Bien sûr, le volet lui aussi a été scellé

OK. Elle examine l'anfractuosité de la cheminée, là où Jeanne planque la clé de la porte d'entrée. Elle fouille les moindres interstices du conduit. Rien.

Elle se rue sur les meubles et débarrasse d'un geste leurs contenus.

Les tiroirs s'échouent lamentablement sur le sol et répandent ustensiles de cuisine, torchons, babioles. Elle s'en prend ensuite aux placards au-dessus du plan de travail. Les paquets de pâtes et de riz s'explosent sur le carrelage. Toujours rien.

Dans sa furie, Élise n'a plus mal, elle n'a pas le temps. Tout son corps s'est contracté comme une arme de destruction massive. Elle ne pense qu'à son fils et à sauver sa peau.

La douleur attendra…

Il lui reste à inspecter le sous-sol. Elle n'y est jamais allée. Mais elle sait que c'est là que se trouvent le congélateur et la réserve, production du potager de Roger.

Sur l'étagère en bois bancal, d'un mouvement violent du bras, elle bastonne tous les bocaux. Toutes ces conserves de légumes faites maison s'explosent les unes après les autres comme un vomi sur le sol bétonné. Rien.

Direction le congélateur. Elle éventre chaque paquet avant de les jeter au sol. Viandes, légumes sous plastique, tout y passe. Encore rien !

Elle fait un 360° sur elle-même.

Pourquoi, à cet instant, lui vient-il une intuition ?

C'est là, quelque part. Elle en est sûre.

Dans un coin, elle vise des caisses en bois abandonnées recouvertes de toiles d'araignées. D'un coup de pied, elle les éjecte. Seule de la poussière s'en échappe.

Concentre-toi.

En détail, elle inspecte alors tous les angles de la pièce, s'accroupit, s'allonge sur le sol et grimace de douleur.

C'est alors que, sous le congélateur, elle le voit !

Son portable.

Mais l'appareil, situé au centre de ce large coffre réfrigéré, est inatteignable en l'état.

48

En danger
19 octobre 2022
17 heures

Depuis le 14 octobre et pendant 48 heures, l'équipe s'était relayée pour cuisiner sans relâche sœur Marie-Florence Daubrac. Ils n'avaient eu que les deux jours réglementaires pour obtenir des aveux ou tout du moins des éclaircissements sur la présence de ses empreintes palmaires sur une des caisses.

La nonne avait refusé un avocat.

C'était du pain bénit pour les flics, sauf que cette dernière était restée muette comme une carpe. Pas un son ne s'était s'échappé de sa bouche à part des prières qu'elle ne cessait de marmonner. Puis, la garde à vue était arrivée à terme.

Menaces, intimidations, scandale pour l'Église… tout y était passé mais rien ne l'avait fait flancher.

Même devant le juge d'instruction, elle était restée sans voix.

Rien à en tirer. Point mort.

— Vous remarquerez qu'on a été réactifs, hein ? annonce le scientifique, fier de sa rapidité.

Jourdain vient de décrocher. C'est le technicien du laboratoire. Le commandant passe en mode haut-parleurs pour que l'ensemble de l'équipe soit informé en même temps.

Noémie n'est pas là, toujours dans son bureau.

Le responsable de la scientifique a reçu le scellé il y a cinq jours et a promis à Jourdain un retour aujourd'hui. Idem pour la pièce de Scrabble retrouvée à l'ancienne adresse des Duval dans les Cévennes et qui pouvait révéler une empreinte.

À Lyon, ils travaillent sur la mèche de cheveux pour faire une comparaison avec l'ADN des derniers ossements.

L'analyse est compliquée, car sans bulbe, pas d'ADN.

Mais les flics misent sur une nouvelle technique. Les scientifiques bénéficient des dernières avancées. Les protéines capillaires. Le protocole consiste à chauffer les cheveux dans une solution détergente sans broyage du matériel.

Une extraction d'une sensibilité huit fois supérieure à celles des techniques utilisées habituellement.

Les flics sont confiants sur la qualité de leur échantillon. Entreposés à l'abri de l'humidité et de la lumière, les cheveux sont dans un parfait état de conservation. Ils espèrent que les techniciens scientifiques vont pouvoir isoler une quantité suffisante de peptides à variante génétique.

Des marqueurs uniques pour chaque personne, comme l'ADN ou les empreintes digitales. Un véritable bond dans l'élucidation des enquêtes policières.

Jourdain se crispe. La patience n'est pas son fort.

— Oui, oui, merci ! On vous écoute.

— Tout d'abord, désolé, mais pas d'empreinte sur la pièce de Scrabble. Ensuite, je ne sais pas si c'est une bonne ou une mauvaise nouvelle, mais les échantillons de cheveux que vous nous avez envoyés et l'ADN des os du cinquième squelette ont le même lien génétique. Un code parfait !

Jourdain, les traits tendus, le remercie et se tourne vers ses enquêteurs.

Dans chaque esprit, les derniers mots de Fréjean résonnent : « Vous comprenez mieux mon inquiétude, car si ces mèches correspondent à l'ADN d'un des squelettes, eh bien, je ne sais pas avec qui ma cliente se trouve. »

Noémie déboule comme une furie dans le bureau. Essoufflée, elle brandit un dossier et s'apprête à parler quand Jourdain la coupe :

— Bon, avant que tu parles, je t'informe que Jeanne Courtois est bien notre cinquième squelette enfouit six pieds sous terre. La mèche a matché.

— De toute façon, on avait une chance sur deux pour l'identité, arrive-t-elle à articuler dans un souffle.

— Mmmm. Bon alors, qu'est-ce qui se passe ? Respire ! Tu vas nous faire une crise cardiaque.

— J'ai eu Druet. Le rapport d'autopsie du légiste Kérastian.

Noémie se penche sur le bureau de Jourdain, les deux bras posés en extension. Baisse la tête, essaye de calmer son palpitant. Le reste de l'équipe n'a pas bougé un cil. Ils flairent une information importante.

— Appelle Olivia, s'il te plaît. C'est important, demande Noémie en apnée.

En attendant la psy, Jourdain compose le numéro de la Dijonnaise.

— Salut, Laurence, on te met sur haut-parleur. On a du nouveau.

Olivia débarque.

— Que se passe-t-il ? Avec vous, il n'y a aucun répit ! Je suis sur d'autres dossiers figurez-vous ! s'énerve-t-elle.

— La mèche a parlé. Courtois est bien le cinquième squelette, balance-t-il pour l'informer des derniers développements.

— Et ça, ce n'est rien à côté de ce que je vais vous dire ! Tu vas kiffer, Olivia, rétorque Noémie.

— Laurence, tu nous entends toujours ? intervient Jourdain.

— Oui, je suis tout ouïe.

— C'est bon là ? Alors, No, on t'écoute.

— La victime retrouvée à Gaujac ne fait pas partie de la bande de Saint-Ylie ! Ce n'est pas Lafond.

Anesthésie générale. Dans la même position d'alerte, tous sont sur les dents.

— Je déroule. Victime : Brigitte Delfroix. Née en 1960, soixante-deux ans. La victime est portée disparue depuis février 2022. Sa fille a fait un signalement à l'époque, mais les gendarmes, au moment de la découverte du corps, n'ont pas fait le rapprochement avec cette affaire qui date de plusieurs mois. Ben maintenant, c'est chose faite. À l'IML, sa fille a tout de suite reconnu le collier de sa mère.

— Des précisions sur la victime ? intervient Olivia qui s'impatiente.

— Attends d'entendre la suite. Un détail fait tilt par rapport à la pièce de jeu retrouvée. Sa fille a donné une précision. Brigitte Delfroix était inscrite à l'association de Scrabble de Gaujac.

Olivia s'exclame :

— Mais oui, pourquoi n'y a-t-on pas pensé avant ! Nos sept corps formaient le mot « GAGNANT ». Sept lettres, c'est un Scrabble ! Cette histoire est totalement hors normes.

— Qu'est-ce que tu essayes de nous dire, là ?

— Ce que je suis en train de vous dire, c'est que le meurtrier s'acharne sur d'autres victimes. Le tueur a fini sa partie avec les internées de Saint-Ylie. Cette pièce en trop, ce « E » formé par cette nouvelle victime, signifie que son terrain de divertissement, si j'ose dire, est beaucoup plus large que les internées de l'hôpital jurassien. A-t-il commencé une nouvelle partie, est-il en cours d'une autre ? Depuis le début, je vous dis qu'on a affaire à un psychopathe qui s'amuse.

— D'accord… soupire Jourdain en se frottant les tempes. La migraine monte.

— Donc, on n'en est pas…

— … à nos dernières victimes, complète Laurence toujours en ligne sur le 06 du commandant.

Dans le bureau de Jourdain, tous sont à cran.

Ces nouveaux rebondissements rebattent les cartes.

Il faut revoir la stratégie. Jourdain distribue les rôles.

— OK, Manu, vérifie le fichier des personnes disparues dans la région Paca. On va peut-être retomber sur d'autres victimes, d'autres lettres.

— Fred, tu cherches sur tout le territoire Françoise et Roger Duval. Le couple passe suspect n° 1.

— No et moi on va interroger de nouveau Salvac avec les mêmes singularités et voir si un autre cas émerge. Il n'est pas impossible que, sur le territoire, il y ait un cadavre non identifié qui répondrait au nom de Lafond.

Chacun repart dans son bureau. Ils ont tous du travail sur la planche.

Il est 16 heures quand Jourdain les rappelle pour débriefer sur leurs recherches.

Mais chaque membre de l'équipe revient bredouille.

Épuisés et à bout de nerfs, tous sont affamés et, d'un commun accord, valident une livraison de pizzas.

La fin de journée risque d'être longue. Ils doivent reprendre des forces et des neurones pour poursuivre leurs recherches et, c'est sûr, élargir le spectre des investigations.

Noémie croque dans sa *Regina* quand son portable bipe.

Un numéro s'affiche, c'est le détective privé. Le capitaine lève l'index, mâche et déglutit en vitesse. Elle active le haut-parleur. Silence demandé.

— Oui, Thierry Fréjean ? Bonjour. Alors, quoi de neuf ?

À l'autre bout du fil, un murmure incompréhensible. L'homme débite des phrases hachées entrecoupées d'une toux grasse.

— Tout va bien ? On ne comprend rien à ce que vous dites. Respirez !

Un silence s'abat dans la pièce.

Enfin, une voix dans un souffle court parvient à articuler.

— Il y a un bébé ! Élise Courtois vient de m'appeler de son portable. Elle hurlait. Elle et son enfant sont séquestrés. Il faut faire vite, ils sont en danger !

49

Se battre
19 octobre 2022
17 heures – 18 h 30

« Warning » – The Notorious B.I.G.

Trouver un truc long et rigide, n'importe quoi !

Elle tourne sur elle-même et reprend son inspection du sous-sol en 360°.

Ses yeux sont attirés par une étagère. Quelque chose luit d'un éclat terne.

Elle dégage les bricoles et se saisit de l'objet.

Un cintre en métal.

Elle se jette dessus et dévisse la tête. Accroupie, dans un mouvement ferme et décidé, elle gifle le portable qui fuse et s'extrait de sa cachette.

Elle le brandit à deux mains comme un trophée, mais son enthousiasme retombe bien vite. L'appareil est humide.

Ça va être compliqué.

Élise, en sueur, remonte à l'étage. Dans la salle de bains, elle enjambe les paquets de cotons, les gels douche éclatés sur le carrelage. Elle sort la carte SIM et actionne le sèche-cheveux, souffle froid, branche le cordon d'alimentation de son portable.

Elle vérifie l'heure. Déjà 17 heures. L'horreur ! *Grouille !*

Tic, tac, les minutent s'allongent.

Son cœur pulse. 120 battements par minute.

Allume-toi ! S'il te plaît, allume-toi !

Tic, tac, le temps passe et l'écran est toujours noir.

C'est mort. Elle s'écroule sur le carrelage glacé. C'est mort. La maison est à sac, du sous-sol au premier étage. Une scène de cambriolage.

Avachie dans la salle de bains, elle pleure de rage et de désespoir. Épuisée.

Soudain, un bip retentit.

Élise se redresse comme un ressort. La batterie est rouge, mais le picto indique que ça charge.

Oui ! Vas-y, vas-y ! Elle joint les paumes de mains en signe de prière. Elle tourne en rond, multiplie les allers et retours, se mord le poing. Salle de bains, couloir, chambre. Chambre, couloir, salle de bains.

Les minutes défilent.

La batterie vient de passer au vert : 5 %.

Elle se rue sur l'appareil. De multiples messages et appels s'affichent.

Dont un 06, numéro inconnu. Un contact particulier attire son attention : Fréjean.

Elle actionne. Ça sonne. Le détective décroche à la première sonnerie.

Ça grésille, la communication est mauvaise.

Elle hurle dans le vide un : « Au secours ! Mon bébé ! » dans un bruit de friture, au moment où l'appareil se coupe.

Dehors, un bruit l'alerte.

Au loin, elle entend une voiture sur la route. Ce sont eux.
Attention aux représailles.
C'est l'instant où il faut décider.
Subir ou se battre.

50

À fond la caisse

19 octobre 2022

18 h 30

Opus 25 n° 2 en fa mineur – Interprète Louis Lortie, Frédéric Chopin

— Comment ça, demain ? Vous êtes tarés ou quoi ? On a besoin du bornage du 06 qu'on vous a donné tout à l'heure. C'est une question d'heures. Deux vies sont en danger. Celles d'une jeune femme et de son bébé ! ALORS BOUGEZ-VOUS LE CUL !

À l'autre bout du fil, l'interlocuteur bafouille. Il hésite à appeler son supérieur.

L'équipe est au complet. Fred, pour qui le stress creuse l'estomac, est en train d'enfourner le reste des morceaux de pizzas froides de tout à l'heure.

— Alors, ça monte au cerveau, là ? Je vous signale que j'ai le juge qui patiente sur une autre ligne, ment-il. Et je vous préviens, il n'est pas d'humeur. Il attend une réponse immédiate !

Au bout du fil, le type transpire. Il le met en attente. Il a des traites, un emprunt immobilier, alors il n'a pas envie de perdre son job.

Ses doigts bougent sur son clavier aussi rapidement que l'Opus 25 n° 2 en fa mineur de Chopin.

Jourdain s'excite. Au fait, où est son clou ? Encore oublié et ça arrive de plus en plus souvent. Le stress monte. En a-t-il encore besoin, au fond ? Toute cette adrénaline le bastonne bien assez. Le commandant est à vif. C'est curieux, mais à cet instant, il ne s'est jamais senti aussi vivant. Il doit sauver cette jeune femme et son bébé.

Impératif.

C'est autant une question de survie pour lui que pour ces deux victimes. Ses pensées s'évadent. Il pense à sa petite Clarisse, celle qu'il n'a pas réussi à sauver. Tout avait basculé à cause de ces quelques minutes de trop. L'émotion pointe.

Clarisse, oh mon Dieu, s'il te plaît, ne surgit pas maintenant ! J'ai besoin de tous mes esprits, ma chérie. Aide-moi, par pitié.

Noémie s'est penchée sur lui et l'enlace. Elle s'inquiète. Le visage de Stéphane s'est crispé dans une grimace de douleur.

— Ça va ?

Le commandant se reprend. Il éjecte une larme d'un mouvement brusque de l'index.

— T'inquiète. Ça va aller. Je veux juste qu'on sauve cette fille et son gamin.

Noémie sait. Oui, elle sait que cette affaire est en train de vriller dans l'urgence. L'urgence d'intervenir pour ne pas avoir deux morts supplémentaires. Une situation qui renvoie Jourdain à son drame personnel.

Chaque minute compte.

Elle le serre fort, l'embrasse sur la joue et lui murmure pour le rassurer :

— Stéphane, on est tous dessus. On va les tirer de là. On ne lâchera rien.

Une intimité douloureuse, bousculée par l'arrivée de Manu.

— Bon, j'ai du nouveau. Fréjean a parlé d'un bébé.

— Oui !

Manu enchaîne :

— J'ai pris l'initiative d'interroger le logiciel des alertes du service de protection à l'enfance sur l'ensemble du territoire.

— Bien vu. Tu as levé un lièvre ?

— Oui. Je suis tombé sur un signalement. C'était il y a quelques heures. Hôpital de Saint-Étienne. Un bébé de cinq jours, enregistré aux urgences pédiatriques à 13 h 30. J'ai eu en ligne l'interne qui a ausculté le nourrisson. L'enfant avait une fièvre importante, plus de 39°C. Les accompagnants étaient des personnes âgées. Ils ont déclaré être les grands-parents. Leur petite-fille n'était, selon eux, pas en état de se déplacer. Au cours du rendez-vous, il a remarqué de nombreux et importants hématomes sur les bras du nourrisson. Il a précisé : sur « les points de prise ». Un signe manifeste de maltraitance. Il n'a pas relevé devant eux. Même si les radios et le bilan sanguin n'ont pas apporté plus d'explication, l'attitude du couple lui a semblé étrange. Pour lui, un truc clochait. Dès leur départ, il a de suite fait le signalement.

— On a un nom ? Une adresse ?

— Attendez d'avoir la suite. D'après l'interne, le couple a déclaré qu'ils étaient partis en urgence en oubliant la carte de sécu de leur petite-fille. Mais ils ont présenté une carte vitale.

Manu, devenu silencieux, laisse planer le suspense.

— Bon, t'accouches ou quoi ? Quel nom ? Jourdain reprend son caractère d'ours mal léché.

Manu a l'habitude des énervements de son chef. Loin d'être déstabilisé, il enchaîne :

— Attention ! Vous êtes prêts, parce que ça va secouer ! Vous ne devinerez jamais.

Jourdain grogne et Noémie aboie.

— Aloooors ?

— Françoise Duval.

— Putain, c'est pas vrai ! répondent en chœur les deux flics.

— Oui. On tient nos tueurs. Le cadavre de Brigitte Delfroix retrouvé enterré dans leur jardin avec les mêmes particularités que les autres. C'est leur signature.

— Élise Courtois est aux mains de dangereux psychopathes et ils vont lui faire la peau, s'angoisse Jourdain. T'as une adresse ?

— Oui, mais le changement de domicile n'a pas été effectué. On retombe sur 3, route du col des Mourèzes, Gaujac.

— Merde ! Autant dire une impasse, conclut Noémie.

Jourdain, en tension ultime, se force à rester calme. Il doit prendre les bonnes décisions

— OK. On sait d'après l'agriculteur que le couple Duval s'est volatilisé en février de cette année. Là, on retrouve leur trace à Saint-Étienne dans la Loire. Alors, bon sang, il doit bien y avoir une trace d'eux quelque part ? Un bail ou un acte de vente ? Fait chier ! crie-t-il d'un coup de pied dans sa poubelle, son bouc émissaire préféré.

Il s'apprête à poursuivre lorsque son interlocuteur de la téléphonie mobile le reprend.

— Commandant Jourdain ? Je viens d'avoir un résultat. Le portable a borné dix secondes sur un relais situé à quelques kilomètres de Monistrol-sur-Loire, dans le 43. L'antenne relais est située sur la D47. Le relais distribue un lieu-dit appelé « Verne ».

— On peut avoir une localisation plus précise ?

— Malheureusement non, désolé. C'est une zone où le réseau est assez faible.

— OK, merci pour votre réactivité, se contraint à répondre Jourdain pourtant terriblement frustré.

Grave, il se tourne vers son groupe.

— Bon, j'appelle Fayard. Faut bouger, là. Manu, recontacte l'interne. Je veux qu'il nous donne des précisions sur le couple qui accompagnait le bébé. Toute information, même anodine peut être importante. Fred, toi, tu te mets sur les agences immobilières entre Monistrol-sur-Loire et Verne. Bon sang, il ne doit pas y avoir dix mille agences immobilières ni dix mille personnes âgées qui ont emménagé sur les huit derniers mois. Laisse de côté tous les autres.

— Ça marche, chef.

— Je veux tout le monde sur le pont ! Vous m'entendez ! Pas question de laisser cette femme et son nourrisson à la merci de ces tarés. Pour rappel, on a huit victimes connues, sans compter Irène Lafond en sursis ou que l'on va retrouver six pieds sous terre. No et Olivia, je vous laisse trente minutes pour vous organiser. Ensuite, on décolle, gyrophares à fond la caisse.

51

Sauver sa peau
19 octobre 2022
Au même moment

« Atalanta : Care Selve » – Beniamino Gigli & Rinaldo Zamboni

Au loin, une voiture sur la route cabossée.

Ce sont eux, c'est certain.

Ils approchent. Dans quelques minutes, ils passeront le portail.

Elle va devoir jouer serré et établir sur le fil un plan de bataille.

Objectif n° 1 : récupérer son fils Louis. Comment va-t-elle procéder ? Elle n'a qu'un pauvre bâton et une petite hache au manche court. Même en allongeant le bras, il faudra un corps à corps rapproché avec son adversaire.

Une idée surgit.

Une carte joker.

Les prendre à revers, à l'image de leur mécanisme malsain. Un cambriolage, voilà.

Vu le bazar qui règne du sous-sol à l'étage, pas si con.

Leur donner à regarder ce qu'ils veulent bien voir.

Elle redescend aussi vite que ses jambes le lui permettent et dézingue l'entrée avec sa hache. Miracle, la serrure vient d'éclater. Elle ouvre en grand la porte et donne un dernier coup de l'extérieur. Dans son champ de vision l'extrémité d'un phare est déjà à l'angle du portail.

La mise en scène est bancale, mais vont-ils vraiment vérifier l'orientation des coups ? Elle espère que son stratagème va fonctionner. À l'étage, elle se saisit de son portable. Il a continué à charger : 15 %. Cela devrait suffire. Elle dissimule l'appareil à l'arrière de son jean. Ni vu ni connu sous son large sweat-shirt.

« *Heavy Lies The Ground* » – *After The Burial*

Reste à peaufiner le scénario. Il leur en faudra plus. Des évidences.

Elle sait ce qu'elle doit faire. Ce sera douloureux mais plus crédible.

Prends ton courage à deux mains, petite conne.

Les roues s'avancent déjà sur les graviers. La voiture s'arrête.

Il faut faire vite. Pas le temps de tergiverser.

Elle se campe devant le cadre de sa porte et avec violence, se frappe le front contre l'angle. Son arcade sourcilière éclate. Pas grave, ce qu'elle vit au quotidien est plus douloureux. Moins acide peut-être. Quoique.

Un filet de sang dégouline dans son œil droit. Elle continue à se mettre des coups. Il lui faut des hématomes. Vite !

Les portières s'ouvrent et claquent. Élise entend son bébé hurler à pleins poumons.

Elle propulse une dernière fois son buste sur l'arrête déjà sanguinolente. La pommette droite vient de s'ouvrir.

Elle titube, sonnée. Elle s'ébroue. Ses yeux ne sont que fentes. Le sang coule à flots. Sa joue enfle déjà.

Elle peaufine sa mise en scène et dissimule sa hache sous l'oreiller.

Ça y est. Ils viennent d'entrer dans le séjour. Leurs rugissements résonnent dans la maison. Ils hurlent son prénom. Leur colère explose.

Leurs pieds bousculent du verre brisé et glissent dans un bruit de bouillie. Oups, sûrement une ratatouille maison.

Elle s'allonge sur le lit, prête à jouer sans doute son dernier rôle. Celui qui pourrait bien ne pas convaincre. Elle exploite les mêmes subterfuges qu'ils ont utilisés contre elle pour la mettre en confiance, avant de lever le voile sur leur véritable personnalité et la séquestrer. Ils ne la connaissent pas.

Vous allez apprendre, espèces d'enfoirés.

Elle aussi sait jouer la comédie.

Merde, erreur fatale ! La clé !

Question de secondes.

Leurs pas lourds galopent déjà sur les premières marches de l'escalier.

Elle se jette sur la clé et l'insère dans la serrure côté couloir avant de sauter dans son lit. Elle simule des pleurs. Cela sera-t-il plausible ?

Roger et Jeanne débarquent dans sa chambre en furie et de toute leur hauteur la dominent. Un instant de stupeur les fige lorsqu'ils visent le visage tuméfié d'Élise.

C'est Jeanne qui tient l'enfant. Elle a une chance.

— Des cambrioleurs ! joue-t-elle entre deux sanglots.

Un silence. Des hésitations. Le couple semble douter. Le pouls d'Élise s'accélère.

Ils se regardent, tentent d'évaluer la situation.

— Qu'est-ce que tu nous racontes là ?

Invente un truc, donne des détails.

— ÉCOUTEZ-MOI, MERDE ! Je vous dis qu'ils étaient trois. Ils voulaient savoir où se trouvait le fric. Je leur ai dit que je ne savais pas, alors ils m'ont cognée tour à tour. Ils sont descendus. J'ai entendu du verre brisé. Ils juraient. Ça faisait un boucan du diable ! Ensuite je n'ai plus rien entendu. Je n'ai pas osé bouger de ma chambre de crainte qu'ils reviennent. Mon Dieu, j'ai eu tellement peur sanglote-t-elle, la tête enfouie dans les mains. Vite ! Appelez les gendarmes !

— T'occupe pas de ça, grogne Jeanne. Roger, va voir au sous-sol s'il reste quelque chose. Tu sais où regarder, lui lance-t-elle de connivence.

Putain, à tous les coups, elle doute et lui demande de vérifier que le portable est toujours sous le congélateur. Si elle n'agit pas dans la foulée, Roger, à la cave va tout de suite comprendre qu'ils ont été bernés.

Active-toi et vite !

Roger s'exécute. Seule, face à Jeanne, Élise se replie sur elle-même, reprend ses faux pleurs.

— Donne-moi Louis, s'il te plaît. Dis-moi qu'il va bien !

— Il est sous antibiotiques. Tiens prends-le, mais attention, bouge pas d'un cil, menace-t-elle. Je vais regarder les dégâts dans ma chambre.

À peine a-t-elle passé la porte, que la tempête résonne sur fond de cris et de verres écrasés. Élise s'active. Cent à l'heure. Ça pulse. L'enfant encore fiévreux est en bandoulière dans un sweat qu'elle noue derrière son cou. Le nœud vient juste d'être serré que Jeanne apparaît déjà devant la porte, dans une attitude agressive qui n'augure rien de bon.

Un poing droit fonce. Direction pommette. Plus rapide que l'éclair, Élise esquive de justesse. Dans un même mouvement, elle saisit sa hache et se jette sur elle comme une furie. La lame touche la cuisse de la femme mais, au dernier moment, l'outil se met à l'oblique et ne laisse qu'une simple coupure. La vieille jette un œil sur les dégâts superficiels. Elle se redresse d'un bloc et tente d'agripper les cheveux de son adversaire. Élise est plus rapide. Elle dégage ce bras d'une action circulaire et la chope à la gorge. Entre son pouce et son index, une serre d'aigle. La trachée se rétrécit. Incapable de respirer et d'émettre le moindre son, Jeanne subit la trajectoire d'Élise qui la dirige vers les escaliers.

En haut des marches, d'un mouvement brusque, la jeune mère la pousse dans le vide. Le corps bascule et dégringole. Élise se précipite et atteint le séjour. Roger, encore au sous-sol est alerté par le bruit de la chute. Ses pas massifs remontent l'escalier quatre à quatre. Élise voit son visage. Il est déjà sur les dernières marches au moment même où elle se jette sur la porte de la cave et la ferme à double tour.

Elle se saisit de la clé. Derrière elle, Jeanne s'est déjà relevée et déploie toutes ses forces pour l'étrangler.

Élise se laisse tomber en arrière sur elle, comme sur un matelas. *Prends ça, salope !*

À cet instant, Élise est hors de son corps. Un regain d'énergie décuplée l'électrise dans cette urgence de vie ou de mort.

La femme étouffe un cri. Dans sa chute, un morceau de verre issu d'un pot de confiture de cerise s'est logé dans son biceps.

Élise est déjà dehors.

Elle fonce sur la voiture.

Merde, pas de clé de contact.

Dans le salon, Jeanne gémit, toujours au sol. Élise la fouille. Rien, ni dans ses poches ni dans la cuisine. C'est Roger qui l'a. Cette clé manquante va lui compliquer les choses.

Elle va devoir partir à pied.

Élise s'éloigne. Des coups violents retentissent derrière elle. L'homme tente de défoncer la porte de la cave à coups d'épaule. Vu sa stature, il en est capable. Il faut qu'elle s'arrache d'ici. Gagner du temps sur eux.

Elle est sur la route. Le ciel est déjà sombre. Elle jette la clé du sous-sol. L'objet métallique fait un salto, s'envole dans les airs et atterrit loin dans les herbes hautes du pré d'en face. Une précaution supplémentaire au cas où Roger échouerait à dégommer la porte.

Louis, lové sur son ventre, comme s'il avait compris l'horreur de la situation, la regarde avec ses grands yeux bleus, en silence. Elle réalise que depuis le début de sa lutte, ce petit être n'a à aucun instant manifesté sa présence. Pas un bruit, pas un mouvement. Elle l'embrasse et le serre fort. Un ultime moment de douceur avant la violence qui se profile.

Les minutes, les heures qui vont suivre seront décisives.

Pas de réverbères sur cette route de campagne. La nuit est tombée.

Elle allonge ses pas malgré la souffrance. Pas de voiture. Forcément, ici ils sont dans un endroit perdu, au bout du monde.

La pluie, le vent, le froid.

Elle fuit dans la nuit. Le brouillard est dense. L'horizon est flou. À perte de vue, la plaine déjà ouatée s'étend.

Son arcade sourcilière saigne encore et macule son sweat-shirt.

Devant ce champ, loin de la maison, les yeux hagards, elle avance et hurle en tournant sur elle-même.

« À L'AIDE ! »

Dans cette campagne vide, seuls lui répondent les croassements des corbeaux qui s'envolent à tir d'ailes.

Ses jambes ne la portent presque plus.

Malgré le supplice, elle boite à petits pas serrés aussi vite que possible. Elle ne pense qu'à une chose : protéger le paquet serré dans son pull qui pend sur son flanc.

C'est l'heure de sauver sa peau.

52

On tient nos tueurs

19 octobre 2022

19 heures

Sous une pluie battante, le SUV des flics parisiens démarre en trombe au 101, rue des Trois-Fontanot, 92000 Nanterre. Ils ont laissé de la gomme sur le bitume. Gyrophares tonitruants, Jourdain fonce sur le périphérique. Il frôle et slalome entre les voitures qui se dégagent pour leur laisser la voie libre de part et d'autre de la route.

Destination Issy-les-Moulineaux. Héliport. L'Écureuil AS350 B, marqué « Police nationale », les attend. Ils vont rejoindre la Haute-Loire du côté de Monistrol-sur-Loire.

Cinquante-huit minutes de vol. Cinquante-huit minutes de trop qui peuvent se révéler fatidiques.

À leur arrivée, les pales sont déjà en action. Pilote casqué aux commandes.

Dans un bruit infernal, Jourdain, courbé, court sous le vent et les éléments déchaînés et se réfugie dans l'habitacle. Derrière lui, Noémie et Olivia l'imitent.

L'appareil s'est déjà dégagé du sol lorsque le capitaine fait glisser la porte arrière.

L'hélicoptère quasi à la verticale rejoint le ciel en tempête. Les trois flics sont scotchés à leurs sièges. Olivia a pris une teinte entre le blanc et le vert.

Jourdain, à l'avant, casque-micro rivé sur le crâne, se retourne.

— Tout va bien derrière ?

La psy se contente de lui faire un pouce levé sans grande conviction. Ce que personne ne sait, c'est que la psychologue rompue à calmer et à soigner les angoisses de ses patients n'a jamais réussi à éradiquer les siennes sur les transports aériens. Ce voyage est une torture.

Noémie a vu sa détresse et lui a tendu la main. Broyée.

Jourdain, à côté du pilote, est crispé. Hélicoptère, minutes, Clarisse. Tout se bouscule dans sa tête. Comme s'il rejouait la scène tragique d'il y a un an.

Sous sa boîte crânienne, ça tempête aussi violemment qu'à l'extérieur.

Il compte les minutes, yeux rivés sur sa montre. Ces secondes de trop pour Clarisse. Il transpire de trouille.

— On survole quelle ville là ? On est loin ?

— On sera sur zone dans environ vingt minutes.

Jourdain respire un temps sur deux. Son portable sonne.

— Parle plus fort, Fred, je n'entends rien !

— Je raccroche à l'instant avec GTI, une agence immobilière de Monistrol-sur-Loire. J'ai une adresse. Achat d'une maison le 25 février de cette année aux noms de Françoise et Roger Duval. On tient nos tueurs.

53

Se pardonner

19 octobre 2022

20 heures

— Vite l'adresse, Fred ! On est sur le point de survoler Saint-Étienne.

— Commune de Verne, route de Verne. Un chemin de terre sur la droite à l'opposé du village. La maison est perdue au milieu de nulle part. Pour vous poser, ça va être chaud ! Il y a que des forêts de sapins. Votre seule possibilité : trouver un champ. Autre info. J'ai l'immat de leur voiture. Je te l'envoie par SMS. La gendarmerie de Monistrol-sur-Loire est sur les dents. Ils sont en route.

— OK ! Trouve-moi les coordonnées GPS de la baraque. Sinon, autant chercher une aiguille dans une botte de foin !

— Attends. Laisse-moi une minute.

Noémie et Olivia, penchées vers l'avant, viennent aux nouvelles.

— Alors ?

— Fred a une adresse, totalement paumée.

Il se tourne vers le pilote.

— Jacques, il va falloir que tu improvises un atterrissage non conventionnel. Au mieux un champ, au pire, une clairière dans un bois. Tu valides ?

— Ça va être sport avec ce temps pourri et ce vent, mais je vais gérer. Faut juste que tu me donnes fissa les coordonnées pour que j'ajuste ma trajectoire.

— Stéphane ?

Sur haut-parleur, Jourdain répond.

— Oui, Fred, on t'écoute.

— Note ! 45° 15' 40.50″ N et 4° 10' 14.82″ E.

— OK. On sera sur site dans… (Jourdain interroge du regard le pilote) dix minutes.

Le projecteur puissant révèle une large zone boisée. Des sapins en rangs serrés. Au niveau des coordonnées GPS, le pilote interpelle Jourdain et lui montre une maison de l'index.

— On va se poser en face, dans ce champ à droite.

— OK.

L'hélicoptère, dans un large virage, opère sa descente à vif et atterrit sur une terre en jachère.

Sitôt posés, Jourdain et Noémie, armes braquées, se dirigent vers l'habitation, suivis par Olivia.

Les gendarmes nombreux ont déjà investi les lieux. Les équipes se saluent, vite fait. L'heure n'est pas aux formules de politesse. Le capitaine de gendarmerie leur fait un bref rapport. Maison vide, à sac. Des traces de sang à l'étage. Il précise :

— Pour info, on a bien reçu l'immat et on a mis des barrages sur l'ensemble du réseau routier ; un périmètre de 100 kilomètres. Ils n'iront pas bien loin.

— Merci, capitaine. Nous, on reprend l'hélico pour un repérage des alentours. Suivez-nous. On aura sans doute besoin de renforts terrestres.

La machine redécolle et survole la forêt, ballotté de droite et de gauche par un vent violent. Les patins frôlent la cime des arbres.

— LÀ ! hurle Olivia en pointant le doigt.

— OÙ ? crie le pilote.

— 13 heures.

L'appareil fait un virage à 180°. En statique, ils surplombent un chemin de terre.

Une voiture. Noémie se saisit des jumelles.

— La voiture est vide, mais c'est l'immat ! Ils se sont garés en bordure de ce bois. Faut descendre là !

— Je vais survoler en basse altitude pour vous faire gagner du temps. Sauf si vous voulez cavaler dans les broussailles sous ce déluge. OK ?

Jourdain se contente de lever le pouce. Depuis qu'ils ont redécollé, il est rivé sur sa montre. Les minutes défilent et l'angoisse monte, dans un tempo macabre.

À l'arrière, Olivia est passée du vert au gris.

Dans un angle brutal, l'appareil bifurque, quasi à l'horizontale. La configuration des lieux est dangereuse. Une forêt compacte qui rend difficile un repérage au sol, surtout de nuit. En contrebas, une gorge profonde et un torrent violent.

L'insecte volant se rapproche au plus près de l'eau et pique. Le pilote multiplie les mouvements de droite et de gauche pour ralentir sa vitesse et laisser le temps à l'équipe de scruter.

Noémie reprend ses jumelles, opère un scan à 360°.

Soudain, elle crie dans le micro :

— LÀ ! Un corps dans l'eau !

— QUOI ?

— C'est juste là, en dessous de nous. Pose-nous là, maintenant ! exige-t-elle.

— Je peux pas ici ! Trop dangereux. On risque de crasher.

— Là-bas !

Jourdain pointe une zone très peu boisée en amont, une minuscule clairière.

— Bon sang ! Je ne sais pas si les pales passent. Accrochez-vous. Je tente !

Olivia transpire. La peur enserre l'intégralité de ses tripes. Elle réprime un haut-le-cœur. La main de Noémie n'est plus qu'un chiffon essoré.

L'engin oscille et descend mètre après mètre. Évaluer le meilleur angle pour éviter les arbres. Distance peu recommandable. Les hélices cinglent les branches. Les passagers sont encore bien trop hauts pour sauter comme James Bond et se récupérer sur les pieds. Jacques, trente ans de vol à son actif dans la police, sue à grosses gouttes, concentré sur le manche de direction.

Ça va se jouer à quelques centimètres. Il manœuvre ça comme un joystick de jeu vidéo.

L'appareil tangue et amorce sa descente au ralenti. Les patins finissent enfin par coller au sol. Jourdain s'est déjà expulsé de l'habitacle. Dans sa course, il joint Druet pour lui communiquer leur position avant de conclure, essoufflé :

— Une unité médicale, maintenant !

Sans attendre sa coéquipière, il trace le long du torrent, lampe torche allumée droit devant. Il trébuche, se rattrape *in extremis*.

Noémie court à perdre haleine, tente de réduire la distance.

Lascia ch'io pianga, Haendel
Interprétation Lesley Garett

— Stéphane, arrête ! ATTENDS !

Mais le commandant trace comme un possédé. Il longe la rivière en furie.

Gagner des minutes, des secondes. Celles toujours de trop. Celles qui le hantent depuis un an.

Sans crier gare, Noémie le voit soudain plonger à l'horizontale dans l'eau bouillonnante.

— STÉPHANE !

Son corps vient d'être absorbé par l'eau en tempête.

Noir et glacé, le torrent l'avale. Comme une bouche affamée.

Devant lui, la jeune femme, engloutie par les flots, est à quelques mètres. Elle lutte, se débat, un bras serré contre elle pour protéger son bébé.

Jourdain plonge, force le courant. Son cerveau est resté sur la berge. À cet instant, ses réflexes de survie sont imperméables au danger.

La fureur le guide.

La visibilité est faible. Son genou tape violemment des pierres et une douleur acide s'infiltre dans son ménisque.

Il s'éjecte avec le pied et remonte à la surface pour reprendre de l'air. Le torrent n'est pas profond, mais les creux sont imposants et les rapides agressifs.

Dans les flots, une main. Il la verrouille fermement. Vient un buste. Deux visages aux yeux fermés, deux corps inertes.

Les secondes de trop ?

Il englobe cette masse humaine de ses bras, de ses jambes, et emporte avec lui son paquet. Leurs corps emmêlés ne font plus qu'un, happés dans cette danse macabre qu'il ne maîtrise pas.

Une branche, un tronc apparaissent sur sa droite. Ça va vite, trop vite. Dans un ultime mouvement aussi vif que désespéré, il réussit à s'accrocher.

Dans la brutalité des eaux, les corps sont à toute vitesse emportés par le courant.

Jourdain tient bon. L'épaule étirée au-delà de ses forces, il résiste. Centimètre par centimètre, il progresse. Entre deux vagues, il aspire l'air comme un poisson en détresse. Les articulations écartelées, il se hisse sur le tronc, glisse, s'écorche à la surface accidentée du bois avant de rouler enfin sur la rive.

Le paquet de corps s'écroule alors sur la grève.

Sonné, dans le flou, il perçoit des bruits assourdis autour de lui. Des sirènes, des gyrophares tournoient, des bouches crispées, en panique, s'interpellent, des jambes courent.

Une dernière vision opaque avant de perdre connaissance.

Jourdain ouvre un œil. Il est sur un brancard. Comme électrisé par une ligne de haute tension, il se redresse et bouscule les soignants qui s'occupent de lui. Il évite de justesse une main qui tente de l'agripper par le bras pour le ramener à la raison. Ça hurle :

— ARRÊTEZ ! VOUS AVEZ BESOIN DE SOINS !

Plus loin, au bord de la berge, Noémie et Olivia. Les pompiers s'affairent.

Il avance en titubant. Un des pompiers à ses trousses réussit à le chopper par épaule. Jourdain l'éjecte au sol, poing levé, prêt à frapper. Il est comme fou. La pluie en douche sur son visage le ramène à lui. Il s'ébroue, lâche son adversaire et poursuit sa course. Une trajectoire aléatoire. Bancale.

Noémie, en alerte, s'est redressée et fait barrage avec son corps.

Le visage en sang et dans une élocution mal ajustée, il bafouille :

— Ils sont vivants ?

Sous la pluie drue, le visage de Noémie dégouline.

Le regard débordant, elle lui saisit les bras et le force à s'accroupir.

L'homme hébété tombe à genoux sur la terre grasse.

Hagard, les yeux perdus dans le vide, il tente d'analyser la scène qui se déroule autour de lui. Lumières aveuglantes, cris, pas effrénés, ordres sous tension, civières, matériel médical… Il a tout juste le temps de sentir les gouttes gelées s'écraser sur son visage, que ses yeux vrillent à l'envers.

Black-out.

Ses paupières se décollent avec difficulté. Il est encore allongé dans la boue et l'humidité. Au-dessus de lui, à travers ses yeux en fente, Noémie. Les cheveux dégoulinants et le teint blanc comme un linge.

Le visage du policier se crispe. Il serre son bras, tente de se relever sur un coude.

— Dis-moi ! implore-t-il.

Noémie lui caresse les joues comme le ferait une sœur ou une mère. L'eau ruisselle sur son visage. Larmes ou pluie ?

— La fille et son bébé sont sauvés, Stéphane. Grâce à toi. Ils viennent de s'envoler pour le CHU de Saint-Étienne. OUI, ILS VONT VIVRE.

L'homme, sonné, redresse le buste, puis se relève. Dans une démarche désarticulée, il ressemble à un robot bricolé. Il tourne le dos et s'éloigne de toute cette effervescence.

Une bête blessée, touchée au flanc.

Devant lui, un grand sapin dressé. Dans les aiguilles de pin mouillées, il tombe à genoux, hoquette. Mains sur les yeux. Tout son corps se met alors à trembler.

Sa gorge libère un cri d'animal qui percute chaque recoin de ce gouffre. Arrivent des sanglots timides, puis les larmes deviennent flots, torrent, cascade.

Une douleur profonde, refoulée depuis si longtemps, explose à la surface.

Un chagrin incontrôlable. Celui d'un petit garçon.

Enfin…

Ces bois, liés à tous ces malheurs. Ces derniers mois à faire semblant, à se tenir droit, à être fort. À être un autre.

Il sent sa présence.

Clarisse est là, à ses côtés.

Papa, je vais bien. Il est temps pour toi de te pardonner. Laisse-moi partir, s'il te plaît. Je t'aime.

Les pleurs de l'homme redoublent. Sa pauvre petite fille qu'il n'a pas réussi à sauver. Ces quelques minutes fatales réparées à cet instant.

Deux êtres qu'il ne connaît pas, mais qui vont vivre.

S'abîmer, se fuir.

Et enfin, se pardonner.

54

Françoise Duval
19 octobre 2022
22 heures

— Jeanne Courtois est six pieds sous terre depuis quarante-sept ans. Vous avez usurpé son identité pendant tout ce temps, madame Duval. Il est temps de nous dévoiler votre véritable nom.

Le couple s'est fait coincer sur la N88. Barrage de la gendarmerie. Ils fuyaient en direction de Saint-Étienne. Au moment de leur arrestation, ils n'ont opposé aucune résistance.

Sous les gyrophares qui tournent et les sirènes qui beuglent, les flics parisiens ont découvert le visage de la tueuse.

Françoise Duval. La douceur des traits. Un ange incarné.

À soixante-cinq ans, elle n'a rien à envier aux plus jeunes qu'elle. Silhouette élancée, ses longs cheveux teints en blond vénitien encadrent un regard vif, bleuté. Sans l'exprimer, les policiers partagent la même intuition. Plus jeune, cette femme avait dû faire tourner plus d'une tête.

Pinces aux poignets, la femme s'exprime de manière sporadique. Elle se contente de répondre laconiquement aux questions. Elle semble peu concernée par les crimes qui lui sont reprochés. Peu d'empathie. Une totale absence de conscience émane d'elle.

Jourdain joue et se penche vers elle. Il sollicite son aide. Il a besoin d'elle. Obtenir des informations. Elle seule peut l'aider.

Flattée d'être au centre de l'intérêt d'un commandant, elle minaude et questionne.

— Vous cherchez toujours la huitième victime ? Irène Lafond ? N'est-ce pas, cher commandant ? La dernière de la bande de Saint-Ylie ?

— Oui, en effet. Vous étiez d'ailleurs internée au même moment ?

— C'est possible, oui.

— Bon, écoutez. Ça suffit ! Jourdain explose. Arrêtez de vous moquer de nous. Irène fait-elle partie de vos victimes ? Où se trouve son corps ?

La sexagénaire se penche en arrière et lâche un rire massif, proche d'un cri lugubre.

Dos renversé sur le dossier de sa chaise, son fou rire se prolonge.

Les flics se captent du regard. Ils sont devant un cas de folie manifeste. Une folie pure.

Subitement, elle se redresse. Son visage s'est figé dans une grimace.

Revenue à elle, elle fixe Jourdain droit dans les yeux, sans ciller. D'un mouvement brusque, son buste s'approche du policier. Comme si elle voulait rester discrète, sans avoir conscience du nombre d'OPJ présents autour d'elle. Menottée, elle murmure, tout en se tordant les doigts :

— Élise s'en est-elle sortie ? Et Louis ?

— Oui. Si cela peut vous rassurer, la mère et l'enfant sont sortis d'affaire. Je suis un peu surpris que cela vous importe. Selon la déposition que nous avons recueillie de la jeune maman, ces dernières semaines ont été épouvantables pour elle. Elle vous accuse vous et votre mari de l'avoir séquestrée, maltraitée, et je ne parle pas de ces traces de violences sur le nourrisson…

— Élise est une jeune fille charmante, je l'ai aimée dès sa première visite. Je voulais juste mon bébé, assène-t-elle. Ses yeux s'évadent vers le plafond.

Jourdain s'effrite. Il capte le regard d'Olivia présente au fond de la salle. Elle ne cesse de prendre des notes sur son carnet. Comment doit-il mener cet interrogatoire face à cette personnalité hors normes ? La psy, d'un geste, l'invite à poursuivre, à se faire confiance.

Le commandant enchaîne :

— Il s'agit de son bébé, madame. Louis Courtois est le fils d'Élise. Comprenez-vous ce que je suis en train de vous dire ?

— Le fils d'Élise ? Vraiment ?

La femme, redevenue muette un temps, se perd dans ses pensées.

— Ah oui… Louis. C'est vrai. Quel emmerdement, ce gosse ! s'exclame-t-elle, tout d'un coup agacée. Il n'arrêtait pas de gueuler ! Nuit et jour ! Roger et moi étions épuisés. Ce n'est pas ce que j'avais prévu. Je voulais un bébé calme, moi. Un poupon sage.

Encore une fois, Jourdain perd pied face à ce gouffre psychotique et réclame de l'aide en se tournant vers la psy. Cette dernière, d'un roulement de mains, l'encourage à poursuivre.

— Un poupon ? Qu'entendez-vous par là ?

— Eh bien, comme ceux que l'on voit dans les vitrines ! Je les aime tant ! Ils semblent si dociles et sourient tout le temps. C'est ça que j'avais commandé ! complète-t-elle excédée devant le manque de compréhension du commandant.

Un silence de mort règne dans la pièce d'interrogatoire.

Le cas est lourd. Jourdain change de braquet, cette voie ne l'amènera qu'à une impasse.

— OK. Peut-on parler de vos victimes ? Clémence Pavis, Marguerite Dormont, Alizée Bertrand, Julie Lebon, Jeanne Courtois, Adeline Janvier, Lise Jeantet, et la dernière, Brigitte Delfroix ? La liste est longue !

— Elles étaient mes amies !

— Oui, bien sûr, avance-t-il prudent. Vous étiez proches, n'est-ce pas ?

La femme ne répond pas, se contente d'un sourire vicieux avant d'asséner :

— Toutes des salopes ! Elles me pliaient toujours au jeu. Moi, j'avais des problèmes d'orthographe. Elles se moquaient de moi. Elles étaient tellement...

— Tellement ?

— Plus fortes que moi. Je perdais tout le temps.

— Le jeu de Scrabble, c'est cela ?

— Oui ! Je m'exerce depuis si longtemps !

Elle fait une pause, puis reprend :

— D'ailleurs, je me suis toujours inscrite dans des clubs de Scrabble. Malgré mes efforts, je ne réussis pas. Je perds tout le temps. Alors qu'elles...

— Elles gagnaient à chaque coup ? complète le commandant.

— Voilà ! Je déteste perdre. Ça me rend folle.

Pas plus que vous ne l'êtes déjà, ne peut s'empêcher de penser Jourdain.

— Pourquoi n'aurais-je pas pu avoir ma chance, moi aussi ? Ma vie a été chaotique depuis ma naissance. Je n'y suis pour rien, moi !

— Vous êtes une victime. Cela me paraît évident.

— Oui, je suis une victime, plus que vous ne l'imaginez.

— Dites-moi : qui façonnait les corps ? Vous ou Roger ?

— C'était toujours moi. Malgré mon problème d'orthographe, j'aime bien écrire.

— Parlez-moi un peu de ce mot, « GAGNANT ».

— C'est ma revanche. J'ai enfin gagné.

— J'ai un problème. Pour faire un Scrabble, il faut sept lettres, n'est-ce pas ?

— Évidemment, rétorque-t-elle dans une moue de dédain, comme si elle s'adressait à un demeuré.

— OK. Alors je m'interroge. Irène est-elle incluse dans une autre partie dans laquelle serait intégré ce « E » retrouvé dans le jardin de votre ancien domicile ?

Françoise Duval reste muette.

— Il nous faut des réponses, madame. Avez-vous tué Irène ?

Une bouche déformée vient de s'agrandir et de se tordre. Énorme, plus distendue que la moyenne. Un souffle puissant en sort. Une délivrance qui fend en deux sa face. Cette distorsion des traits glace toute l'équipe.

Puis son visage revient à la normale.

— Si je l'ai tuée ? Oh oui ! Oh que oui ! s'exclame-t-elle.

Jourdain et Noémie se sont tendus. Enfin des aveux !

— Nous vous écoutons, relance Jourdain pour encourager la parole.

— Irène Lafond n'était qu'une pauvre fille ! Il fallait en finir avec elle. Elle avait été abandonnée. Puis, les familles d'accueil se sont succédé. Dès ses douze ans, elle s'est fait violer par ce père de substitution. Une enfance pourrie et une adolescence qui l'a été tout autant. Sa vie aurait de toute façon été un enfer.

Françoise émet un rire sec.

Le portable de Fred bipe, il se lève et sort dans le couloir.

Quelques minutes après, il passe une tête et invite Jourdain à le rejoindre. Ça a l'air important.

Jourdain est pâle lorsqu'il revient.

— Nous venons de recevoir les scellés des objets retrouvés chez vous. Un objet attire particulièrement mon attention, annonce-t-il en brandissant un cahier d'écolier. À qui est ce carnet ? Je vois tous les prénoms de vos victimes sur la couverture. D'après le peu que j'en ai lu, celui ou celle qui a écrit souffre d'un trouble d'orthographe.

Si ce n'était que ça ! pense-t-il pour lui-même.

— Ce calepin est-il à vous ? interroge-t-il de nouveau.

— Oui. J'ai même fait les dessins, parfois avec mon propre sang.

— On sait que vous avez usurpé l'identité de Jeanne Courtois. Ce que nous aimerions connaître, c'est votre véritable identité ! s'emporte Jourdain.

La femme statique semble rassembler ses pensées.

— Vous cherchez toujours Irène Lafond ? Vous l'avez devant vous. C'est moi.

55

Ce que les yeux veulent voir

20 octobre 2022

— Bon, les enfants, avant de remonter Roger Duval pour finir les auditions et sortir le dossier, on fait le point ? Au fait, on a reçu les résultats ADN. C'est bien le sang de Duval sur le bout de tissu retrouvé. Pas une grosse surprise, hein ? Olivia, j'aimerais bien avoir ta vision sur la personnalité d'Irène. Tu t'es entretenue longtemps hier avec elle. Tu nous éclaires ?

— Irène Lafond, Françoise Duval, la personnalité de cette femme est compliquée. Si j'employais vos termes, ce serait : « timbrée ».

L'équipe se marre.

— Et tu as fait combien d'années d'études pour cette conclusion exceptionnelle ?

Salve de rires collectifs. Noémie, au fond de la pièce, penchée sur son dossier, sort de sa concentration, relève la tête, sourit. Jourdain et ses blagues à deux balles sont revenus. Il a meilleure mine, aussi. Il a mené cette affaire à titre personnel. Élise et son enfant secourus. Ça sonnait comme une réparation. Pour Clarisse, il s'était enfin pardonné.

— Mon diagnostic est : psychose de persécution, intolérance à la frustration. Pendant son audition, lorsqu'elle a affirmé avoir tué Irène, ce n'est pas si loin de la réalité. Elle l'a tuée dans son esprit. Vouloir redémarrer une nouvelle vie sous une autre identité lui a permis de se dégager de cette enfance plus que difficile.

— Comment quelqu'un peut-il décider de liquider huit personnes, juste parce qu'il perd au jeu de Scrabble ? J'aurais vraiment tout vu.

— Elle voit sa dysorthographie comme une faiblesse par rapport aux autres. Ce trouble de l'écriture vient se rajouter à une maladie psychiatrique très puissante. Cette impossibilité de gagner la renvoie non seulement à ses problèmes d'orthographe mais surtout à son enfance. Elle a évoqué les viols de son père adoptif. Bref, elle se perçoit comme une perdante au sens le plus large. Et puis, la frustration, le sentiment de persécution s'installent. Chaque partie perdante la rapproche un peu plus du passage à l'acte. Ce qui m'interpelle, c'est qu'il n'est fait aucune mention de sa pathologie narcissique dans les comptes rendus du bon docteur Debert. Étrange. Ensuite, il y a sûrement eu une dernière partie. Le jeu perdant de trop. Là, sa frustration explose. C'en est trop. Elle veut se venger. Elle demande à Roger de fabriquer son propre jeu de Scrabble. Pour une fois, c'est elle qui gagnera la partie. Elle pousse le vice jusqu'à demander à son amoureux de réaliser des parallélépipèdes parfaits. Une géométrie à l'identique des pièces de jeu, au format grandeur nature.

— Je m'interroge quand même : pourquoi cette lettre de bonne année à Louis Courtois ? C'est pas logique.

— Tu l'as vu comme moi dans son carnet. Irène était totalement obsédée par Jeanne. Souviens-toi, elle a tout consigné dedans : l'adresse familiale, les noms et dates de naissance de chacun des membres de la famille Courtois. Élise n'a sans doute retrouvé qu'une partie de la correspondance entre son père et elle. Je pense qu'après sa fuite en Suisse, elle a entretenu le lien avec Louis Courtois, d'une part pour faire croire à l'existence de Jeanne et d'autre part parce que dans son esprit elle EST Jeanne. Cette usurpation d'identité a été un moyen de défense psychologique, un refoulement salutaire pour se réparer des sévices qu'elle a subis. D'ailleurs, il est intéressant de noter que sa dernière lettre postée en janvier 1985 intervient quelques mois avant son changement de prénom. Puis, en janvier 1986, avec son mariage, elle devient alors Françoise Duval et rompt définitivement avec Jeanne Courtois.

— Intéressant. Mais Élise aurait dû comparer l'écriture entre cette fameuse lettre de 1985 et la correspondance récente.

— Sauf qu'Élise n'est jamais venue récupérer le dossier qu'elle avait confié à Fréjean. Comment voulais-tu qu'elle fasse une comparaison ?

— Exact ! N'empêche qu'on a toujours ce « E » formé par Brigitte Delfroix. C'est une lettre de trop et ça me tracasse.

— J'ai essayé de la faire parler à ce sujet, mais elle s'est fermée. Soit Irène venait de démarrer une nouvelle partie et on a évité d'autres meurtres, soit elle venait d'en terminer une.

— OK. Je comprends, mais pourquoi s'en prendre à Élise ? Il n'y a pas eu de jeu entre elles.

— Non, mais il y a un bébé. Irène est stérile. La grossesse d'Élise a réenclenché cette frustration. Je me mets dans sa tête. Pourquoi aurait-elle un bébé et pas moi ?

Les ressorts de sa psychose sont multiples. Frustration égale explosion de colère, égale représailles, égale tuerie. Quelle qu'ait été l'attitude d'Élise, Irène aurait trouvé un prétexte pour la liquider. C'est sans fin.

— Elle t'a parlé de la maltraitance sur le bébé ?

— Non, elle ne l'a pas évoquée. Irène a le physique d'une femme de soixante-cinq ans et le fonctionnement d'une enfant de huit. Distorsion. Pour donner une image de son ressenti de manière simple à comprendre : elle veut sa poupée à tout prix, mais le bébé pleure un peu trop à son goût. Ça l'énerve. Il ne correspond pas à la référence du jouet qu'elle a commandé. Elle s'énerve et veut le casser. C'est hors zone pour nos cerveaux dits « normaux », mais c'est sa manière de voir la réalité à travers son propre prisme.

— D'accord… conclut Jourdain en frissonnant. Bien barrée, quoi. Merci, Olivia, pour ton topo.

Il reprend.

— Je repense à cet exorcisme. À ce fameux « i » formé par Vouvray. Dans sa folie, cet homme nous a quand même donné un indice dès le départ avec sa mise en scène. Ce fameux « i ». « I » pour Irène. Irène Lafond, alias Jeanne Courtois puis Françoise Duval. Quand je pense que cette femme a réussi à maquiller son identité pendant près de cinquante ans. C'est incroyable.

Assis sur un coin de bureau, Fred intervient :

— Souviens-toi, dans le cahier, Irène évoque à maintes reprises sa ressemblance avec Jeanne qu'elle surnomme parfois « Dédette ». Pour changer d'identité, il lui fallait quoi ? Une carte d'identité. Elle l'avait dérobée à l'administration de l'hôpital le soir de la fugue. Ensuite, un extrait de naissance. Cette pièce lui a obligatoirement été demandée par l'administration suisse au moment de sa demande de changement de prénom. Obtenir ce papier n'a pas dû être compliqué. Il suffisait de préciser les dates de naissance des parents de Jeanne. Or, toutes ces précisions, elle les tenait de la bouche de Jeanne elle-même. Il n'en fallait pas plus. Ce qui me dépasse, c'est cette obsession pour Jeanne. Je n'arriverai jamais à entrer dans l'esprit malsain de cette femme.

— Moi non plus et tu sais quoi, je n'en suis pas mécontent, souligne Jourdain. Sinon, quelqu'un a des nouvelles de la mère et de l'enfant ?

Manu répond d'emblée :

— Ils sont encore sous surveillance à l'hôpital de Saint-Étienne. Aux dernières nouvelles, quelques côtes cassées et de belles entailles pour la mère et une hypothermie chez le bébé, mais tout rentre dans l'ordre. Ils seront transférés à l'hôpital de Besançon dans la journée.

— Merveilleux ! Les deux auront vu la mort de près. Sinon, concernant Vouvray, on ne connaît toujours pas le lien entre l'ex-prêtre et sœur Marie-Florence, mis à part qu'ils travaillaient au même endroit. Elle aurait elle-même enfoncé cette fourchette dans le cou de Vouvray qu'elle n'en aurait pas moins réussi à le liquider. Je ne sais pas comment elle a fait.

— Je crois bien qu'on n'aura jamais d'explication, répond Fred. Elle continue à garder le silence même dans le bureau du juge.

Jourdain se tourne vers Noémie, en retrait du groupe.

— Dis-moi, No, on t'emmerde ou quoi ? Qu'est-ce que tu fais, là, dans ton coin, à bouger cette paperasse dans tous les sens ?

— Justement, ce lien m'obsède. Je cherche à comprendre pourquoi elle a fait taire Vouvray. Je sens que le mobile est là, sous nos yeux, quelque part dans le dossier. En plus, pour rappel, ses empreintes palmaires sont présentes sur la scène de crime. On a encore une intrigue à résoudre.

— Pugnace comme tu es, tu vas bien finir par trouver la solution.

Sur le bureau, à l'écart, Noémie poursuit sa lecture. P-V, constatations, auditions. C'est alors qu'elle tombe sur deux photos que Laurence leur avait transmises et qui venaient de la cousine d'Irène. Ils n'ont pas eu le temps de les analyser.

Juin 1975. Sous un soleil radieux, l'équipe médicale au grand complet pose en compagnie des femmes internées devant les marches de l'établissement. Au premier plan, la bande des huit filles. Sept d'entre elles finiront six pieds sous terre, le sternum fendu en deux et le corps entravé par du fil de fer dans ces parallélépipèdes.

Noémie ressort l'autre photo. Un cliché retrouvé dans un vieil album de famille, sur lequel Irène doit avoir à peu près une quinzaine d'années.

Elle veut pouvoir identifier l'adolescente sur cette photo de groupe. Son portrait en main, elle la trouve. La jeune fille se tient en troisième place, sur la gauche.

Juste au-dessus d'elle, l'infirmière, la sœur Marie-Florence.

Elle hésite, fronce les sourcils avant de se redresser d'un bloc et de faire tomber sa chaise.

— C'est pas vrai ! lance-t-elle.

Tout le monde sursaute. Noémie vient de comprendre.

Ce que les yeux veulent voir.

56

Sœur Marie-Florence

La nuit du 5

— C'est bien, vous êtes plus calme qu'hier, dit-elle pendant qu'elle pompe sur la poire pour lui prendre la tension.

La jeune fille ne pipe mot.

— Soulevez votre blouse et baissez légèrement votre culotte, je vais palper votre ventre.

— Tu veux me voir nue, c'est ça ? rétorque la fille sur un ton fielleux.

La veille, 28 décembre 1973.

Sœur Marie-Florence se trouve à l'accueil de Saint-Ylie. Elle fait de l'administratif avec la secrétaire de l'établissement. Elles attendent aussi une nouvelle patiente. Irène Lafond. Les gendarmes les ont prévenues.

Une adolescente débarque. Elle hurle, enserrée par deux pompiers qui ont bien du mal à la maintenir. La jeune fille se contorsionne, tente de s'échapper. Elle les insulte. Elle est dans un état second. En pleine crise d'hystérie.

En la voyant, l'infirmière pâlit. Elle tremble et s'excuse. Elle ne se sent pas bien. Il faut la remplacer.

Allongée sur son lit, sœur Marie-Florence tente de calmer sa respiration et de se raisonner.

Non, ce n'est pas possible. Elle se trompe.

Pourtant, le doute s'est instillé comme un venin. Il faut qu'elle en soit sûre. Demain, c'est elle qui l'auscultera. Là, elle aura sa réponse.

La pièce de consultation se met à tourner et Marie-Florence tombe dans les vapes.

Cette tache de vin en forme d'étoile à droite du nombril. Un détail qu'elle redoutait de voir. C'est la première chose qu'elle avait remarquée en coupant le cordon ombilical.

Irène Lafond, sa fille.

Cet enfant qu'elle a abandonné à la naissance sur les marches de la collégiale Notre-Dame, à Dole.

Cette grossesse qu'elle a cachée pendant neuf mois. Ce bébé qui a poussé dans son ventre, souillé de la semence de son père.

Dix-sept ans plus tard, voilà que son histoire la rattrape.

Irène est sous sa responsabilité. Sœur Marie-Florence se rapproche d'elle. Elle veut comprendre pourquoi son enfant a atterri ici. Dieu lui envoie-t-il encore une épreuve ou cette présence est-elle une bénédiction ? Un moyen de se racheter de cet abandon ?

Dès les premiers échanges avec la malade, l'infirmière comprend rapidement qu'Irène est psychologiquement instable. Elle passe de longues heures en séances avec elle. Pourquoi Irène est-elle arrivée dans un tel état d'hystérie ? Que s'est-il passé ? Les premiers échanges ne donnent rien. La jeune femme reste silencieuse, sauf les insultes qu'elle lui crache à la figure. Irène souffre visiblement d'une pathologie psychiatrique complexe. De celles qui nécessitent un internement de longue durée.

Elle craint pour son état mental.

Au fil des mois, Irène commence à se confier et raconte. Après Noël, le 28 décembre, le sapin était encore debout et scintillait. Et puis, dans sa famille adoptive, ils ont joué aux petits chevaux. Elle a perdu. Elle interroge la soignante. Pourquoi faut-il toujours qu'elle perde ? Pourquoi tout le monde est-il toujours contre elle ? Pourquoi toujours la défaite ? Elle évoque aussi ces parties de Scrabble avec les autres filles. Irène semble possédée, envoûtée par cette autre patiente. Irène se plaint. Ne peut-elle, elle aussi, avoir une vie épanouie comme Jeanne ? « Pourquoi elle et pas moi ? »

Puis, vient une séance cruciale.

L'adolescente déclare que son père adoptif pratique sur elle des attouchements. Il a commencé quand elle avait huit ans. Il lui force à faire des choses immondes. Son sexe dans la bouche et des caresses intimes, profondes. Dans cette pièce dédiée aux entretiens avec les malades, Marie-Florence est soudain devenue aussi blanche que la craie. Elle réprime un haut-le-cœur et se dégage de son bureau. Elle s'excuse, il faut qu'elle aille aux toilettes. Dans le couloir, elle court et vomit *in extremis* dans la cuvette. Les larmes jaillissent. Tout ça, c'est sa faute.

L'histoire se répète.

La culpabilité d'avoir abandonné sa fille ne cesse de la ronger. Elle a bien vu les rapports du docteur Debert. Ils sont explicites. Irène ne sortira pas d'aussitôt.

C'est elle la responsable. Elle qui a gâché la vie de son bébé, de sa petite fille. Inexcusable. Il faut qu'elle la sauve. Alors, elle falsifie les notes du médecin. Elle a accès à tous les dossiers médicaux, alors elle falsifie les notes du médecin.

Personne ne saura. Jamais.

Tous les jours, elle l'observe. Elle remarque aussi qu'Irène a un problème d'orthographe. Son enfant est-elle dyslexique, dysorthographique ? Elle a déjà surpris Jeanne en train de rédiger les lettres de sa fille. Irène dicte, Jeanne écrit. Les deux se ressemblent de façon surprenante et elles ont tissé un lien particulier. D'une oreille indiscrète, elle a aussi entendu Irène poser toutes ces questions précises, et Jeanne qui lui raconte tous les détails de sa vie. Sa belle-mère insupportable et son père qui se détourne d'elle. Elle lui parle de son frère, aussi. Louis, qu'elle appelle « Loulou ». Irène semble fascinée par l'histoire de Jeanne, plutôt par Jeanne tout court.

L'infirmière s'inquiète. Elle connaît l'état psychique d'Irène. Est-elle en train de monter un coup tordu ? Et si le diable était en elle ? Pourrait-elle devenir violente ? C'est une possibilité.

Elle s'alarme aussi de toutes ces parties de Scrabble, dans lesquelles Irène perd à chaque fois sous les moqueries des autres. Elle craint que cela ne soit un déclencheur. La naissance, puis l'explosion d'une fureur incontrôlable. La frustration de ne pas avoir ce que l'on convoite.

5 juillet 1975.

Il est minuit trente, au premier étage, elle est encore dans son bureau. Des papiers administratifs, des rapports à terminer. Elle est furieuse et s'agace des bruits de rires qui résonnent. Le médecin de garde fête son anniversaire au deuxième en compagnie de trois infirmières. Elle se promet de donner un avertissement à ces femmes dès demain. Pour le moment, elle ne peut débarquer dans cette petite sauterie. Même infirmière en chef, sa position ne lui octroie pas le droit de remettre en cause l'attitude d'un docteur.

Soudain, elle perçoit des bruits de clés, aussitôt suivis par les grincements habituels de la porte d'entrée du bâtiment.

Il y a un problème. Par la fenêtre, elle voit des filles s'enfuir. Irène est en tête. C'est sûr. C'est elle la meneuse.

Elle s'interroge. Qui a ouvert les portes ?

L'urgence est de couvrir sa fille. Ne pas donner l'alerte.

Sa priorité : préserver Irène.

Elle sort, les suit de loin. La bande passe la grande porte et court en direction du terrain d'Émile Stanger. Elle approche à pas de loups, masquée par la végétation. Derrière elle, une branche craque. Elle se retourne, fouille du regard. Quelqu'un est là, quelque part, caché dans l'ombre. Elle veut savoir qui. En chasse, elle revient sur ses pas. Déblaye les feuillages, contourne les arbres. Elle flaire une piste. Au creux de la nuit, une soutane s'envole dans de longues enjambées. Vouvray. Sale petite fouine.

Elle se détourne et réglera ça plus tard. Dans l'instant présent, il faut protéger les fugitives.

Sœur Marie-Florence s'est dissimulée derrière un buisson. À travers le feuillage, la lune éclaire une scène effrayante.

Cinq boîtes en bois devant un trou profond. Clémence, Marguerite, Alizée, Julie et Jeanne sont à genoux, bâillonnées et ligotées.

Mon Dieu !

Irène est debout face à elles. Elle les insulte. Les filles ont les yeux exorbités. Qui est cette fille avec laquelle elles ont partagé leurs secrets, avec laquelle elles ont ri ? Irène ne se ressemble plus.

Elle a le visage du Malin.

Un garçon est à ses côtés. Il est là, face au groupe, pioche à la main. Elle connaît ce visage sans pouvoir mettre un nom dessus.

Sœur Marie-Florence sort comme une furie de sa cachette. Hurle : « NON ! » Elle doit à tout prix, ramener Irène et cet homme à la raison. Elle s'interpose entre les filles et le bras armé.

Pour toute réponse, Irène la bouscule, lui crache au visage. Puis, d'un mouvement de tête, demande à Roger de s'occuper d'elle.

L'homme fond alors sur la sœur qui tombe à la renverse dans une des caisses. Elle agrippe le bois, s'extirpe. Debout, face à lui, elle vacille. Les coups redoublent.

La femme perd connaissance.

Il est 5 heures du matin lorsqu'elle ouvre les yeux. Le carnage est terminé. Si sa fille ne l'a pas tuée, c'est qu'elle est en dehors de son schéma meurtrier. Irène suit une logique qui échappe à celle des gens normaux.

Ne reste devant elle qu'un tas de terre aussi informe que sa face tuméfiée. Courbée, elle chancèle jusqu'à l'hôpital.

Elle doit faire vite. Camoufler les événements de la veille.

Le personnel de jour va bientôt arriver pour prendre la relève.

Elle s'allonge en bas des escaliers. Simule l'évanouissement. Bientôt, des cris, des pas qui s'affolent. Des talons galopent sur le carrelage.

Ensuite, tout ne sera que faux semblant. Une chute dans l'escalier suivie d'un arrêt pour accident du travail.

Se taire pour Irène, en ce jour et pour toujours. Elle mourra avec son secret.

Elle a quitté sa congrégation doloise depuis seulement quelques mois pour rejoindre le monastère de la Paix-Dieu dans les Cévennes lorsqu'elle reçoit un coup de fil. Elle apprend par une des sœurs du sanctuaire de Mont-Roland que cinq squelettes ont été retrouvés lors d'un chantier à côté de l'hôpital.

Elle frémit. Ils les ont retrouvés. Quarante-sept ans plus tard !

On lui annonce aussi que l'ex-père Vouvray a pratiqué un exorcisme sur sa mère en forêt de Chaux.

Mon Dieu, qu'a-t-il fait !

Elle consulte internet et tombe sur estrepublicain.fr. Un article est consacré à l'affaire et il est assorti d'un croquis. Ce chêne à vierges, souillé. Un corps debout dans une verticale parfaite et la tête placée juste au-dessus. Elle en comprend tout de suite la signification. Un « i ». Ce cafard essaye de guider les enquêteurs vers la coupable, son enfant.

Elle monte un plan pour la protéger. Au fond, l'origine du Mal, c'est elle.

Elle prend contact avec une ancienne collègue infirmière, beaucoup plus jeune et encore en activité. La femme termine sa carrière dans une unité psychiatrique.

Vouvray y est incarcéré. Marie-Florence lui fait part de son souhait de visiter l'ex-prêtre. Elle veut prier avec lui. Le rendez-vous est pris. Elles en profiteront pour déjeuner ensemble à la cantine du personnel et raviver de bons souvenirs. L'infirmière conclut la conversation sur une note grave : Vouvray est potentiellement dangereux, et la sœur devra respecter les distances de sécurité.

Déjeuner terminé et plateau à la main, Marie-Florence subtilise sa fourchette et la dissimule dans son habit de religieuse. Elle accède ensuite facilement aux zones réservées au personnel soignant, guidée par son ex-collègue.

Dans la salle des visites, deux chaises de part et d'autre d'une table. Sœur Marie-Florence attend. Puis, Vouvray débarque, menotté.

En face à face, à l'abri des oreilles indiscrètes, Marie-Florence Daubrac fait parler le prêtre. Il était là ce soir-là, n'est-ce pas ?

L'ex-prêtre avoue. Oui, il a assisté à la scène cette nuit-là. Il a peur depuis que les squelettes ont été déterrés. Et si Irène recommençait ?

Les policiers doivent connaître la vérité.

Un coup d'électricité vient secouer Marie-Florence. Cette balance va parler.

Il faut qu'elle lui cloue le bec pour l'éternité. Pendant deux heures, elle lui fait parler de sa mère. La religieuse évoque son impossibilité à avoir une vie d'homme. Il en est incapable. Ses relations sexuelles seront toujours inexistantes. Lors de cet entretien, elle n'est plus Marie-Florence, la religieuse. Elle est la mère de Vouvray. Elle joue le rôle de cette mère abusive, castratrice.

Elle manipule sans relâche son cerveau, le tien sous son emprise. L'homme finit par s'excuser dans des sanglots.

— Pardon, maman !

Il perd les pédales.

Dans la bouche de la nonne, le Mal sort aussi puissant qu'un venin de vipère.

— Je te pardonne, mon fils, mime-t-elle en lui apposant la main sur le front et en se signant. Ça, ajoute-t-elle en lui tendant la fourchette, c'est pour le salut de ton âme.

Et ainsi fut fait.

Amen.

57

Roger Duval
20 octobre 2022

— Il est temps de libérer votre conscience, assène Jourdain.

Ça fait presque quarante-huit heures que le prévenu est en garde à vue, il reste muet, malgré l'insistance de son avocat commis d'office.

Pour le commandant, il faut que son client se déballonne avant d'être déféré devant le juge. Une question d'heure et l'horloge tourne.

Noémie fait un signe de dégagement à Jourdain. Tous les deux partent discuter dans le couloir.

— Laisse-moi prendre la main sur l'audition. Je sais comment procéder. OK ?

— Gentil flic ?

— Voilà, c'est ça, répond-elle dans un sourire entendu.

Comme convenu, Noémie prend les rênes.

— Monsieur Duval. Vous voulez connaître le fond de notre pensée ? Ici, on partage tous la même opinion vous concernant. Ça vous intéresse ?

L'homme abattu lève le regard et, se redresse. Sans un mot, il fait un mouvement affirmatif de la tête.

— Bien. Alors, pour nous, vous n'avez été que le bras armé d'Irène. Vous étiez sous son emprise. Avec son dossier psychiatrique, cela penchera en votre faveur et constituera des circonstances atténuantes. Le juge aura l'intégralité des éléments pour avoir une vue d'ensemble sur votre duo avec Irène. On insistera sur cette facette de l'affaire. Mais avant, il faut nous parler. Raconter votre histoire. Vous aimez cette femme, n'est-ce pas ?

Roger Duval se détend sur sa chaise. Ces mots l'apaisent.

Après tout, il n'a plus rien à perdre, ici, avec les pinces aux poignets. Il peut sans doute gagner quelques années de tôle.

— Oh oui, si vous saviez comme je l'ai aimée ! confie-t-il la larme à l'œil. Je l'ai aimée dès le premier regard. Elle avait seize ans. J'en avais dix de plus. Si vous aviez pu la contempler à cette époque ! Mon Dieu, n'importe quel homme en serait tombé fou amoureux. À l'époque, l'entreprise paysagère de mon père à Neuchâtel avait décroché de beaux contrats dans le Jura français. Des particuliers, des notables du coin, et puis un contrat avec l'hôpital de Saint-Ylie. Ça faisait du chiffre. Mon père, déjà âgé, voulait que je reprenne son affaire. Alors, je suis parti pour Dole. J'ai trouvé une location, un petit appartement à côté de l'hôpital. Le loyer était faible. Il ne plomberait pas le chiffre d'affaires. La première fois que je l'ai vue, c'était le 10 juillet 1974. Je m'en souviens comme si c'était hier. Je tondais la pelouse. Il y avait du travail. Le parc était immense. Elle m'est apparue sous ce soleil estival. Ses cheveux longs, blonds et bouclés brillaient. Elle tricotait, concentrée. Elle avait une bouche mutine. Et, mon Dieu, ses yeux bleus en amande ! Je n'avais jamais vu une fille aussi belle et gracieuse de toute ma vie. Bravache, je me suis approché. Ces instants resteront à jamais dans ma mémoire. Elle s'est tendue, suspicieuse. Je me suis présenté. Je voulais savoir si elle allait bien. Je n'étais pas con non plus. Je savais que les filles internées ici avaient des problèmes. Je ne sais pas si l'attirance à cette époque fut réciproque. Elle ne me l'a jamais dit. Nous avons discuté et j'ai même réussi à la faire rire. Son rire était cristallin, aussi léger que l'eau fraîche qui coule sur les pierres des rivières en montagne. Je suis revenu ensuite bien plus de fois que le contrat avec l'hôpital ne l'exigeait. Un jour sans la voir et j'étais perdu. Elle avait accaparé mon cerveau, remplissait toutes mes pensées. Chaque seconde, chaque minute, chaque heure sans elle était une torture. Le 15 août, il était aux alentours de 20 heures. Le personnel était réduit au minimum. Les grandes vacances. Je me suis risqué. À l'accueil, j'ai prétexté avoir oublié un outil. J'étais connu du personnel. On m'a laissé entrer dans le parc. Irène semblait m'attendre sur le banc à l'arrière du bâtiment des femmes. Elle était seule. Quand elle m'a vu, elle m'a pris par la main. L'index sur la bouche. Ne pas parler, rester discrets. Elle m'a entraîné dans le champ plus loin. On est passés par une faille dans le grillage. Pendant cette échappée, je n'aurais à aucun moment osé prononcer un mot au risque de rompre cet instant magique. Dans les herbes folles, elle s'est déshabillée, s'est allongée sur moi et nous avons fait l'amour pour la première fois. À son jeune âge, elle n'était déjà plus vierge. Cela m'a étonné, mais je n'ai rien demandé. Pendant cet été, nous avons multiplié nos rendez-vous clandestins. J'étais aux anges. Envoûté. En décembre de la même année, j'ai remarqué qu'Irène était irritable, maussade. Elle se plaignait des filles qui partageaient son quotidien. Irène se dévoilait peu à peu. Elle livrait ses failles, ses traumas. Quand elle m'a confié qu'elle avait été abusée par son père adoptif, j'ai eu des envies de meurtre. Je voulais faire la peau à cet enfoiré. Mais Irène avait d'autres projets. Une vengeance sourde grondait en elle.

— Êtes-vous en train de nous dire qu'elle ruminait déjà ses représailles envers les filles ?

— Oui. Une fille notamment l'obsédait. Jeanne, surnommée « Dédette ». Les deux filles se ressemblaient. C'était fou. En janvier 1975, Irène m'a confié son plan. Elle voulait partir avec moi, m'épouser, partir loin... Elle promettait de me rendre heureux. Elle voulait de nombreux enfants. Au moins trois m'avait-elle dit. Elle souhaitait faire mon bonheur de tout son cœur. Le mien avait déjà chaviré depuis longtemps. À ses mots, je ne pourrais exprimer à quel point j'étais prêt à faire n'importe quoi pour elle. La garder à mes côtés, toute ma vie. Elle m'a fait jurer de l'aider, quoi qu'il en coûte. Les filles devaient payer.

— Comment a-t-elle procédé ?

— Irène avait déjà quelque chose de différent. Une espèce d'emprise sur les autres filles. Je ne saurais l'expliquer, mais, en dépit des quolibets dont elle était la victime pendant les parties de Scrabble, elle avait le don pour garder la mainmise sur les autres. Une espèce de surpuissance qui m'est toujours restée un mystère. Elle m'a fait part de son plan. Il lui fallait un complice à l'intérieur de l'établissement. Quelqu'un qui avait les clés, qui pourrait ouvrir les grilles. Elle avait déjà jeté son dévolu sur Vouvray. Je la voyais minauder avec lui quand il traînait dans le parc. Il était évident que le prêtre espérait beaucoup plus. Je suis sûr qu'il bandait sous sa soutane, ce salaud ! Elle l'a chauffé. Je devenais dingue. Son attitude me meurtrissait. Mais elle me rassurait toujours. Il fallait que je sois fort. Tout ça, c'était pour nous. Pour notre future vie ensemble en Suisse, pour nos enfants. J'étais ferré. C'est alors qu'il s'est passé un événement aussi inattendu que douloureux. Mes parents sont décédés dans un accident de voiture. C'était le 15 mai 1975. Irène a tout de suite compris l'urgence de la situation. Elle craignait que je m'éloigne d'elle pour gérer l'entreprise. Avant mon départ pour la Suisse, elle m'a annoncé qu'elle attendait un enfant. Avec du recul, était-ce vrai ? À l'époque, cette annonce m'a fait l'effet d'un coup de jus. J'étais à la fois fou de joie et, dans le même temps, détruit d'être du jour au lendemain orphelin. À Neuchâtel, j'ai géré les obsèques et les affaires courantes de la société. Et puis je suis revenu très vite, ventre à terre à Saint-Ylie. On était presque fin juin. Nos retrouvailles et nos étreintes furent aussi puissantes que notre éloignement avait été long. C'était merveilleux.

Deux jours après mon retour, elle m'annonçait qu'elle avait perdu le bébé. Les filles avaient chahuté avec elle et Irène était tombée. Elle avait saigné entre les cuisses. Tout était de leur faute ! Elle tournait ça en boucle. J'avais envie d'étrangler ces petites connes, mais Irène avait autre chose en tête. Ce serait le 5 juillet. Tout était prévu avec le prêtre.

— Est-ce à ce moment-là qu'elle vous a fait part de son plan ? Les caisses, ce trou profond à creuser ?

— Oui. Et je me suis exécuté. J'avais tellement la haine que mon Irène ait perdu notre bébé à cause d'elles ! J'avais déjà, à l'époque, quelques notions de menuiserie. Irène m'avait commandé cinq coffrets en bois. Elle a exigé des parallélépipèdes parfaits. Une exigence bizarre.

Mais, elle ne cessait de répéter que cette fois-ci, elle gagnerait. À l'époque, je n'avais pas compris pourquoi. Elle disait qu'elle voulait enfin gagner à un jeu. Elle m'expliquerait plus tard.

— Donc, vous avez fabriqué ces boîtes en bois. Du chêne. L'achat de la chaux…

Roger la coupe :

— La chaux ? Ben, pas besoin d'en acheter ! J'étais jardinier, j'en avais plein mon camion.

Jourdain et Noémie se regardent. Tout leur stratagème était bien rodé. Jourdain s'apprête à reprendre l'audition, mais le capitaine lui fait comprendre qu'elle doit garder la main.

— Bien sûr, évidemment.

Fred, au clavier, a les mains qui se crispent. Pendant encore combien de temps faudra-t-il qu'il tape le P-V ? Ça commence à être long.

Le gardé à vue poursuit :

— Le vieux Stanger était parti en vacances avec sa famille. La voie était libre, alors j'en ai profité. Je suis allé chercher du bois à la scierie du côté de Falletans. J'avais un copain qui y travaillait. J'ai acheté le nombre de planches dont j'avais besoin et je les ai mises dans mon bahut. Ensuite, pendant quatre jours, j'ai travaillé sans discontinuer. Sur le terrain du vieux, il n'y avait personne. J'étais tranquille tout au fond de son jardin. Le jour, je fabriquais les caisses et la nuit, je creusais. J'en ai bavé. Malgré les gants. Puis le soir du jour J est arrivé. Tout se déroulait sans accrocs jusqu'à ce que la frangine, Marie je sais plus quoi, débarque et nous surprenne. Elle était comme une folle. Je l'ai tapée. Elle est tombée dans une des boîtes. Quand je l'ai ramassée, je me suis écorché à une planche. Je pense que c'est là que j'ai laissé mon sang. Pas vrai ?

Noémie ne répond pas. L'homme n'a pas à connaître les éléments dont ils disposent.

— Ensuite, on imagine que c'est vous qui portez le coup fatal dans chaque sternum ?

— Oui, répond-il penaud, les yeux braqués sur la moquette.

— Que s'est-il passé après ?

— Irène n'arrêtait pas de bouger les corps. Elle m'avait demandé du fil de fer épais. Je l'ai regardé faire sans trop comprendre ce qu'elle trafiquait exactement. Ensuite, j'ai disposé les corps comme elle me demandait. Leurs crânes devaient faire face à l'hôpital. Irène et ses tocades…

Tocade. Le terme fait sursauter les policiers.

— Après ça, on a filé avec le camion. Direction la Suisse. À Neuchâtel, Irène travaillait à la boutique, puis elle a fait ses études de sage-femme. Pendant ses examens, elle a eu droit à un temps supplémentaire au vu de ses difficultés en orthographe. J'étais si fier quand elle a obtenu son diplôme.

— D'après nos sources, Irène a changé plusieurs fois d'établissements. Pourquoi ?

— Des bruits couraient. Des bleus sur les bébés. Mais ils n'avaient rien dans son dossier ! s'insurge-t-il. Un jour, un policier est venu frapper à notre porte. Il avait une convocation. L'étau se resserrait. On a pris peur et on a quitté la Suisse dès le lendemain. Irène était tellement fragile, malade. Dans sa tête, ce n'était pas toujours très clair. Elle passait souvent d'un état d'excitation à un état de dépression. J'ai eu des soupçons sur l'affaire des bébés. Mais elle avait été violée par son père adoptif. C'était une victime. Malgré mes doutes sur sa culpabilité sur les nourrissons, je devais la protéger ! Vous comprenez ?

— Bien sûr ! feint Noémie. Continuez.

— Après cette visite de la police et cette convocation, on a passé la nuit à plier bagage. Irène redoublait d'attention à mon égard. Elle n'arrêtait pas de me faire l'article. Je pouvais reprendre une activité en libéral et elle, passer une équivalence comme infirmière. De toute façon, tout cela tombait bien, elle en avait marre de vivre à Neuchâtel. Elle voulait rentrer en France. Et puis, après tout ce temps, qui nous rechercherait ? On devait trouver un coin isolé et vivre incognito. C'est à cette date-là qu'on a atterri à Gaujac, en janvier 2018.

— OK. Février 2018 et mai 2021. Parlez-nous un peu d'Adeline Janvier dans les Yvelines et de Lise Jeantet à Toulouse.

L'homme baisse la tête.

— Dès que nous sommes arrivés en France, j'ai su que cela n'irait pas. Irène était agressive avec moi. Elle n'arrêtait pas de répéter qu'elle voulait finir le jeu. Saint-Ylie, 1975. Bon Dieu ! quarante-sept ans plus tard ! J'ai compris à ce moment-là qu'Irène était folle. Elle ne lâcherait jamais l'affaire. Elle voulait finir son Scrabble. Il lui fallait terminer son mot. Lui manquait les lettres « N » et « T » pour compléter le mot « GAGNANT ».

— Acharnée, dites donc !

— Envoûtée, je dirais. Elle a réussi à retrouver les adresses d'Adeline et de Lise. Puis leur téléphone. Elle les a approchées de manière amicale. Reparler du bon vieux temps. Les deux femmes se réjouissaient de la revoir. Désolé de dire cela, mais ces deux dernières proies, ces deux dernières lettres furent un jeu d'enfant.

— Mmmm. Quel était votre rôle ? Jusqu'où est allée votre implication dans ces mises en scène ?

— J'étais en charge de fabriquer les caisses, creuser les trous et exécuter la sentence.

— Et le fil de fer ? Les corps figés ?

— C'est toujours Irène qui s'en chargeait.

— OK. Parlez-nous de Brigitte Delfroix, le dernier corps que nous avons retrouvé dans votre maison à Gaujac, dans votre jardin ? Elle aussi était une pièce du jeu. Donnez-nous des informations à ce sujet.

L'homme semble soudain déstabilisé. Il apprend à cet instant que les flics ont retrouvé le corps. Il hésite, puis reprend :

— Oui. J'ai appris à mes dépens qu'Irène s'était inscrite au club de Scrabble du coin. J'étais fou de rage, lance-t-il avec conviction. Je savais ce qui allait se passer. Mais Irène a fait ça en douce. Elle prétextait des soins à domicile. En fait, elle jouait. Le jour où elle a ramené cette femme à la maison, j'ai compris. C'était pour prendre le thé. Je vous jure que je ne sais pas ce qu'elle a mis dans la boisson ! Mais elle l'a droguée. Pas besoin de vous donner les autres détails, vous connaissez la suite.

Olivia s'invite dans l'échange.

— Monsieur Duval, ce qui m'intrigue, c'est justement cette lettre « E » que formait le corps de Brigitte Delfroix. Expliquez-nous. La partie précédente est terminée, Irène a enfin réussi à faire son Scrabble. Sept lettres : « GAGNANT ». Alors que signifie ce « E », cette lettre supplémentaire ?

Duval à cet instant se bloque.

Ils ne tireront plus rien de lui.

Sa confession est terminée.

58

Épilogue

21 octobre 2022
17 h 30

Le taulier s'est déplacé.

Jourdain en est certain, ça lui tord les couilles de venir les féliciter. Mais cette enquête hors normes a dépassé les frontières dans les médias et il ne peut ignorer le succès de leur enquête.

Ça fait mal, hein, mec ? Jourdain ricane en son for intérieur.

Voilà, ça, c'est fait. Son groupe va enfin pouvoir accéder à des dossiers moins poussiéreux.

Dans les couloirs, les réactions des autres flics sont mitigées, entre serrages de mains et sourires contraints.

À compter de maintenant, ils vont devoir composer avec cette équipe au travail remarquable. Personne ne peut remettre en cause le boulot qu'ils ont accompli. Du coup, ça grince.

Jourdain arpente les couloirs et se pavane comme un coq. Noémie et Oliva, planquées, le regardent faire son show. Elles se marrent. Qu'est-ce qu'il peut être con parfois ! Et en même temps, elles savent.

Sorti d'une grosse dépression.

Ce type qui remonte le couloir n'est qu'une boule de poils mal dégrossie, bourrée d'une sensibilité qu'il ne réserve qu'à ses proches, ses intimes, son équipe.

Un fou rire les chope. À cet instant, elles l'imaginent comme un mannequin qui joue et s'avance sur le podium, moue mutine et buste bombé devant les flashs. En string ? Leurs rires redoublent.

Noémie sait qu'intérieurement Jourdain, tout sourire, fredonne une petite musique qui dit : *Salut les mecs, vous savez quoi ? Je vous emmerde !*

Toute l'équipe est rassemblée dans le bureau de Jourdain. Il appelle Laurence.

— *Hello, Miss.*

Olivia et Noémie ont levé les bras et yeux au ciel. Dépitées. Ce mec n'est pas possible !

— Hum, désolé, je suis un peu familier, là ! tempère Jourdain devant les gestes agacés des filles.

— Coucou, Laureeeeence ! lance l'ensemble de l'équipe.

— Bonsoir, commandant et tout le monde.

Sa voix est vrillée, émue.

Tous l'ont remarqué.

Elle se reprend.

— Trop heureuse de vous entendre !

— Laurence, comme tu l'as compris je suis un homo sapiens. Un fossile de l'ère tertiaire.

Laurence se marre.

— Ne vous inquiétez pas ! Aucun souci !

— Tu devrais ! s'esclaffent Noémie et Olivia.

Rires.

— Bon, je peux en placer une, là ?

Nouvelle salve de rires.

— Laurence, comme tu l'as compris, j'ai dans mon groupe deux personnes qui se moquent de moi à l'instant présent. Elles ne le savent pas encore, mais elles vont payer ça cher ! ironise Jourdain.

— Ouh, on a peur ! interviennent Olivia et Noémie d'une même voix.

Jourdain se bidonne.

— Allez, trêve de plaisanterie. Je voulais te remercier personnellement et au nom de tout le groupe pour le boulot que tu as fait ! Un travail de fond remarquable. Tu es pugnace et dotée d'un bon instinct. Tu as ta place parmi nous. Qu'est-ce que tu en penses ?

Silence. Jourdain en est sûr, à l'autre bout de la ligne, Laurence a rougi.

— Partante ! assène-t-elle.

— Attention ! Réfléchis bien, car j'ai une requête avant de valider.

Laurence retient sa respiration.

— Je vous écoute…

— Que tu me tutoies. Si tu acceptes, tu fais partie de la famille, annonce-t-il en lançant un clin d'œil à ses coéquipiers. Je n'ai jamais vouvoyé ni mes parents ni mes enfants. Tu crois que tu pourras y arriver ?

— Tu m'attends pour quand ?

Laurence Tomasin, future membre de son équipe…

En cette fin d'après-midi, direction L'Escale, leur QG, pour fêter la sortie du dossier Jeanne Courtois et l'arrivée prochaine de Laurence. Tout le monde se réjouit d'inclure dans le groupe cette jeune fliquette pleine de promesses.

Tant de choses à fêter !

17 h 30. Un peu tôt pour l'apéro ? Allez, on est vendredi, alors le groupe s'accorde un répit bien mérité. Ils vont pouvoir se détendre. Ils le méritent. Tous ont des cernes sous les yeux. Quarante-huit heures qu'ils n'ont pas fermé l'œil.

Jourdain a un verre de bordeaux à la main. Il trinque avec Olivia, Noémie, Fred, Manu. Qu'est-ce qu'il les aime, bon Dieu ! Accolades et blagues pourries fusent.

Jourdain, accoudé au bar, est en pleine discussion avec Olivia.

Noémie, amusée, se fait la réflexion : tiens, tiens, les psys ne semblent plus l'effrayer.

Jolie musique d'ambiance.

Le portable de Jourdain sonne.

— Commandant Jourdain ? C'est l'accueil ! J'ai un appel pour vous.

Jourdain souffle.

— Ça ne peut pas attendre lundi ? Je ne suis plus au bureau, là ! râle-t-il.

— L'appel vient de l'étranger, commandant. Il paraît que c'est important. Un procureur. Je vous transfère l'appel ?

Jourdain s'excuse auprès des autres et sort sur le trottoir. C'est quoi encore cette histoire ? fulmine-t-il.

— Allo ? Commandant Jourdain. Qui est à l'appareil ?

— Bonjour, Feuz, procureur du canton de Neuchâtel, Suisse romande.

— Bonjour, monsieur le procureur. Que puis-je faire pour vous ? répond-il, soudain tendu.

— Votre enquête a fait couler de l'encre dans les médias et a traversé la frontière franco-suisse.

— Continuez.

Jourdain, à cet instant, a un mauvais goût dans la bouche. Une sale intuition. Neuchâtel. Le dossier repasse à toute vitesse dans sa tête.

— Eh bien, vous avez une certaine Irène Lafond, alias Françoise Duval, placée en maison d'arrêt, je ne me trompe pas ?

— Tout à fait. Je confirme.

— Alors, j'ai un problème, voyez-vous. Je crois qu'il est question, dans votre affaire, d'une femme psychotique obsédée par le jeu de Scrabble. Enfin, si mes sources sont exactes.

— Continuez… répond Jourdain, de plus en plus crispé.

— Eh bien, cela fait quatre ans que nous cherchons cette femme pour l'interroger. Une histoire de maltraitance sur des nourrissons dans la dernière maternité où elle a officié. Et puis, j'ai aussi la disparition de six femmes dans notre canton. Des femmes d'une soixantaine d'années. Mme Duval et ces femmes faisaient partie du même club de Scrabble. Vous me suivez ?

Glaçage.

Jourdain comprend à cet instant que le « E » n'était pas le début d'un jeu, mais la fin d'un autre.

— Bon sang ! OK, je crois effectivement qu'il va falloir qu'on échange, monsieur le procureur. Je me tiens à votre disposition.

— Je vous en remercie. Je ne sais pas pourquoi, mais j'ai l'intuition qu'on va bien s'entendre. Alors, laissons tomber les titres. Appelez-moi Nicolas Feuz.

Chères lectrices et chers lecteurs,

Si ce livre est un récit romancé, il est en revanche véritablement tiré d'un dossier familial.

Un secret comme il y en a parfois dans nos familles.

Ma tante, Bernadette C., alias Jeanne Courtois, est née le 13 janvier 1935.

J'ai découvert son dossier chez mes parents, en juin 2020. Le document était assorti de cette boîte métallique, qui contient de fait les cheveux de Bernadette lorsqu'elle avait cinq ans. Il rassemble toute sa correspondance au moment où elle était internée à l'hôpital de Saint-Ylie.

C'est à ce moment-là que j'ai démarré mon enquête. J'aurais pu appeler ce roman « L'Invisible », tant il m'a été compliqué de découvrir la date de naissance de Bernadette, contrairement à celle de sa mort.

Décédée avant même d'être née.

Ce constat m'a figé.

Au fur et à mesure que je remontais le temps, je me suis aperçue qu'un grand nombre des membres de ma famille plus ou moins éloignés ne connaissait pas, au pire son existence, au mieux les conditions dans lesquelles elle était décédée.

Je continue à investiguer, car je n'ai pas encore récupéré tous les éléments de son dossier médical qui se trouve aux archives de Montmorot, dans le Jura.

J'aurais pu faire de cette histoire un roman. Pourquoi pas… Redonner une identité à cette enfant, cette tante que je n'ai pourtant jamais connue. Mais je me suis ravisée. Les écrits étaient suffisamment douloureux et tragiques pour ne pas rajouter du pathos au pathos.

Comme j'aime écrire des thrillers, j'ai décidé de lever le voile sur son existence sous le nom de Jeanne Courtois. Je m'excuse auprès d'elle pour cette usurpation d'identité : Irène Lafond, personnage bien peu recommandable, mais je sais qu'elle ne m'en tiendra pas rigueur.

Cette histoire familiale, très triste, a nécessité le temps de la digestion avant de pouvoir la dompter, la sculpter et en faire un roman noir.

Je vous ai volontairement épargné la retranscription des lettres de Bernadette. Le genre thriller, de toute façon, ne s'y prêtait guère.

Néanmoins, je tiens à faire figurer en cette fin de livre la dernière lettre qu'elle a écrite à son père, mon grand-père, le 12 octobre 1950.

Depuis juin 1950, Bernadette n'avait plus de traitement. Elle était guérie et ne désirait qu'une chose : que l'on vienne la chercher, selon les recommandations du médecin.

C'est une lettre déchirante qui continue à me bouleverser.

À vous de décider, chères lectrices et chers lecteurs, de la lire, ou pas.

Jeudi 12 octobre 1950, Saint-Ylie.

Bien cher papa, bien cher Loulou, s'il vous plaît, m'oubliez surtout pas. J'attendais cher papa pour répondre à ta grande et bonne lettre. Seulement n'oublie pas de m'envoyer du papier avec dedans l'enveloppe timbrée. La lettre de Loulou m'a fait plaisir, la tienne aussi. Dis-moi, est-ce que tu veux m'envoyer quelque colis ? Je suis très fatiguée, je souffre et je suis très malheureuse. Mon cerveau est très faible. Je voudrais partir. Je suis pas forte et j'ai mal aux excroissances. Je m'y soumets. Il me faut un changement d'air du Doubs de chez nous. Je veux être dans notre maison. Je n'aime pas là où je suis. Ce n'est pas ma place. J'ai mal à la tête et à la poitrine. Viens me chercher. Dis-moi ce que j'ai eu à Noël et à Pâques.

Qu'est-ce que vous voulez faire de moi ? Je suis en mauvais état. Je veux m'en aller. On le voit rien qu'à ma tête, mon départ. Je suis malade physiquement et je gèle.

On m'a coupé les cheveux très courts en courte frange devant. Maintenant, je suis au 1er, à l'infirmerie. J'ai eu un lavement. Le docteur m'a emmenée dans le bureau à côté. J'ai été étendue sur le lit et il m'a auscultée, gymnastiquée, *tapée assez fort sur les os. Il m'a mise la tête aux pieds et il m'a fait des doigts pour que je louche. Il m'a tapée au marteau. J'avais très mal à la tête. Il m'a mise à la diète. Cela me donne beaucoup de calme, mais pas de forces pour me remettre. Il me faut des fruits. Vous ne m'avez pas répondu à ma dernière lettre. Papa, envoie-moi une très grande lettre à l'encre. Qu'est-ce que vous attendez pour venir me voir ? Venez, s'il vous plaît ! Je souffre et je trouve le temps long. Apportez-moi de bons fruits en venant me voir. J'ai besoin de ton affection, papa.*

Je vis moi aussi, autant que mon frère Loulou. J'espère revenir avant Noël. Viens me voir papa. Je termine ma lettre en t'embrassant très fort et tous, bien tendrement. Venez me voir.

Votre fille Bernadette qui ne vous oubliera jamais.

À bientôt.

Bernadette meurt quinze jours plus tard, le 2 novembre 1950 à 2 h 30 du matin, des suites d'une fièvre typhoïde. À l'âge de quinze ans, à l'hôpital de Saint-Ylie dans le Jura.

Personne n'est jamais venu la chercher.

Remerciements

Merci

Céline Thoulouze pour son soutien et son accompagnement de toujours.

Sophie Hinderzé, psycho praticienne, non seulement pour l'amitié qui nous lie, son enthousiasme, mais aussi pour l'éclairage psychologique des personnages.

Nathalie Baudry pour son amitié, son œil pertinent et sa vision holistique du récit.

Christophe Molmy, commissaire général, chef de brigade à la protection des mineurs et également auteur de quatre livres policiers, pour son écoute attentive et ses conseils avisés sur le processus d'enquête.

Ophélie Cohen, major de police et officier de police judiciaire, amie et autrice de polars (*Héloïse et Suspicions*, paru aux éditions Phénix Noir), pour sa relecture et la vérification de la procédure.

Eric Checroun, mon ami, pour ses remarques très pertinentes qui m'ont permis d'ajuster certains passages.

Nicolas Feuz procureur à Neuchâtel et auteur de nombreux polars qui a accepté que son nom figure dans mon roman. Il savait de longue date qu'il serait le dernier mot de la fin ; –).

Merci également à tous les libraires qui me soutiennent et m'ont ouvert leurs portes.

Librairie L'aventure à Magny en Vexin pour Laetitia Tavoni.

Librairie Les chemins du livre à Maisons Laffitte pour Sylvain Fortier.

Librairie La passerelle à Dole pour Gaël-Ariane.

Librairie Gibert à Saint-Germain pour François Berthel, pour qui j'ai une pensée toute spéciale.

Librairie Gibert à Évreux pour Alice et Nicolas.

Librairie Mai Piu à Tonnerre pour Camilla.

Librairie La maison jaune à Neuville-sur-Saône pour Tom, François et toute l'équipe.

Librairie Corinne à Soulac pour Corinne et sa team.

Librairie du Pincerais à Poissy pour Thomas Chardon.

Espace Culturel Leclerc à Pont-Saint-Maxence pour Thierry Bedo.

Librairie Le goût des feuilles à Taverny pour Marion Chantegay.

Librairie Lacoste à Mont de Marsans pour Pépita Sonatine.

Merci à toute ma famille et à mes amis pour leur amour, la confiance qu'ils me portent et l'impatience qu'ils manifestent à me lire.

Je termine par un élan maternel. Pour ma fille Alice, qui supporte mes hauts et mes bas lorsque je suis en processus d'écriture. Je sais, ce n'est pas toujours facile !

Pour en savoir plus
sur les Éditions Récamier
(catalogue, auteurs, vidéos, actualités…),
vous pouvez consulter
www.editions-recamier.fr
www.lisez.com

lisez!

et nous suivre sur les réseaux sociaux

Éditions Récamier

@editionsrecamier

@Ed_Recamier

#lisez! engagé
www.lisez.com

Pour plus d'information :

Imprimé sur du papier issu de forêts gérées durablement.

Achevé d'imprimer en novembre 2023
par CPI Bussière (2074793)